亡命不夜城

Night and the City

［英］杰拉尔德·克尔什——著
魏 兰——译

上海文艺出版社
上海故事会文化传媒有限公司

编委会

总策划 夏一鸣

主　编 黄禄善

副主编 高　健

编辑成员（按姓氏拼音为序）

蔡美凤　高　健　胡　捷

黄禄善　连星榕　吴　艳　夏一鸣　杨怡君

名家导读

/田慧

田慧，上海大学英语语言文学硕士，浙江大学出版社编辑，副译审，中国翻译协会专家会员、英国皇家特许语言家学会高级会员，已出版《牛津惨案》（独译，上海文艺出版社，2022）、《双轮马车谜案》（独译，上海文艺出版社，2021）、《圣经的故事》（合译，花城出版社，2016）、《伍尔夫传》（合译，吉林时代文艺出版社，2016）、《堂吉诃德》（合译，花城出版社，2016）等多部译著。

一

杰拉尔德·克尔什（Gerald Kersh，1911—1968）是第二次世界大战期间伦敦最畅销的作家之一。他一生共创作了400多篇短篇小说、19部长篇小说和上千篇文章，其中有四部长篇小说跻身畅销书前十名，其描绘伦敦西区"地下世界"的社会悬疑小说（noir fiction）《亡命不夜城》（Night and the City）更是在美国销售一百多万册，并两度被改编为电影。

杰拉尔德才华横溢，创作跨越长篇小说、短篇小说、文学评论、专栏文章、广播剧、电影剧本等各种体裁，尤以长篇小说和短篇小说著称，但两者风格迥异。其长篇小说往往以现实主义或自然主义笔触描写伦敦西区下层社会的生活，早期创作风格略似吉卜林，后期却倾向于狄更斯式的写作。其短篇小说则脱离现实，充满异国情调和奇幻色彩，以天才的狂野想象、尖酸的黑色幽默、荒诞古怪的人物、神秘黑暗的氛围、精巧离奇的故事情节而独树一帜，令人读之难忘。他的许多构思非常新颖，模糊了奇幻、科幻、犯罪、悬疑和恐怖等各种流派之间的界限，颇有爱伦·坡的风格。

杰拉尔德在他那个时代备受尊敬，英国作家伊恩·弗莱明 (Ian Fleming, 1908—1964)、安吉拉·卡特 (Angela Carter, 1940—1992)、克里斯·佩蒂特 (Chris Petit, 1949—) 和伊恩·辛克莱 (Iain Sinclair, 1943—) 等都是他的仰慕者。然而，或许由于文学潮流的变化，这位天才作家在去世后短短几年里就被文学界遗忘，迅速淡出人们的视野。好消息是，近年来，人们对这位久被遗忘的作家重新产生了兴趣，学者和读者都认识到他对英国文学的独特贡献，他的许多作品也得到了再版，使得新一代读者有机会重新探索这位天才作家留下的文学遗产。

二

1911 年，杰拉尔德出生于伦敦附近泰晤士河畔特丁顿的一个犹太家庭，他从小酷爱阅读，也爱讲故事，并在很早就展露出写作天赋。他 8 岁开始创作，13 岁获得奖学金进入摄政街理工学院 (Regent Street Polytechnic，现威斯敏斯特大学）学习。不过，桀骜不驯的他却中途辍学去闯荡世界，并立志成为作家。

  一个重要的转折点是他18岁时前往法国学习法语，并开始阅读左拉、巴尔扎克和雨果等的作品，这些作家的自然主义和现实主义写作风格对他产生了巨大的影响。和许多作家一样，除写作外，杰拉尔德也干了很多活以求谋生：旅行推销员、摔跤手、酒吧招待、夜总会老板、电影院经理、银行家助理、法语教师，等等。对他而言，生活并非一帆风顺，他时常在夜晚偷偷溜进摄政公园，露宿在公园长椅上。20世纪30年代的伦敦为他提供了丰富的素材。他热爱伦敦西区的苏豪区，喜欢爵士乐俱乐部、咖啡文化，有时会在科文特里街的小店里彻夜写作或是倾听他人的故事，他的写作技巧来自对人类的观察。他是伦敦都市生活的伟大记录者之一，他的长篇小说常以伦敦西区为背景，讲述小混混、街头妓女和后巷酒吧的故事。

  1934年，他的第一部小说《没有耶和华的犹太人》(*Jews without Jehovah*) 出版，讲述了伦敦一个犹太家庭所经历的磨难。该书可谓是他的自传，书里充斥着犹太家庭里的争执、欺诈，宛若作家本人对家庭的控诉。然而，杰拉尔德的叔叔和堂兄似乎在书中看到了自己的影子，他们不满于杰拉尔德的叙述，向其提起了诽谤诉讼。诉讼不了了之，双方也互表悔意，但是紧张氛围仍在家族里弥漫。最后，这部命运多舛的小说只卖出了几本，半天后就下架了。1935年，第二部小说《热情狂潮》

(Men Are So Ardent) 出版，但籍籍无名。直到 1937 年第三部作品《亡命不夜城》(Night and the City) 出版，杰拉尔德才真正在文学界崭露头角。这部描写伦敦西区地下世界的小说一炮而红，成为杰拉尔德最畅销的作品，仅在美国便销售了一百多万册。小说被两度改编为电影，但大部分重要情节被删除，导致杰拉尔德极为不满：小说的电影版权卖了四万英镑，他夸耀说他的每个单词都赚了一万英镑，实则抱怨电影导演只买下了一个书名。

除了创作长篇小说，他还为《信使报》(Courier)、《每日镜报》(Daily Mirror) 等撰写了大量短篇小说，在伦敦文坛颇有名气。这期间一些短篇小说结集出版，名为《我有推荐》(I Got References, 1939)。同时，他还写了很多犯罪主题的短篇小说，其中最有名的是以卡梅辛 (Karmesin) 为主角的系列犯罪故事。

1940 年，杰拉尔德志愿入伍，并在部队创作出根据亲身经历改编的长篇小说《穿着干净的靴子死去》(They Died with Their Boots Clean, 1941)，讲述了一群新兵是如何被训练成为近卫兵的。该书一经出版便大获成功，成为战争期间最畅销的小说之一。与此同时，他还以"皮尔斯·英格兰"(Piers England) 等笔名或真名在《每日先驱报》(Daily Herald)、《人民报》(The People) 上发表专栏文章和短篇小说。他还与人合作撰写纪录片《真正荣耀》(The True Glory, 1945) 的剧本，后来，这部战争纪录片获得了第 18 届奥斯卡金像奖最佳纪录长片的殊荣。

战后，杰拉尔德前往美国，并迅速在《时尚先生》(Esquire)、《花花公子》(Playboy)、《科利尔周刊》(Collier's)等知名杂志上"大放异彩"。这一次，使他获得关注的是短篇小说。战后，杰拉尔德相继出版了《布莱顿怪物》(The Brighton Monster, 1953)、《没有骨头的男人》(Men without Bones, 1955)、《杰拉尔德·克尔什短篇小说精华》(The Best of Gerald Kersh, 1960)、《夜影与诅咒》(Nightshade and Damnations, 1968)等十多部短篇小说集，囊括了恐怖、科幻、奇幻、侦探等各种流派的创作，无不精彩。其短篇小说《瓶子的秘密》(The Secret of the Bottle)更是荣膺1958年美国推理作家协会颁发的埃德加·爱伦·坡奖(Edgar Award for Best Short Story)。

杰拉尔德在战后创作出了他最具思想性的长篇小说，然而在当时并未得到评论家的青睐。《一个午夜的前奏》(Prelude to a Certain Midnight, 1947)是犯罪小说与推理小说融合的典范。《跳蚤之歌》(The Song of the Flea, 1948)则继承了《亡命不夜城》的衣钵。这两部小说都以伦敦为故事背景，探索了战后大都会的人性。《富勒斯终点站》(Fowlers End, 1957)是一部黑色喜剧杰作，描写了主人公丹尼尔·拉弗洛克在大萧条时期在富勒斯终点站——伦敦最恶劣、最贫穷、被遗弃的角落谋求生计的故事。这部作品后来被认为是杰拉尔德最优秀的长篇作品，也是"20世纪最好的喜剧小说之一"。

晚年的杰拉尔德病痛缠身（每天工作22小时的结果），备受债务问题困扰（主要由税务问题导致），名气也大不如前，作品销量随之陨落，或许是因为当时的评论界更欣赏那些注重实验叙述技巧而非讲故事的作家。1968年，杰拉尔德在纽约州金斯敦去世，享年57岁。

三

《亡命不夜城》是杰拉尔德最富魅力的经典之作，被誉为有史以来最伟大的社会悬疑小说之一。社会悬疑小说，又叫黑色悬疑小说，是犯罪小说（crime fiction）的一种，黑色（noir）一词暗示了主题和内容上的黑暗。小说通常描绘社会底层人物、暴力、犯罪和道德沦丧等主题，展现现实世界的阴暗面和人类的复杂性，是关于人的存在主义悲观故事。整体氛围是阴郁和虚无主义的，主人公通常有道德缺陷，书中角色的贪婪、欲望、嫉妒和疏离导致他们陷入一个个灾难性的恶性循环，他们的计划和阴谋不可避免地失败，欲望之网让他们越陷越深，难以逃脱。

《亡命不夜城》背景设定在20世纪30年代伦敦西区"罪恶的一平方英里"——苏豪区，从地下酒吧、夜总会到摔跤馆，作家用生动的笔触勾勒出了伦敦暗黑的一面，展现了城市中心地带的街头巷尾以及繁华夜生活的种种景象，也描写了生活在伦敦西区地下世界的各种小人物：皮条客、妓女、舞女、骗子、摔跤手、嫖客、赌徒……他们生活在荒凉、虚无的城市暗夜中，几乎看不到希望，只有自私、自欺、自我放纵，以及对金钱的无穷欲望。

欲望与理想是小说中两个对立的主题。在这部堪称道德剧的小说中，人们都生活在肮脏的现实和宏伟的梦想之间，多数人欲壑难填，被对金钱的欲望驱使着走向暗夜，唯有极少数人仍坚持着理想，不为金钱所动摇，是暗夜中闪耀着的曙光。

小说主人公法比安是作家笔下的反英雄人物，淋漓尽致地折射出了人性的阴暗面。法比安是一个自我膨胀、说谎成性的伦敦皮条客，靠女友佐伊卖淫为生。他假装一副美国口音，穿着美式服装，逢人便说自己是一位富裕的作曲家，大部分时间都"在美国度过"，其实他出生在伦敦的贫民窟，成长在阴沟中，熟悉西区和西区中心的每一个老鼠洞。不过，除了他自己和一些貌似被他的魅力迷惑的女人，他谁都骗不了。他梦想举办一场全员参与的摔跤比赛，并从中大赚一笔。但他有一个问题：需要钱。并不多，只要一百英镑，但对他来说就像是一百万，因为他需要在周末结束前拿到这笔钱。更糟糕的是，伦敦正深陷经济大萧条。野心勃勃的法比安回到家中，因为那儿有一只下金蛋的鹅——妓女佐伊。法比安发现了佐伊的客人辛普森先生的秘密，便一路跟踪他，决计狠狠敲诈他一笔。为了筹集资金，法比安甚至考虑过把女友佐伊卖给别的男人。总之，为了实现自己的"雄心壮志"，他欺骗、勒索和欺诈，无所不为。他毫无道德感和同情心，身边的人无一例外都被他当作达到目的的手段：女友佐伊、银狐俱乐部的海伦、摔跤手阿里，等等。在欲望的奴役下，法比安逐渐走向万劫不复的道德深渊……

海伦和亚当的故事则呈现出一则耐人寻味的道德寓言。海伦是一名失业的打字员，即将无法支付房租，陷入流落街头的困境。室友薇是地下夜总会银狐俱乐部的舞女，在她的说服下，海伦抱着洁身自好的想法，决定暂时到银狐做女招待，渡过眼前的难关。然而，"一旦融入夜生活，你就深陷其中了"。银狐的女招待主要靠高价售卖酒水、香烟来骗取男性顾客的钱，卖得越多，提成越高。但如果想要赚更多钱，她们可以私下与顾客进行不法性交易。在金钱的腐蚀作用下，海伦越陷越深，终于抛弃了进银狐的初心，变得和法比安一样，成为欲望、贪婪和金钱的牺牲品。亚当的故事线则主要围绕着他与女友海伦的关系展开。他是一个具有复杂性和深度的角色，在故事中起着重要的作用。作为一个有抱负的艺术家，亚当身上展现了现实与理想之间的苦苦挣扎。尽管他渴望成为一名雕塑家，但不得不在银狐俱乐部当服务生以维持生计。与海伦不同，他仍然保持着对艺术的热爱和追求，并最终选择了理想，与海伦分道扬镳。在海伦和亚当的故事中，银狐成了道德的试金石——要么像海伦一样彻底被腐化，要么像亚当一样尖叫着逃开。

退役摔跤手阿里则是小说中令人敬佩的人物。作为摔跤手，阿里展现出了一种坚忍不拔的品质，尽管年老体衰，身患疾病，但他从不认输，仍然执着地追求摔跤理想，甚至不惜死在摔跤场。他对理想的纯粹追求和对金钱的清醒态度，启发了亚当对于人生意义的思考："年轻人，记住我的话。你听好：如果你首先考虑金钱，那么等你得到金钱后，你就再也不会做别的事了……健康的血液、健康的骨骼、健康的神经、健康的胆、健康的牙、健康的大脑。这些，是你想要的。但是金钱？"他与亚当，无疑是小说中其他人物的对立面，象征着暗夜中的希望之光。

小说中，对金钱的挥霍与对金钱的追逐同样令人触目惊心，透着深深的虚无感和讽刺意味。银狐俱乐部的舞女薇出门去买长筒袜，却被各种物质欲望冲昏了头，买下了一双不合脚的舞鞋，因为"如果不能拥有那双橙色拼银色的舞鞋，她活着也毫无意义了"，一瓶橙色墨水，她想的是"橙色墨水！这样我写的信就可以配我的鞋子了"，还有一瓶香水、一束黄色三色堇假花、一副耳环、一杯尊尼获加和一瓶趾甲油，花光了刚刚靠做皮肉生意挣来的钱，唯独没有买长筒袜。法比安亦是如此，从小个子男人那里敲诈来110英镑之后，他转头就进入银狐俱乐部大肆挥霍，将所谓的梦想抛在脑后。人们费尽心机地追求金钱，却陷入虚无的循环，只好一直在欲望与虚无之间打转，无法逃脱。

在这部冷峻、精彩的黑色小说中，杰拉尔德带领读者深入20世纪30年代伦敦苏豪区肮脏的地下世界，参观爵士乐俱乐部、摔跤馆、酒吧、土耳其浴室和通宵的咖啡馆。事实上，伦敦，特别是苏豪区才是小说中最重要的角色。尽管令人厌恶，但杰拉尔德对这座城市有着真挚的热爱。书中对苏豪区地下世界的描绘栩栩如生，因为他本人就在这个环境中生活过多年。小说中对职业摔跤和夜总会的生动描写也来自作家的亲身经历——为了谋生，克尔什曾经当过摔跤手和夜总会保安。杰拉尔德曾表示，他的长篇小说"实际上并不是小说"，"仅包含了少量虚构内容"。这暗示了那些描绘伦敦下层社会的作品是基于作家自己的经历写成的，具有半自传性质，也因此富有现实主义意义。

自1937年出版以来，《亡命不夜城》一直是全球畅销书，并被两次拍成电影，证明杰拉尔德·克尔什的这部道德剧仍是一部充满活力的现代杰作。杰拉尔德·克尔什的遗产在于他能够以机智、洞察力和文学手段捕捉人类复杂的本质，为读者展示了人类心灵黑暗角落的一瞥，并融合了对人类境况的凄凉反思，值得我们一再重温。

Contents

上　部

获取一百镑的两种方法

一　3

二　17

三　28

四　38

五　49

六　62

七　69

下　部

但是，一个人可以找回自我！

十三　183

十四　193

十五　209

十六　222

十七　231

十八　244

十九　254

二十　266

二十一　279

二十二　289

二十三　300

二十四　319

二十五　331

中　部

有多少种迷失自我的方法？

八　91

九　112

十　132

十一　152

十二　165

间奏　173

上 部

获取一百镑的两种方法

一

理发师捏了捏橡胶粉瓶——"噗，噗，噗"——哈利·法比安先生的下巴上出现了一朵淡淡的白色花朵。椅子"咔嗒"一声回到直立的位置，法比安高兴地看着自己：按摩令面部皮肤变得红扑扑的；脸刮得十分光洁，如电影明星一般。前后两面镜子来回映照，如果说有什么比自己的脸更让他高兴的话，那就是他脑后头发的造型。他"啊"地吁出一口气，心满意足。

"先生，没什么比按摩更能让人容光焕发的了。"理发师说。

"没错，"法比安说完，好像突然想到了什么，又补充道，"欸！这句写进歌里很不错。听着：没什么比按摩更能让人容光焕发"——唱的曲调是《米妮是个酒鬼》的最后一句——"怎么样？还不错吧？简直棒极了！这将成为那种洗脑神曲、杂耍表演的配乐，小伙子们可以唱给他们的女孩听。按摩……你懂的。"法比安咧嘴笑着。

"我说的没错吧。灵感就是这么来的。你看着长号，说了句：'音乐转来转去。'然后全世界都在唱这首歌。你环顾这个地方，然后说……对了，说：'热毛巾。'热毛巾，我惹麻烦了；哦，热毛巾，我惹麻烦了，"法比安配着《黑咖啡》的曲调唱了起来，"就像这样！"

"问题是，这个没钱赚。我可以靠此勉强度日，但赚不到什么大钱，和我在美国的时候没法比。在这里，我非常努力地工作，每周才能挣到二十英镑。但在美国，我以前每周挣……嗯，四百美元，而且从不加班。"

"什么工作？"

法比安抬起头，疑惑地看着理发师，愤愤地说："你觉得呢？写歌呀。这就是我的工作。但在这里，赚不到钱呀。"

"在美国待了多久，先生？"

"十年。"

"纽约？"

"是的。"

"我有个兄弟住在布鲁克林。先生，您住在哪个区？"

"听着,你要做一整晚吗?抓紧时间,好吗?我还有个约会。"

哈利·法比安站起来,整理了一下领带,从头到脚打量着自己。他个子矮小,不到三十岁,小骨架,窄肩。他有一个大脑袋,支在并不比一个大汉前臂粗的脖子上,一头浓密的头发梳成约翰尼·韦斯默勒[1]式样。他面色苍白,脸颊过于宽阔,下巴则过于狭窄———张锥子脸,看起来是个狠角色。他两只眼睛很不协调。左眼大大的、水汪汪的,浅色的睫毛时不时眨着,眼神飘忽不定;右眼则小一些,眼神冷冽、坚定,蓝得更深邃。有这样一双眼睛,如果他想让自己看起来很危险,他只需闭上左眼,像放下百叶窗一样把眼皮拉下来,这样一来,整个左半边脸就扭曲了。他的鼻子像麻雀的喙一样尖,再加上他那缩进去看不见的上唇和像砍刀头一样向前突出的下颚,这种样貌给人一种傲慢、狠毒、恶意算计的感觉。他穿得过于奢华,衣领无情地勒紧他的脖子,透着仇恨;领带恶狠狠地打成小结,满是恶意;外套紧贴在身上,挑衅似的展示着贪婪——战胜了多年以来的破烂不堪,他全身上下都散发着报复性的胜利感。

他离开后,其中一名助手问道:"为什么美国佬这么热衷于做面部按摩?"

---

[1] Johnny Weismuller,美国游泳运动员,退役后成为好莱坞演员,曾在12部影片中饰演人猿泰山。

"什么美国佬？"理发师说，"他？他根本不是美国人。"

"不是？他说他是做什么的？作曲家？"

"没错，但是他写的歌就跟我的猫写的一样。"

"那他是做什么的？"

理发师用食指在蒙着层雾气的镜子上写了一个"皮"字。

"当！"八点的第一声钟声响起。整条街的商店都开始关门。西城区的霓虹灯开始闪烁，宛如一条炽热的灯管脉搏。无数的彩灯照亮了西区的真容，像永不熄灭的烟花，照亮了无数街道。郊区来的地铁从隧道里钻出，就像牙膏管里喷出的红色膏体，车厢里涌出大批剧院的观众。满载的公共汽车隆隆地驶向赛狗场。电影院的门厅挤满了人。剧院就像巨大的吸尘器，吸进排长队的人们。楼上的灯亮了，百叶窗"啪"的一声关上了。煤气、电线、蜡、油——所有能发光的东西都在燃烧。四月的夜变得越来越黑。它渗透在路灯之间，涌入地下室，沉在后街的门廊和拱门下，停滞不前。最后一家商店的门"砰"地关上了。只有那种吃酒纵情的娱乐场所仍然开着，散发着幽幽的光亮，晃眼又骇人。夜幕降临在整座城市。

哈利·法比安就像一个口袋里装满钞票的有钱人一样，迈着自信的步伐走在街上。他在一张海报前停了下来，那是一幅经典的裸体女郎的海报，上面写着：伯纳德的盐水浴塑造美好身材。他拿出一根火柴一划，海报上多出一条黑色短线，看起来十分不雅。

"就算有警察看到是我干的，谁能说这不是一个意外？"他自言自语道。他觉得自己在和法律与秩序的较量中占了上风。他挑衅似的猛抽了一口烟，烟头一下子变得红亮。

他穿过牛津街，像一个匆匆赶路的人，却在一家游戏沙龙的门口停了下来。"楼下有步枪射击场！楼下有步枪射击场！"服务员喊道。法比安走下楼。

楼下，一个昏昏欲睡的女孩正对着四把破旧的温彻斯特步枪发呆，法比安扔下了一先令。

"给我来七发，美女，不用找零了。"

砰！砰！步枪开火。纸牌沿着金属丝快速返回，五发正中靶心，两发打在外缘。

"厉害。"女孩说。

"不是我的水准，"法比安说，"不过我已经六年多没摸过枪了。1927年我们在芝加哥的时候，能让你见识一下我们的射击技巧。你听说过疯子莫兰[1]吗？芝加哥呢？好吧，我一生大部分时间都在那……我

---

1 Bugs Moran，迪恩·奥班尼的副手，头号枪手。

趁自己身体还强壮的时候就退出这一行了。可能是我胆小，但那又怎么样呢？海米·魏斯[1]胆子大；迪恩·奥班尼[2]胆子大；路易斯·阿特利[3]胆子也大，但他们现在在哪儿呢？谁笑到最后了？你知道，他们过去常叫我'最后的笑声'……不说了，我转行进了电影业。演戏？哎呀，不是；做制片。我可不会干那种马前卒的活儿。"

"能上大银幕，那感觉一定很棒。"射击场的女服务员说道。

法比安随即转向她："我一看到你就觉得你很上镜。最近，我对音乐方面更感兴趣；但我与业内一些大人物关系匪浅。比如戈尔德温，"法比安说着，把左手的食指和中指交缠在一起，"我和他的关系就像这样。我能随时帮你联系上他。准备一些照片，我会再打电话来。你不会忘记的，对吧？很好，我会联系你的。"

法比安来到外面街上。

射击场的女服务员冲着另一个游戏机前的服务员说道："他说能让我拍电影！当我傻吗？以为我不知道他是什么货色？"她伸出舌头，发出嘲弄的声音。

---

[1] Hymie Weiss，曾经的芝加哥之王，美国黑帮教父。

[2] Dion O'Banion，芝加哥爱尔兰黑帮教父。

[3] Louis Alterie，芝加哥黑帮创始人之一。

法比安依旧缓步前行。他穿过马路,来到布卢姆斯伯里商业街,这里有数不清的背对背的房屋,像古老城市里扭曲的毛细血管一样,从更大、更拥挤的动脉中冒出来。一个男人向他走来。

"你好,杜克。"法比安说。

"啊哈!"那个叫杜克的男人回了一声。他又矮又壮,面色苍白,一张脸在一场无人后巷的斗殴中被打得五官变形,泛紫的薄唇紧闭着。

"过得好吗,杜克?"

"穷得叮当响。"

"你没钱了?"

"一个子也没有了。"

"拿着。"法比安说着,递过两个半克朗。

"谢谢!我不会忘记你的,哈利。"

"你去俱乐部了?"

"刚从那出来。你知道吗?他们让我买单。"

"是吗?"法比安同情地问道。"好吧,确实难受。你在上面看到费格勒了吗?"

"没见。就这几天我会过去一趟,我要把那个该死的地方砸了。"

"杜克,你别犯傻。如果他们不让你进,你就别进去。不用管他们。坚持一下:一两天内我可能就会有适合你的活。"

"谢谢你,哈利,我不会忘记你的。"

法比安来到一扇挂着一块电子小招牌的门前,走了进去,招牌上写着:国际政治俱乐部。

国际政治俱乐部很安静,气氛有些压抑,就像一个委员会的会议室。门口迎宾的旧台子上,摆着一个十八磅重的旧弹壳,里面装满了纸菊花,还有一堆旧杂志。墙上挂着一张告示:

<blockquote>
任何填写投注单的行为

在本俱乐部均

明令禁止。
</blockquote>

下面还有另一张告示:

<blockquote>
任何会员不得

使用电话

进行投注。
</blockquote>

俱乐部大厅的尽头是酒吧,玻璃盒子里装有三明治,架子上摆满了酒瓶,还挂着十几根巨大的意大利腊肠;可怕的蝾螈尸体被捆成圆

滚滚的,悬挂在半空,晒得又干又黑,上面渗出白色的油脂斑点。这下面还有一张告示:

  任何成员使用亵渎

  或不雅的语言

  都将面临来自俱乐部的停职风险,

  恕不另行通知。

这是一个你或许会毫不犹豫地带祖母一同加入的俱乐部。

这里古板的气氛与老板娘的面容格格不入。想象一下尤利乌斯·恺撒的死亡面具涂上胭脂,眼睛像点三八口径子弹新切下的一块,又小又平、亮闪闪的;两条眉毛连成一条笔直的黑线;漆黑的头发像噩梦般地往上蹿。她把嘴唇涂成明亮的胭脂红,但习惯把嘴唇紧紧抿在一起,因此口红便粘在嘴巴周围的皮肤上。这让她看起来像一个刚吃饱、忘记擦嘴的食尸鬼。至于她的名字,应该用的是假名:安娜·西伯利亚。

"给你点一杯杜松子酒,安娜?"法比安问道。

"谢谢。"

"我要一杯瀚格威士忌。啊!安娜,给费格勒先生也来一杯瀚格威士忌。你好,费格勒!"

可以说，国际政治俱乐部就是小型商业与地下世界这两大泥潭边界上的一个聚会地点。但是费格勒属于哪一方呢？他是个商人；但"商业"这个词太过宽泛。许多所谓的商业人士，其实就是"骗子"；许多人被当作"骗子"，最后发现他们只是精明的商人。费格勒不属于任何一个明确的群体。他去过很多地方，认识每个人，对每一种贸易都略知一二，了解每一种能想到的商品的确切市场价值。他不会生气，不会惊讶，也不会失望，与任何社会都格格不入。费格勒是一名完美的经纪人或者说中间商。他几乎完全靠提成、佣金、垄断、回扣、买家和卖家的五英镑回扣过活——他是那种只靠眼睛和舌头就能活在这世界上的人，不花一分钱就能赚钱。费格勒可以为任何人们想出售的东西找到市场，或者为任何人们想购买的东西找到卖家，不论干净还是肮脏，公平还是黑幕。他有着推销员与生俱来的特有的自立和坚忍不拔。即便被赶出门，他也会从窗户爬进来。他根本不给你拒绝的机会。如果你骂他混蛋，他只会耸耸肩说："也许吧。"看着他，你会有一种感觉，仿佛那件细条纹黑色小西装里倒进了大量柔软的东西，正从袖口、衣领往外溢出；高大的身体下是两条弯曲的小细腿；脊椎弯曲、圆肩、大肚子，一张脸不论肤色还是肤质都像威尔士干酪。为了还原费格勒说话的方式，你需要把舌头夹在牙齿之间，堵住鼻子，口中含着半满的唾液，然后试着说："事情到此为止。"你一定也对费格勒感到好奇：

一个小小的脑袋怎么能装下这么多鼻涕,擤也擤不完。

"你好,哈利。"费格勒说。

"我到处找你。"

"什么事?"

"我想和你谈谈。我手头有一个计划,你可能会感兴趣。"

"你的计划是什么,哈利?"

"你喝的什么?再来一杯。"

"不了,谢谢。你有什么想法,哈利?"

"听着,费格勒,我一直有一个计划,举办一场全员参与的摔跤比赛。"

"全员摔跤比赛?好吧,你可想清楚了。这需要钱,尤其推广方面。"

"没错,推广需要钱!你认为我会那么傻吗?我已经算过了,还是有钱可赚的。"

"你了解这一行吗?"

"我不会傻乎乎地两眼一抹黑就开干,费格勒。我完全可以搞几个小节目。我希望你能和我一起干。"

"为什么找我?"

"首先,我知道我可以信任你;其次,你有头脑;第三,你可以投点钱。"

"哦,是吗?呃……你需要多少?"

"两百英镑。"

"你连两百都筹不到吗?"

"听着,费格勒,最近我过得不太好。这一个月很糟糕,很多地方都在花钱。老实说,是我自己有些蠢。首先,我以为我赌马能赢,但我输得很惨。然后我在克里斯特体育场买了'砍刀'约什赢,结果他让我赔了九十多英镑。我一下手头就紧了。"

"所以你是说你想让我拿出整整两百英镑?嗯……"

"这次肯定行,费格勒。你的每一分钱都会给你带来一千倍的回报。"

"听着,哈利,我可不信那一千倍的回报。"

"听我说完,不用多久。我对这个行业了如指掌。明天就能开始。看看人家比林斯基赚了多少钱。这里面利润空间大着呢。最重要的是要有一个好门面和好名字,剩下的就很容易了。我已经联系了两个不错的门面,明天就敲定。票子的事情我一清二楚,我还找了一个在比林斯基手下工作的家伙为我们做宣传。摔跤手,找几个不成问题。这些人我基本都认识。我们只需要找一个健身房,弄一些垫子,就可以培养自己的摔跤手了。你明白我的意思吧?用长期合同把他们套牢,有一大帮家伙会非常乐意来的——"

"肯定会的。但人们会不会愿意花大钱来看他们呢?"

"听着,费格勒。我了解这个比赛,这种比赛就是个彻头彻尾的骗局。

你说，英国大众对摔跤了解多少？他们根本没见过真正的摔跤，也不想知道。他们不会花钱去看什么古典式、柔道，还是自由式；他们只想看流血、打斗。我跟你说，找个煤炭搬运工来练练也能做到这一点。你知道吗？前几天晚上，在罗马俱乐部，有一个叫克罗普曼的家伙。他是个大陆风格的摔跤手——他一定花了二十几年时间学习摔跤技巧。可结果呢？所有人都开始吹口哨起哄要把他赶走。'给他两张垫子，让他睡觉去！'他们哄笑着把他赶出了拳击场。但就是同一天，有一个叫'黑色扼杀者'的家伙，几乎令人们疯狂。听着，费格勒，我知道这个'黑色扼杀者'。三个月前，他还是牙买加香蕉船上的一名司炉工。他只会两件事——锁臂和肘击。其他时间，他就是吐口水，大喊大叫，咬东西，踢东西，发疯。可观众就喜欢这套。姑娘们跑好几英里去看他。他们坐在场边的座位上，欢呼雀跃，就好像屁股下面垫了炽热的砖块。就是那一天，比林斯基把他从咖啡馆接走，那天晚上就让他参加了一场比赛。他的运动服和短裤都是现借的，比赛的时候还光着脚。现在呢？他成了'黑色扼杀者'。见鬼，费格勒，培养摔跤手的事情我可比你清楚——"

"听着，哈利，别激动。我没有两百英镑可以投资。你很清楚，我可不是金融家。"

"我知道，费格勒，但我需要你的帮助。"

"如果你能拿出一百英镑,我可能会投另一半。我如果投钱了,我们就要建一个共同账户,而且五五分账。"

"这算承诺吗?"

"我不会给出任何明确的承诺。看到那一百镑,我就和你一起干。给你一周时间。好了,我得走了,哈利。祝你好运,再见!"

费格勒离开了俱乐部,法比安坐着没动,一直咬着上唇。

"一周,"法比安喃喃自语,"哦,见鬼,一周!"

二

一个人来到法比安的桌前,在他对面坐下。

"呦,这不是克拉克先生嘛!"法比安说。

"晚上好,法比安,"克拉克先生说,"我记得我还欠了你点钱的。正好现在,把债务结清。"克拉克先生说着,随手拿出一个皮夹,取出一张五英镑的纸币。"我记得是五镑吧。还是你更想要小钞?"

"都可以,"法比安说,"都是钱。那些人还好吗?"

"很好。"

"你用五英镑就可以让这些家伙做任何事情。"

"可以吗?不过,这样的人,我还可以再多要几个。"

"我想我应该可以再给你找几个。"

"只要他们没结婚,其他的我会搞定。"

"谁得到了那个希腊人?路易丝?"

"不是,你不认识。"

"不管是谁,她都要小心点,丈夫就是丈夫。不过,听着,克拉克先生,那个爱尔兰人,你得盯紧他一点,别让他搞出什么乱子。他看上去就是爱惹事的人。"

"我想,"克拉克先生说道——如果冰箱会说话,应该就是用这样的语气说话吧,"我完全有能力处理这种问题。我已经向你的爱尔兰朋友转达过了,他是有多蠢,才会去惹什么……乱子。我可没有时间管这些,我是一个商人。"

克拉克先生说话时,语气达到冰点,好像不想让别人听到他的声音。他的一张嘴如律师一般谨慎、严密——仿佛一个用来锁住秘密的防盗保险箱,他方形长下巴上的肌肉为这把锁上了第二重保险。他的双眼和下巴中间都有一道缝隙,看起来像是中轴线的残余,他的头就是围绕着这条中轴线构建而成。他橄榄色的皮肤没有任何皱纹,一双黑色的大眼睛,清澈明亮,静静地凝视着这方空间。他的着装透着一种牧师的气质:一件剪裁笔挺的黑色外套,窄裤子,两英寸的衣领,厚鞋底。他那条素色领带的中间,配着一小颗非常精美的钻石。他是怎么养家糊口的？他的同伴知道，但不会说；警察也知道，但没有证据。他在大马尔伯勒街附近有一间办公室，黄铜门牌上写着：委员会职员亚瑟·梅奥·克拉克。他每天晚上七点离开办公室。老鼠们都很愤怒，因为它们从洞里爬出来，在等候室地板上小心翼翼地嗅着，只找到散落的烟蒂和雪茄。克拉克先生走进街上的人群，在不显眼的地方做几笔小生意，然后才回家睡觉。

"是的，当然。"哈利·法比安说道，"我们谁也不希望出乱子。说到那个爱尔兰人，我只是觉得我应该提醒你，仅此而已。"

"我知道，"克拉克先生露出一两颗漂亮的牙齿，一本正经地微微一笑，"非常感谢。你喝点什么？"

"一小杯苏格兰威士忌。"

"安娜！给法比安先生一大杯黑格啤酒，给我来一小杯。"

"对了，克拉克先生，"法比安恳切地说，"你能借给我一百英镑吗？八个星期后我还你一百五十英镑。"

克拉克先生摇了摇头。

"明天带四十个未婚男人来，我后天就给你二十张五英镑的钞票。"克拉克先生说。

"四十个！见鬼！当我是什么？婚姻中介？老实说，克拉克先生，我手头有个热门的生意，全民摔跤赛。"

"啊！恐怕这个不在我的规划里，但我祝你一切顺利，"克拉克先生礼貌地点了点头，喝了一小口啤酒，把杯子推开。"已经十点半了。在你们这里，时间过得真快！告辞了，晚安。"

"守财奴。"法比安低声骂道。

他突然站了起来，椅子也被他撞得向后摇晃，只见他大踏步走出了国际政治俱乐部。

哈利·法比安现在走得笔直，就像一个有明确目标的人。"哒，哒，哒"，他穿过潮湿的夜晚，向南来到鲁珀特街的公寓。

法比安有从钥匙孔偷窥的天赋。他像一只潜行的猫一样走上楼梯，穿过过道，走到自己公寓的门口，停下来，听了听，极其谨慎地转动钥匙，无声地打开又关上门，然后再次听了听。确定只有他一个人后，他才走进卧室旁的小客厅，穿上挂在门后的大衣。但就在他转身正要出门的时候，过道里传来了脚步声。他听出那是佐伊的高跟鞋发出的响亮的咔嗒声，同时伴随着不知名的男性缓慢而沉重的脚步声。他悄悄返回客厅，锁上门，刚关上灯，佐伊的钥匙就插进了锁孔里。他躲在黑暗中。佐伊像往常一样，领着她的客人直接来到卧室。法比安听到她说："等一下，我把灯打开……进来，亲爱的。"

公寓的墙壁很薄，然而法比安生性好奇，喜欢窥探一切。他私下里在卧室墙上打了三四个孔洞，全都小心翼翼地打在壁纸颜色较深的地方，这样佐伊就不会发现了。他将右眼靠在一个孔洞上，正好可以看到卧室里的景象。

这是一个小房间，照明靠一盏带黄色流苏灯罩的廉价落地灯，地上铺着一块蓝黄相间的地毯。一张双人沙发床，铺着装饰有粉色玫瑰花蕾的铁青色床单；一个衣橱；一张梳妆台，上面散落着各种刷子、破损的香水喷雾和一些廉价的装饰品；还有一个十字架。

佐伊站在灯旁，摘下帽子。

她是个英气十足的女孩，身材异常丰满，就如同温室里的西红柿一样。法比安藏身墙后，直视着她的眼睛。这女人真美！他心中感叹。

而这位客人一进卧室就摘下了帽子，法比安看他可是一清二楚——他面色苍白，瘦骨嶙峋，发际线后移，显得脸很长。这样长相的人，你在城里走十分钟，就能看到五百张类似的面孔——看完就忘了——但这个小个子有一点能让你多看他两眼。他面色苍白，一脸苦闷。眼睛下面是深深的黑眼圈，仿佛是眼泪在脸上冲刷出来的痕迹。滴水都可以穿石，更不用说冲刷这么一个可怜虫的脸了！一副丢了西瓜、捡了芝麻的长相——法比安在他的监视间里这么定义这个人的长相。

暗处的法比安皱着脸，挤出一个轻蔑的笑容，他很清楚接下来会发生什么：这个小个子男人会躺下来，颤抖地拥住佐伊，然后脑海里满是他所知道的有关性病和全身瘫痪的恐怖故事，随后借口说累了，便放下钱，一溜烟跑了……

佐伊打开收音机，在房间里跳起舞来，她脱掉裙子，只穿着黑色蕾丝吊带衬裙。法比安赞许地点了点头。但是那客人坐在沙发床床沿，大衣也没脱。

"你知道，"佐伊说，"我很喜欢你，你长得很好看。跳支舞吗？"

"不用了，谢谢。"客人说道，"你知道，我来这里并不是为了……这种事情。我只是很孤独。我……我喜欢你的外表，也许你不会介意……陪我半个小时，静静地陪我一起坐着。"

"怎么了，可怜的家伙！"佐伊立即出声表示同情，"亲爱的，不好意思没注意到你很孤独。我们能坐下来谈谈吗？要关掉收音机吗？"

"吧嗒"一声，歌声戛然而止。

"你看起来很疲惫，"佐伊说，"怎么搞的？"

"没什么，只是没睡觉。"

"为什么不睡呢？听着，我跟你说——你上床休息半个小时，我也一起躺着和你说话。嗯？"

"你真好，但我想坐着，谢谢。"

在一分钟左右的时间里，佐伊想不出别的话了，一下子沉默得令人尴尬，终于那个小个子客人指着壁炉台上的一张法比安的照片问道：

"那是谁?"

"哦,那是我的一个朋友。他写音乐。"

"真的吗?……呃,你做这行很久了吗?"

"从我十九岁就开始做了,大约四年。"

"你喜欢这行吗?"

"这个嘛,我不知道。这行还不错。你知道吗?我最近在这附近见过你好几次。"佐伊说道,"我的一个朋友以为你是侦探,但我知道你不是。告诉我,发生什么事了?你在家不开心吗?"

"不完全是。只是因为孤独。是不是很可笑?"

"说来听听。"

"我倒是想,但是……"

"好吧,如果是个秘密,那就别告诉我。躺下来休息吧。天哪!你看起来太需要休息了。"

"你知道吗?你很可爱,我觉得我可以放心地和你说出一切。"

"你当然可以,我一句也不会透漏。"

"好吧,你看,是这样的。我是个已婚男人。"

"但你妻子不理解你。"

"不是的。我结婚二十多年了,很幸福。但不久前我妻子生病了。"

"什么病?"

"癌症。"

"真希望我最大的敌人患上的不是癌症。"佐伊说。

"你知道，我是个细菌学家。"

"嗯？"

"我在一家酵母公司工作，上夜班——观察发酵之类的事情。"

"那一定很有趣。"

"是的。但在我妻子生病后不久，我的公司与另一家公司合并了，我失去了工作。在我这个年纪，在这个行业里，要另找一家并不容易。"

上帝啊，这只小蠊虫要说他没钱吗？法比安感到奇怪。

"那你做了什么？"佐伊问道。

"我妻子现在住在护理院。她活不了多久了。为了能让她开开心心地度过最后这几个月，失业的事，我并没有告诉她。所以我一直假装每天晚上去上班，早上才回家。也因此她姐姐来为我看房子，而我不得不继续为此保密。"

"你就不能告诉她姐姐吗？"

"她守不住秘密。每周我都会拿出一个工资袋，用我的积蓄。"

"他们给你发养老金吗？"

"没有，但他们给了我一年的工资作为补偿。此外，我还存了一点钱。我们生活得还不错，每周看一两次电影；一年有一两次，比如结婚周年纪念日，我们会穿上晚礼服，进城去剧院，然后在某家餐厅吃晚饭，喝一瓶红酒，听乐队演奏。如果两个人在一起幸福地生活了很长一段时间，那他们真的是会一起成长的。他们会成为一体，如果你把他们分开……"

"啊，你这个可怜的小家伙！"佐伊说着，眼中溢满了泪水。两大滴伤感的泪珠滚落，在她裸露的大腿上碎成几颗小水滴。

"我一直把这个秘密藏在心里。我必须出门，和陌生人待在一起。"

"你就不能说你被安排上白班了吗？"

"这没有什么区别。我晚上睡不着。白天我可以在我们那一片露面，这还不错。但你不知道我现在晚上一个人有多难受。你能听我说这一切，真是太好了。对此，我非常感激，真的很感激。"

"我觉得你人很好，"佐伊说，"你不用怕我。躺下休息一下吧，就休息一刻钟。这对你有好处，你看起来很糟糕。"

"不，我不能休息。"

"要我出去给你拿杯酒吗？"

"不，谢谢，我最近喝得太多了。"小个子男人拍了拍她的腿，表示感谢，然后，他突然反应过来，一下子收回了手。

在墙的另一边，法比安笑得合不拢嘴。

"能和你说说话，真好，"小个子男人说，"我根本不敢告诉任何我认识的人。这听起来可能很荒谬,但我不能。谢谢你。我非常感激。我不会再打扰你了,我马上就走……"

天啊!这是真的要告别了呀!法比安心念一动,想到了一个主意。他在黑暗中握紧拳头,透过窥视孔盯着佐伊。他真想大声喊出来:"要他的地址,你这个白痴!"

"你要去哪里?"佐伊问道。

"我不知道,我想我会去某个地方喝杯咖啡。"小个子男人用两根手指伸进他胸前的口袋,拿出三英镑的钞票。"谢谢你,请收下这个。我浪费了你很多宝贵的时间。"他说。

"不,没关系。"佐伊说。她把钱推了回来,不知怎么地,一时冲动,吻上了他的额头。

黑暗中,法比安咬牙切齿。

"不,请一定收下,"小个子男人说道,"就当是一份礼物。你是个好女孩。如果有机会,我还会来找你,和你谈心。晚安!"

妈的!法比安踢了自己一脚——我真是个傻瓜,我应该在五分钟前就溜出去等他。

"等一下,"佐伊说,"请让我帮你整理一下领带。你的外套后面粘了很多绒毛,我帮你刷一下——"

法比安没有继续听下去。他拉开门闩,悄悄地走出客厅,打开前门,没有发出一点声响,然后又灵巧地悄悄关上门。他像影子一样溜出公寓,冲下了楼。

大雨如注。他站在楼房的入口处,仿佛是为了躲雨。

街灯昏黄的光亮在倾泻的水幕中摇曳不定。狂风肆虐,暴雨斜斜地倾泻而下,冲刷着地面,仿佛要将这个无尽沉闷的城市中那些狂热面孔上爬满的害虫一举消灭干净。

小个子男人走下楼,离开了这里。

法比安竖起衣领,跟了上去。

三

  法比安跟在这个小个子男人的身后，像影子一样坚定又不引起注意。此时剧院演出正好结束，拥挤的人流从每个出口挤出来，散开，人行道上一下子水泄不通。人们争先恐后地挤上开往郊区的公交车，涌向地铁口，像潮水般涌入即将开出的火车。这座城市正在清空自己。四周弥漫着一种恐慌的气氛，让人想到了闪电霹雳下的索多玛。在霓虹灯猩红的灯光闪烁下，克莱斯勒的车鼻子蹭着奥斯汀，莫里斯嗅着福特的车尾，仿佛这个春天的雨夜带来了一个噩梦般的机器交配季——可以想象这样一些疯狂的景象：在燃烧的石头丛中，铁兽们在气喘吁吁地交配。

小个子男人走到沙夫茨伯里大街,法比安紧随其后。就在法比安走到路边时,交通灯变成了绿色。伴随着刺耳的汽笛声、痛苦的刹车声和换挡声,一辆辆车结结实实地一直堵到了皮卡迪利大街。他就这样看着那个小个子男人走到对面的人行道上。那件素净的灰色大衣在人群的边缘闪了一下,随即被人群淹没。

就像河马吞下了一只苍蝇一样,城市就这样吞下了这个小个子男人。但哈利·法比安,出生在贫民窟,在排水沟里长大,对复杂的夜世界了如指掌,就连西一区的每一个老鼠洞都一清二楚,他不打算放弃跟踪。他将伦敦视作炼狱,由一系列以皮卡迪利广场为中心的同心区域构成。每张人脸,就像一把钥匙,触动他意识之下的一系列弹簧,启动一种复杂的比较记忆机制,通过成百上千次观察的排列组合,可以立即、合理、准确地估计人脸背后的品质及其所属的圈子。法比安会说,"这个女孩在一家服装店工作"或"这个男人是个懦夫"。不过,就像经验丰富的医生诊断出某种模糊的病理状况一样,他无法解释自己是如何得出这些结论的。

现在,对于这个小个子男人,法比安的脑子一片空白。直觉这次帮不到他了。他不得不依靠常识推理。

　　　　他去喝咖啡了。他害怕遇到认识的人。他会避开大地方。

他觉得每个人都在某处盯着他看。他来这里的时间还不够长，不足以成为任何俱乐部的成员。他会拐进一条小街，但不能太黑。他会去多梅尼科咖啡馆看看，但不会进去——他是那种没办法第一时间做决定的人。他不会去大陆餐厅，小伙子们就在那儿，刚从赛狗场回来。他会快速地穿过马路，去东与西咖啡馆——

"我有预感！他一定是到东与西咖啡馆去了！"法比安敢用他所有的钱打赌。他轻快地向前走去，信心十足。

法比安来到这家咖啡馆，把门推开五六英寸，伸进自己的锥子脸，环顾四周。咖啡馆里扑面而来的热浪和托斯卡尼雪茄的烟雾，像一条潮湿的毯子一样蒙在他的脸上。法比安走进来，一桌接一桌，用他敏锐的右眼仔细打量着每一张脸。然而，小个子男人的影子一点也没有。法比安咬着嘴唇走了出来。在咖啡馆外，他停下来，与路边水果手推车旁站着的男子交谈起来。

"嗨，伯特。"法比安说。

伯特个子矮小，体格健壮，和法比安一样，皮肤白皙、窄下巴、锥子脸，也同样带着贫民窟的印记。他头上戴着一顶破帽子。没有衣领，也没打领带，而是戴了一条脏兮兮的白围巾。他的外套黑乎乎的，满是厚厚的污垢。湿漉漉的裤脚早已磨破，下面是一双破损的漆皮鞋。奇怪的是，一身破旧衣服的他却带着一种玩世不恭的扬扬自得——伦敦的水果小贩一直都趾高气扬，不屈不挠，比皮革还坚韧，比城市的石头更坚不可摧。伯特的嘴张开了十六分之一英寸，声音沙哑地说：

"好啊，哈利。"

"听着，伯特。你刚才在这里有没有看到一个穿着灰色大衣、戴着圆顶礼帽的小个子？看上去像个校长，修剪整齐的短胡子。见过吗？"

"哎呀，哈利，伦敦到处都是这号人。就算遇到了，我也不会留意。你最近怎么样？"

"一般。你生意怎么样？"

"这破地方，哈利，我可是闲得发慌。上周四晚上，我累死累活地推了一大堆西红柿去牛津街卖。没几分钟，就碰上了一群土匪。我这是什么命呀！警察！我们付钱就是让他们干这个的——从孩子嘴里抢面包。要么交四十先令，要么关一个月。心就跟石头一样硬。"

"如果五十便士能帮到你的话——"法比安开口说道。

"不，没关系。我没事的。"

"别傻了。"

"还是谢谢你，我能应付。"

法比安闭上左眼。"怎么了？"他问道，"我的钱有问题吗？拿着——"

小贩把手推了回来。

"我不要，哈利，我真的不要。这是佐伊的钱？"

"别跟我提什么佐伊，"法比安咬牙切齿地说，"你是拿，还是不拿？"

"不拿。"

"为什么不呢？"

"好吧，哈利，一定要我说的话：我不拿那种钱。"

这两个人怒视着对方，脸几乎碰到一起。几秒钟之后，法比安无法忍受对方那冷酷的凝视，垂下眼睛，喃喃自语：

"好吧，你这个蠢蛋，一直都是。真可笑，我给你半英镑，你竟然不要。你都身无分文了，为什么不要呢？因为你不喜欢这钱的来源。滚开，你这个该死的傻瓜！你一晚上在苏豪区收了那些妓女多少钱？"

"我卖水果给她们，我可不白拿她们的。哈利，我们这辈子都做过一些可笑的事情，但要有底线，不要再做皮条客了，晚安。"伯特把手放在推车手把上，推着车来到街上，不管不顾地喊着：

"水果！美味可口！"声音像锥子一样，直刺入人们的耳朵。

雨突然停了，就像有人关上了水龙头。法比安既愤怒又困惑。他往卡拉布里亚咖啡馆里看了看，小个子男人不在那里。他穿过街道，来到维苏威咖啡馆，除了一个出租车司机和两三个懒散的女人，咖啡馆空无一人。

"他究竟能去哪里呢？"法比安一边走一边思索。

天空中沉重的灰色云层直压下来。雨水已经蒸发了，空气中弥漫着不温不火的水汽。法比安仿若迷失在迷宫中一般，一时之间犹豫不决，脾气也变得暴躁起来。

人群好像被施魔法似的一下子消失不见。法比安穿过马路来到丹麦街。虽然他自己也没想清楚，但他打算绕苏豪区一圈，一家咖啡馆接另一家咖啡店地找找。他往帕帕杜普洛斯咖啡馆里看了看：店主站在那里梳着他那一头乌黑浓密的头发，两个塞浦路斯来的花生小贩玩着多米诺骨牌，再没有其他人。随着骨牌洗牌发出的"咔嗒咔嗒"声，一台老式便携留声机播放着古老的旋律。这曲调似乎与香烟烟雾交织起来，以一种无法言语的手段切断了这个地方、这些人与城市其他地方的联系。

"见过一个戴着圆顶礼帽的小个子吗？"法比安问道。

店主摇了摇头。

法比安走到街尾，转上布卢姆斯伯里大街。大雨令这里空无一人，这座城市似乎正在消亡。月光挣扎着从厚厚的云层中穿透出来，法比安在 19A 座楼房前停了下来。

这本来是一家商店,但窗户已经从上到下都漆成了黑色,只有门下透出头发丝粗细的一道光,没有迹象表明里面有生命。这个阴森密闭的地方是黑人聚集的地方。

"看到一个戴着圆顶礼帽的小个子吗?"法比安问道。

两三个黑人摇摇头。

"见鬼,我——"

法比安刚开口,马上又停下来,透过烟雾紧盯着一个地方,随后一头扎向角落的一张桌子。

"扼杀者!"他喊道,"你这个老婊子养的!"

法比安称之为扼杀者的那个人是个庞然大物。你可以想象一下乌木雕刻的法尔内塞的大力神像,穿着带黄条纹的巧克力色西装,配着天蓝色衬衫,打着带绿色多米诺骨牌图案的深红色领带。他的头可不一般。就如同你剃光尼安德特人的头,用擦炉粉抛光,然后用锤子敲碎所有的特征。耳朵已经不再像耳朵了——它们被打得完全变形了——而鼻子,经历了十几次骨折,没有及时修复,现在变得有两英寸宽,与脸上其他部分几乎齐平。鼻子下面是两片巨大的粉色嘴唇,苍白、突出,像牛肉香肠一样厚,吸着一支熄灭的雪茄。

"哎呀,这不是黑色扼杀者吗?"法比安大声喊道,"见鬼!很高兴再次见到你。最近怎么样？"

"还行。"

"今晚打了？"

"嗯。"

"赢了吗？"

"赢了。"

"和谁打的？"

"芬兰人皮特。"

"硬仗？"

"是的。他对我用剪刀脚，但我挣脱了。我给了他一个腕锁，但他没认输。我对他说：'皮特，认输吧，不然我掰断你的手腕。'他还是不认输，于是我掰断了他的手腕。裁判判他输了，但皮特很疯狂，就是不认输——他用胯撞我，他真的疯了。我又锁住了他的肘，和断手是同一只手臂，我警告他：'束手就擒吧，否则我会弄断你的手臂。'他依然不肯。我又加了两磅的力，已经能听到关节裂开的声音。这个皮特真是硬骨头。他疼得都流鼻血了，但他没哼一声。于是，我就折断了他的手臂，他昏了过去……"

"排行榜上你第几？"

"中间。"

"谁是第一?"

"桃木腿。"

"你两分钟就能搞定那只笨熊。"

"两秒钟。"

"听着,扼杀者,"法比安说,"比林斯基是个骗子。你知道我前几天听到他说什么吗?他叫你傻瓜。"

"我签了合同。"

"你签了合同。听着,扼杀者。和我说说,如果你违反了合同会怎么样?比林斯基会浪费大笔钱起诉你吗?他付给你多少钱?一场三英镑?还是两英镑?听好了,扼杀者,这个一定要保密:我一两周后就要推出活动了。来我这,我给你开更多的钱。我一场付给你五英镑,让你一周打五场。我会把你推到排行榜首位,让你成为明星。我要让摔跤手得到公平的对待。我说到做到,你来吗?"

"但我和比林签了合同——"

"比林斯基把你当傻瓜。他让你在一张纸上签名,来吓唬你。法律是站在你这边的。为比林斯基摔跤,你得到什么了?一只锡耳朵和一个空踢,挣的钱还不够给伤口买碘酒的。你今晚打赢了,明天可能就输了。假如有一天你运气不好,被人弄残废了,怎么办?你有钱支撑到好起来吗?你没有。现在我和乔·费格勒要效仿美国摔跤比赛的规则。

你们这些英国摔跤手也会赚得盆满钵满,而不是一场比赛只有可怜的两英镑。我要让你们过上好日子。到我这里来,我会帮你把一切烦恼都解决。我会给你买一件崭新的红色缎面赛袍,正面用金色字母绣着你的名字,再绣一只黑色的美洲豹。天啊,你想象得到吗?黑色扼杀者。女人们会为之疯狂。怎么样?来不来?"

"我来!"扼杀者笑得合不拢嘴。

"一言为定,别忘了。我后面再找你!再见。"

傻瓜!法比安心里想着,已然走到街上。

一位老妇,三件破破烂烂的大衣,层层叠叠都裹在身上,推着一辆破旧的玩具婴儿车,车上装着不知哪里得来的百十来个烟灰缸。她就这么慢慢地走过,身后留下难闻的腐臭气味。法比安不由得浑身发痒,禁不住想要抓挠。他解开大衣扣子,这件大衣经人专门设计,让法比安身形壮硕了一倍。他吐掉香烟,向新康普顿街走去,瞥着每一个经过的人,又仔细查看着路边的每一家咖啡馆。

如果有人看到他,可能会产生一个奇怪的想法:如果哈利·法比安能把如此敏锐、如此毅力和如此精力投入到一件合法的事情上,他可能早就成了现代商业中受人尊敬的人物。

就目前情况来看,他就像一部阴郁道德剧中的邪恶人物:一个排水沟里的生物,在夜晚潮湿阴暗的道路上嗅着残留的痕迹,追捕某人。

四

仅凭这些，法比安怎么能找到那个小个子男人？他只能全靠运气——堪比在街上捡到一张五英镑钞票的运气。但法比安，这一辈子，眼睛就一直盯着臭水沟，期待如此好运的眷顾。新康普顿街上，没有任何活动的生物了——没有警察，连只猫也没有，什么都没有。这条悲哀的街道上有一种说不出的萧瑟，细长的灯柱，黑色的人行道，被雨水打湿后反射着幽幽的光芒，这条街就像一首忧郁单调夜曲中沉闷的主题。法比安开始感觉到凌晨时分的倦怠。

他想，也许这时候应该放弃希望，回去睡觉。但就在他走到马内特街的拐角处时，一个男人从通宵营业的餐吧里走出来，冲他喊道：

"嗨,哈利!"

"嗨,麦克,"法比安说,"怎么了?"

"佐伊刚才找你。"

"是吗?什么时候?"

"半小时前。"

"她回去了?"

"应该是。进来喝杯咖啡吧。"

"我没有时间,麦克。你还好吧?"

"很糟。你呢?"

"就那样。"

"佐伊今天好得很……"

"是吗?你知道些什么?"法比安问,左眼一抽。

"今天晚上,小菲比看到她在广场那边逮到一个有钱凯子——西班牙大款,一给就是五英镑。后来,我看到她又找了一个。这不是——"

"是不是个穿着灰色大衣的中年小个子?"

"正是。他是不是……"

"你刚才见过他吗?"

"你问得正巧,我正想告诉你,我刚才在洪卡顿克酒瓶派对上看到他了,正在喝啤酒……"

"那是什么时候?"

"就在刚才。"

"是吗?晚安,麦克。"法比安说完,便以最快速度走开了。他拦住一辆出租车,厉声说道:"洪卡顿克,摄政广场!快点!"

洪卡顿克酒瓶派对位于一栋高层写字楼的最顶层。法比安上去的时候,向电梯员打听:

"听着,在刚才半个小时左右的时间里,你有没有见过一个穿灰色大衣、戴圆顶礼帽的小个子男人?"

"我不知道,先生。我一刻钟之前刚接的班。先生,我刚来,另一位去吃饭了。"

"你们这些该死的打工人,就知道吃。"法比安说,"上面人多吗?"

"不多,先生,挺安静的。"

电梯停了。法比安敲开了洪卡顿克酒瓶派对的门。长方形的格栅门打开,露出一张不完整的脸——两只下垂的眼睛,配着皱巴巴的眼皮,还有半个塌鼻子。里面传来一个声音说:"是你呀,哈利。"随即门开了,法比安走了进去。

在那里,涂成深蓝色的倾斜天花板上粘着许多银色纸星星。十几个穿着晚礼服的人,懒洋洋地坐在桌子旁。在镶木地板的小舞池里,几对情侣正敷衍了事地快步转来转去,由一架钢琴、一支萨克斯管和

一组鼓组成的乐队正在演奏那可能已经演奏了一千次的——《虎拉格》:

抓住那只老虎——

抓住那只老虎——

抓住那只老虎——

抓住那只老虎——

抓住那只老虎——

抓住那只老虎—

紧紧抓住

紧紧抓住

紧紧抓住

紧紧抓住

紧紧抓住

紧紧抓住

嘭－嘭－嘭－嘭－嘭－嘭－嘭－嘭－

"天哪！这首曲子就没个完吗？"店主喃喃自语。

"怎么了？生气了？"法比安问道。

"我？我可不是生气，只是受够了，仅此而已。'抓住那只老虎，抓住那只虎,抓住那老虎'——一堆废话。"

"生意怎么样?"

"还行。"

"听着,我在找人。我听说他在这里,一个穿着灰色大衣、戴着圆顶礼帽的小个子。"

"我印象中没有这样的人。乔·费格勒今晚来过。"

"来干什么?"

"他想卖给我一些椅子。他说:'看看你这些椅子,都磨掉漆了。看看这些椅套,多么破旧。'于是,我就开口了:'费格勒,这些椅套是世界上最好的。'费格勒便接着说:'什么意思?什么套子?'于是,我又说道:'背面的套子。'哈哈!厉害吧?"

"真聪明。好吧,那是麦克对我撒谎了。你没见过我要找的那个人吗?"

"等一下。你是说一个穿着灰色外套的小个子——有点像学校校长那种吗?"

"是的!"

"他是不是戴着一个小小的、镶嵌红宝石和钻石的领带夹,大概值十五先令还是十六七先令?"

"没错。见鬼!他去哪儿了?"

"谁知道。"

"哦，见鬼！"法比安叫了一句，转身走向门口。

"怎么了，你找他干什么，哈利？"

"找他干什么？告诉你，他欠我一百英镑！再见。"

法比安愤怒地咬着嘴唇，匆匆来到街上。皇家咖啡馆附近还有两三个女人在徘徊。法比安对其中一个人说：

"你好，布兰奇—— 听着：你刚才有没有看到一个穿着灰色大衣、戴着圆顶礼帽的中年小个子有钱人从这里经过？"

"没见过你说的这样的。最近好吗？"

"还行，你呢？"

"一般。"

"好吧，再见，布兰奇。"法比安转身朝牛津马戏团的方向走去，走得很快，甚至都没反应过来他在往哪里走。他的大脑因愤怒、失望而麻木。他狠狠地吸着烟，在寂静潮湿的空气中，烟雾滞留在空中，久久才散开。其中一缕烟雾飘在法比安的头上，引起了他的注意，突然，他那疲惫而迟钝的头脑如遭雷击，一下子有了意识，无名的恐惧袭来，他不由得低下了头。惊吓令他瞬间清醒了，法比安不禁产生一种特殊的感觉，竟然想要为自己辩驳。好吧，他会对自己说，我是个拉皮条的，但女人都愿意和钱过一辈子。佐伊为了五英镑站街，而他们为了成千上万英镑。他们并不比我好多少,只是赚得多……

当他来到苏豪广场时,疲惫再次袭来。附近一座教堂的钟声发出两声异常缓慢的响声,在法比安的头顶回响。他站在那里,低头看着水坑里反射的灯光,厚重的大衣下早已大汗淋漓。"两点钟了。"法比安说。

雨又开始下了。

"我放弃了。"法比安耸耸肩膀。他被打败了。现在他唯一想做的就是喝杯啤酒,吃点东西,然后睡觉。他一直走到查令十字路。在一家空荡荡的商店门口,一个人形物睡在一堆东西中,从那堆破布和报纸下面伸出一只靴子,靴子像种子荚一样裂开了口,露出一排通红、恶心的脚趾。

生活已经跌至谷底。

法比安走到新康普顿街,来到一栋极其古老、黑暗的房子前。穿过一个灯光昏暗、臭气熏天的通道,走下楼梯,就到了巴格拉格地窖酒吧。他一进去就吓了一跳,心脏几乎停止跳动。

小个子男人正坐在酒吧里,喝着一杯淡啤酒。

巴格拉格地窖酒吧像一张网,不断过滤着夜生活的暗流。在这里,一缕昏暗的光芒照射在这些最底层的罪犯身上,揭开他们晚年境遇的神秘面纱：例如，眼前这位服务员早年就曾是一个土匪，70岁了，身体虚弱，弯腰驼背，他的脸就像古斯塔夫·多雷[1]画中人物一般，代表冷酷、沉默的邪恶。凹陷的脸颊上布满了猩红的皮疹，头上一根头发也没有。因沙眼而血红的眼睛，眼神淡漠，似看非看。他没有嘴唇，只有一条永远不会打开的缝隙。他的名字叫迈克，有人说他是巴格拉格的父亲，也有人说，他握有巴格拉格的一些把柄，但没人知道真假。

关于巴格拉格，谁也不知道他的底细。他是谁？他是做什么的？他看起来就和迈克是一类人。巴格拉格，比其他所有人更世故、更诡秘、更捉摸不透。他不会直接回答你的问题，也不会直视你的脸。他的"是"可能意味着"不"。他的眼睛不是他灵魂的镜子，这只是偷窥孔，被浓密的眉毛遮掩，他像草丛中的蛇一样暗中观察你。他的名字真的是巴格拉格吗？这与他的图章戒指上 VCT 的字母组合相矛盾；另一根手指上的红宝石戒指上刻着雨果这个名字，也与此相矛盾；还有他表链上的金牌，上面刻的是"P.瓦特，德维兹保龄球俱乐部，1901年"。他的左耳上方缺了一块。问他是怎么弄的，他会说："因为听到的太多了。"他的右眼角到左嘴角，有一道可怕的疤痕：嘴巴、疤痕和眉毛形成了一个锯齿状的字母 Z。问他原因，他就说："因为不在意自己的事。"

---

[1] 19世纪法国著名版画家、雕刻家和插图作家。

他的俱乐部曾经是一个煤窑，钢琴的后面就有一个煤洞。自从三百年前建成以来，日光从未照射进这里。现在，在凌晨两点时分，墙壁上没有窗户，再加一盏脏兮兮的电灯，散发着幽幽红光，仿佛置身于摄影师的暗室。随着钢琴师右手在键盘上弹奏出的颤音，舞者们扭动着身体，就好像钢琴师的手指在挠着他们的脚底。一个古怪的胖女人冲进舞池，跳起一段奇怪的踢踏舞——她的身体像织布机的梭子一样摆动，她喘着粗气，酒味浓重。人们站起来，三三两两，毫无目的地四处走动，然后又坐回去，就像池塘底部被搅动的污泥一样。

穿过浓厚的蓝色烟雾，灯泡像眨动的酸痛眼球一样，一闪一闪。洒出来的啤酒在桌上流成了河。一个角落里，一位年轻女子，脸上满是最近被殴打的痕迹，她张开嘴，泪流满面，脸上流着血，举起了两颗刚被打掉的门牙。在她身边，一个中年男人声嘶力竭地喊道："你再多说一个字！"听到这，女人像魔鬼一样尖叫，把一个啤酒杯握在手里一砸，尽力朝男人的脸划去。这时候迈克出现了，他一下子把两人分开，给了他们每人一个恶毒的眼神，两人便安静地坐了下来。

这期间，那个小个子男人就像一个安静的正派人一样坐着，喝着一杯印有"英格尔啤酒"字样的淡黄色啤酒。他右边坐着一些赛马场上的恶棍，左边则是一位60岁的妓女，她瘫坐在凳子上，就像一个涂了颜色、马上要被腐败与邪恶撑爆的袋子。巴格拉格在吧台后面，偷偷地观察着一切，一句话也不说。

"迈克，"法比安说，"那个小个子男人是谁？"

"不知道。"

"他以前来过这里吗？"

"来过一次。"

"好吧，给我一杯健力士黑啤酒和几个煮熟的鸡蛋。"

法比安就这么等着。三点钟的钟声敲响。小个子男人站起来，扣上大衣的扣子。这会儿雨下得比之前大得多。小个子男人脸色苍白，疲惫不堪，气息似一个生命垂危的人，他拖着自己这副躯体来到街上，然后叫了一辆出租车。

法比安离他不到一码远，听到他疲惫地说："哈桑土耳其浴室。"然后出租车在雨中开了出去。

"出租车！出租车！"法比安喊道。他跳上一辆缓缓驶过的出租车。"哈桑土耳其浴室，踩油门！"

他紧张得喘不过气来。他在镜子里看到了自己的脸，城市的灯光透过被雨水模糊的窗户，闪烁不定。法比安看着自己，越看越喜欢。他对着自己的样子笑了笑，闭上左眼，说道：

"猎犬法比安。"

出租车停在一个红色灯泡标志下,他走下车。

"谢谢你,先生。"司机说。法比安冲进土耳其浴室,摆动门"砰砰"作响。他用最地道的美国口音对店员说:

"对不起,刚才是不是进来一位穿灰色大衣的中年绅士?"

"是的,先生。他进去了。"

"给我一张票,"法比安说,"我也要进去。"

五

土耳其浴室里一片寂静，充满热带氛围，嗜睡、炎热。在低矮昏暗的餐厅里，一个服务员在厚厚的地毯上悄无声息地走着。法比安有些尴尬，这是他第一次来这样的地方。服务员脱下他的鞋子，把他带到一个挂着帘子的隔间。

"那个，我要做什么？"法比安问道。

"先生，把衣服脱了，直接到热蒸房去。"

"所有的衣服？"

"是的，先生。"

"我只是不太清楚，纽约的浴室是不一样的。这里，拿着。"法比安给了那人一先令。他脱下衣服，挂进储物柜里。他有些不安，这地方太安静，太干净了。隔间里传来悠长、深沉的鼾声。另一件令法比安苦恼的事就是他的脏脚。虽然他胡子刮得干干净净、着装考究得体、头发一丝不乱，对脏衣领有着近乎偏执的厌恶，但他却没有经常洗澡的习惯。他拉紧帘子，然后脱下精致的蓝色丝绸内裤，觉得自己此时就像一只失去外壳的牡蛎一样虚弱，没有安全感。他调整了一下腰上的蓝色格子围腰，走了出来。但他又为自己那脏黑的脚感到羞愧，冲了回来，在毛巾上吐了些口水，把脚擦白。然后，他再次走出去，点了一支烟，站在那里。就在这时，另一个隔间里的灯"咔嗒"一声关了，小个子男人走了出来。褪去衣服，他真是个令人可怜的家伙。他一定经历过饥荒这类苦难的折磨。法比安注意到他背部弯曲，脊椎骨突起，像一串珠子。他的四肢像棍子，那细细的脖子摇摇晃晃地支撑着他疲惫的脑袋。

他走进了冷水池。法比安紧随其后。这里有两个老人躺在巨大的帆布椅上，身体在微温的空气中渐渐凉下来。其中一人的缠腰带掉在地上，他就那样赤裸着身体，打着呼噜，两腿间一块巨大的雪白肚皮下垂，随着呼吸而颤抖，流汗不止。看到的人们可能会以为这个人在高温下要融化了，过不了多久，就只剩下一摊热油和一副假牙了。另一位老人喝得酩酊大醉。他的身材像个软软的肉质圆柱体，配着异常细长的四肢。睡觉的时候,他一直扭来扭去,直到腿搭在椅背上,头被交叉的手臂夹着,蓝色格子围腰掀起来遮住了部分面孔,两只手臂就那样垂在胸前。这情景给人一种奇怪的感觉,感觉那人真的就长成这样颠倒的样子———一到时间,他就会站起来,用双手走路,用脚趾夹烟,醉醺醺地用肛门唱着《甜蜜的阿黛琳》。小个子男人走到饮水机旁,接了一杯水。法比安觉得这很必要,于是也接了一杯水。然后他们俩都坐了下来。

"这儿真暖和。"法比安说。

"是的。"小个子男人说。

"我从没来过这里。你是常客吗?"

"算是吧。"

"为了减肥?"

"不是。"

"好吧,好吧,"法比安说,"这是土耳其浴。好吧……"

小个子转过身来,看着他。

"你知道吗?"他说,"我好像在哪见过你。"

"怎会不知呢?"法比安轻松地问道,"你看美国报纸吗?"

"不看,怎么了?"

"因为你会在那上面看到我的照片。我是歌曲制作人哈利·法比安。

听说过吗?"

"哦——呃——是的,我想我……"

"我写了一两首流行曲目。你听过《热毛巾》吗?还有《在夜深人静的时候,我会等你》,是这样的:'在夜深人静的时候——我会等着你……'"法比安唱着。

"哦,真的吗?我好像听过那首曲子。"

"你肯定听过。嗯,那是我写的。"

"哦,你是美国人?"

"呃……嗯。"

"纽约?"

"好莱坞。"

"哦,我猜那些电影明星你都见过吧?"

"你说,演员?"法比安大声说着,右手的食指和中指交叉,"我和嘉宝关系可不一般!"

在炎热气温的催化下,法比安也产生了一些新奇的想法。谎言的威力再加上酒精,他沉醉其中:"哎呀,最后他们都让你头疼,都不真实。我最喜欢伦敦。你在伦敦做生意吗?"

"嗯,没有,没做生意。"

"住郊外?"

"嗯……是的。"

"远郊?"

"不算远。"

"我要在英国定居。我想在城外找一栋小房子。你住在哪里?也许你们那里有什么——"

"哦,我估计那里没有适合你的房子。"

"谁也不知道——"

"呃——对不起,我想去水温高一点的房间。"

"我也想去。"法比安说。他们走进了温水浴室。法比安瞬间冒出一身汗。"见鬼,这太热了!"

"是的,难道不应该吗?"

"美国有一些很棒的土耳其浴室。你应该去那里体验一下。那里和汉普斯特德有所不同。"

"什么?对不起,你说你住在哪儿?我没听清楚……"

法比安坐了下去,紧接着便跳了起来,惊声尖叫:"天哪,这座位好烫!"

"好吧……人们来这里就是为了这个。"

"待久了会很危险,不是吗?"

"嗯,我想是的。"

"你待得久吗?"

"哦,不是很久。我通常六点离开。"

小个子男人不耐烦地站起来,走进隔壁小房间,那是长方形的热水浴室。法比安想起自己小时候把一只蟑螂装进烟草罐里,放在炉子上烤。蟑螂扭动着身体,发出嘶嘶声,最后爆裂而亡。法比安的心怦怦直跳。汗水从他的背部、胸部溢出,格子毛巾紧贴在他的大腿上。

"如果你不习惯,长时间待在这里是不明智的。"小个子建议道。

"谁,我?不习惯?听着:有一次我在中午穿过了死亡谷。哈哈!你把这叫温暖?哈哈!"法比安一边大叫,一边痛苦地在似火的地板上换脚跳着。"我去过的地方比这热多了,如果这温度也算热,我宁愿穿上冬天的大衣!"

小个子男人瘦弱的身体似乎从这极度干热中汲取了一些新鲜的活力。他带着一丝邪魅微笑看着法比安,说道:"很好,那我们就进入下一个房间吧。"他起身走进最后一间热水浴室。这个小房间充满了恐怖的气氛。隐藏的管道不断发出呻吟声。地板太热了,根本站不住。炎热、黑夜、超凡脱俗的宁静,切断了这个地方与人世生活的联系。法比安感觉自己仿佛被埋在数英里的地下。他被下葬了,迷失了。温度计里的水银柱高出沸点。他胸腔里的心脏像要跳出袋子的兔子一样剧烈搏动着。

"天啊!"这是他唯一能想到的词。

"现在够热了吗?"

虚荣孕育英雄主义。法比安回答说:"是的,但我去过比这更热的地方。"

五分钟过去了。

"我喜欢郊区。"法比安说。

"我也是。"小个子男人说。

"问题是,初来乍到,找房子的事,我不知道该向谁咨询。"

"要是我,就找一个可靠的房地产经纪人。"

"嗯,但这种人不可靠。我知道这些家伙是什么样的人。我更倾向找人推荐。你——"

"对不起,我想我要去蒸汽房了。"

"噢?当然。我正想问:'我们是不是应该去蒸汽房了?'我们走吧。"

呈现眼前的是一个白色热蒸汽弥漫的房间,两三个男人躺在大理石长条凳上。湿热侵袭着法比安的肺,他咳嗽着坐了下来。

"咳咳……咳咳咳!那么一大早,你怎么回去?"

"哦……坐地铁,有时候也坐公共汽车。"

"埃奇韦尔线,海格特线,还是摩登线?"

"也不一定。"

"需要多长时间?"

"有时二十分钟,视情况而定。"

"没错,"法比安较紧牙关,说道,"这就是我所说的非常方便的地方!应该在亨顿路附近,对吧?"

"不是。"

"我可不要住在伦敦市区。这么吵,我怎么创作音乐呢?"

"嗯……这个我就不清楚了。"

"他们会按照你的要求建房子吗?"

"嗯,现在到处都在建房子。"

一位一丝不挂的老先生,把蒸汽调高,开始拍打自己的肚子。另一个年轻男人,喝得酩酊大醉,站在冰冷的淋浴下,不住地战栗,嘴里嘟囔着忘记带雨伞了。酷热变得难以忍受,法比安坚忍的意志崩溃了。

"见鬼,我不行了!"喊着这句,他便回到冷水浴室,一屁股坐下。他感到恶心,他受够了这一切。这时,他旁边的一把椅子吱吱作响,那个小个子男人坐了下来。希望的火苗再次燃起。

"我说!"法比安表现得好像想起了什么,开口说道,"你看起来很像我几年前认识的一个人,他叫爱德华兹,住在庞德斯恩德。不会是你的亲戚吧?哎呀,那就太有趣了——"

"不是,和我没关系。"

"好吧，你可能是他的双胞胎兄弟。我可以问一下你的名字吗？"

"呃？……我的名字？哦……史密斯。"

"住在庞德斯恩德吗？"

"呃——没有。"

"那住哪儿呢？"法比安耐着性子问道。

"还要往西去。"小个子男人回答。

"那就不知道了。"法比安说完，咬着上唇，露出一丝像个骷髅头一样的苦笑。

小个子男人按了铃。一名服务员打着哈欠，走了过来。

"是您按铃吗，先生？"

"请给我一壶茶和黄油吐司，谢谢！"

"好的，先生。"

服务员离开，一会儿又拿托盘托着订单回来了。

"我会把您的消费记在您的卡上，先生。请问您的卡号是多少？"

"十一。"

"那是您隔间的号码，先生。我指的是您卡的号码。"

"四十九。"

"谢谢，先生。"

十一！法比安心中默念。

小个子男人喝过茶，吃完吐司。

"嗯，对不起，"他说，"我还想再回蒸汽房一会儿。"

"我呢，"法比安说，"要去拿烟，找地方坐一会儿。"

等到小个子男人返回蒸汽房后，法比安走出浴室。外面空无一人。隔间都漆黑一片，十分安静。他在十一号隔间停了下来，从帘子中间钻了进去。那里挂着男人那套深色的西装，纯色衬衫和圆形的硬衣领。他摸了摸西装，把手伸进前胸的口袋，拿出几张零散的文件，借着外面照射进来的灯光仔细看了看。他认出那是一个长条形的官方信封，上面有几个字母：O.H.M.S.——所得税征收单。他把这东西塞到腰巾下面，立刻溜了出去，然后，弄出很大动静走进自己的隔间，打开灯，点上一支烟。

信封上的收信人是阿诺德·辛普森绅士，特纳格林区新月街"鸟巢"。

"史密斯，是吗？"法比安说了一句，便把信放进上衣口袋，然后带着香烟回到冷水浴室。他心情大好，甚至大声歌唱：*我儿时的朋友，我永远需要你……*

小个子男人回来了，按铃叫了按摩师。

"我也按按。"法比安说。

他躺在一块大理石板上。一个穿红衬衫的巨人迅速脱掉了他的围腰。

"看在上帝的分上,别挠我痒。"法比安说。

从小个子男人那边的石板传来拍打的声音,一个虚弱而礼貌的声音说:"右肩,谢谢。"

"吼吼吼哈哈——!"按摩师在按揉他的肋骨时,法比安笑个不停。同时,在他的脑海中,他对着那个小个子的形象说:好吧,辛普森,你让我经历了这一切,这个土耳其浴就要你多花五十便士!

按摩师用热毛巾把他裹起来。

"感觉好一些吗,先生?"

上蒸下烤,法比安浑身淤青,艰难地移动着脚步,虚弱无力地呻吟道:"当然。没有什么比按摩更能让人恢复活力的了。我曾经为此写过一首歌……"

法比安给了他半克朗。

"叫他们给我送一大杯浓黑咖啡、两个煮鸡蛋和一些土司——赶紧去!"

"好的,先生。谢谢,先生。"

"你看,我已经三个星期没睡过觉了。今天早上我得去找一个家伙收取一千五百英镑。"

法比安一动不动地躺着。五点半,那个小个子男人开始穿衣服。

现在他要让邻居们看到他下班回家了,这只小老鼠!法比安想。听见小个子男人离开后,他走进接待室,坐在一张长椅上。他还有半个小时的时间。他又看了看从小个子男人口袋里拿来的信封。里面有一封要求缴纳所得税的信,还有另一封信也塞在里面,用铅笔在一张"卡维尔疗养院"抬头纸张上写的信:

我亲爱的阿尼:

疼痛令我无法入眠,距离下一针注射还有一个小时,我便给你写了这封信,因为和你说话会让我感觉好一些。真希望我能和你在一起。我很担心你。我担心,天气暖和了,你是否还穿着冬天的羊毛衫。亲爱的阿尼,羊毛衫一定要穿到五月中旬。你可不能生病。阿尼亲爱的,我很想经常见到你,但不要再请假来看我了,否则人家肯定会生气的,就早上来吧。一定要照顾好自己,我希望玛莎能为你备好可口的饭菜。我不能再写了,阿尼,我确实觉得很不舒服。

爱你的
艾格尼丝

"啊！"法比安感叹一声。他走到外面，叫了一辆出租车。

"鸟巢，新月街，特纳格林区。"他对司机说。

"好的，先生。"

雨停了，太阳升起了。透过出租车敞开的车窗，清晨的凉风轻轻地吹在哈利·法比安发热的脸上。

路边长椅上那些伤心欲绝的流浪者开始振作起来，无情的阳光令他们不得不将痛苦隐藏。

六

郊区的人都还在睡梦中。新月街的路灯还亮着。法比安看到"鸟巢"前厅的灯亮着。很明显,那个小个子刚刚到家。他敲门。小个子开了门。他看到是法比安,脸一下子红了,转而又白了。他踉踉跄跄地往回退,吓得喘不过气来。

"早上好,史密斯先生,"法比安说,"我是来取蛋的。"

"蛋?蛋?什么蛋?"

"巢里的蛋,"法比安说话时,抿着上唇,用侧脸对着对方,"来吧,让我进来。"

"你要干什么?"

"我就想和你说句话,你最好在玛莎下来之前赶紧说清楚。你不会想让玛莎听到的。"

"你……这里面有点误会。我的名字不是史密斯。我不……"

"没错。我知道你的名字不是史密斯,而是阿诺德·辛普森,没有错。"

辛普森先生领他走进客厅。法比安会心一笑,瞥了一眼家具——这是中产阶级最典型、最舒适的房间——棕色皮革套沙发套组、橡木餐具柜、阿克斯明斯特地毯、落地灯、黄铜熨斗、小摆设、绘画作品。小个子男人坐了下来,浑身颤抖,像个快要冻死的人。

"你来这儿干什么?"

法比安一脸冷酷,不容置疑地回答:"今天晚上你和我妻子有染。"

"我?什么时候?在哪里?怎么会?我——"

"十一点左右,鲁伯特街。有人跟踪你,监视你,偷听你的谈话,还拍了照。"

"我发誓我什么都没做。"

"你坐在她的床上,手放在她的腿上。想说只是兄弟情,嗯?我想你觉得你能逃过这一劫,嗯?可是,你不会的,明白吗?"

"你想干什么?你要干什么?"

"干什么?告诉你妻子。告诉你邻居。告诉你大姨子。见鬼去吧。这就是我要干的。"

"但我向你保证,以我的灵魂发誓,我什么都没做。什么都没做!我很孤独。我想找个人说说话。你——"

"哦,是的。当然,你只是想找个人说说话。所以你挑选了一个佐伊这样的女孩,回到她的公寓,让她脱了衣服,只为了和她说说话。这些你都做了。我们都知道!"

"我没有让她脱衣服——"

"你当然没有。我知道你没有。她的裙子自己跑了。每个人都知道。女孩的裙子一下子就消失了。谁都知道男人带漂亮女孩去卧室是为了什么。只是为了聊天。这是众所周知的事。尽管如此,兄弟,你知道有些人会怎么想。他们会相信吗?你妻子会说什么?"

"你不能告诉她!那样会要了她的命。"

"你现在知道了吗?"法比安斥责道,"我为你感到羞愧。看你平时像一个受人尊敬的居家男人,其实你一直在夜总会玩乐,隐匿于巴格拉格酒吧和女人的卧室——"

"别说了!"小个子说,"看在上帝的分上,别说了!我听不下去了。你看不出我是个病人吗?别再——"

"一百五。"

"呃?呃?"

"你是什么意思?你应该说:'请原谅没听清楚。'我再说一遍:

一百五十英镑。"

"你是说……你想让我给你一百五十英镑吗?"

"是的,而且要快。"

"我没有。"

"不,你有。我知道你有。你不是藏有私房钱吗?"

"那……那是投资用的。我不能动。我——"

"不是还有他们解雇你时开的支票吗?这个你妻子可不知道。你所要做的就是开一张一百五十英镑的小支票,银行一开门就去,换成一英镑一张的钞票,交给我,然后说'再见'。如果你不这样做,我向基督起誓,我一定会在你之前赶到卡维尔疗养院——"

"我要报警!"

"你可以指控我,但这对你没有任何好处,只会引起丑闻——"

"敲诈案可以在视频听审……"

"你好像没明白,"法比安耐心地说,"如果你想找不痛快,我会让你不痛快,我会给你的艾格尼丝讲个故事,相信她会从床上跳起来,跳一支伦巴。还有玛莎——玛莎有什么不敢做呢,亲爱的老玛莎!"

小个子男人颓然坐在椅子上,好像他的脊梁骨已经化成了水。一分钟左右没有人说话。最后,小个子男人开口了:

"如果我给你这笔钱,你怎么保证你不会继续敲诈?"

"看着我的眼睛,"法比安咧嘴笑着说道,"什么颜色的?"

"呃……蓝色。"

"听好了,我叫法比安,我现在就要那笔钱,要现金,小面额纸币。你给钱,我就守口如瓶。不给钱,我就让你好看。我说到做到。你自己选吧。选哪一个?"

"我发誓,我没那么多钱。我的现金余额不超过一百英镑。我的开支很大。你难道没有意识到吗?"

"明白了。"

"我该怎么办?"

"借钱吧。"

"上帝呀!"小个子男人叫嚷道,"你还是人吗?"

"好吧,我就委屈一点。你有多少现款?"

"最多,一百零九或者一百一十镑。"

"虽然你不配,但我还是很宽容的。我只要一百一十镑,今天给我。拿不到钱,我不走。我就和你一起在这里等着,等到银行开门。如果到时候我拿不到一百一十张一镑的钞票,我就把剪刀扎你身上。清楚了吗?"

"但是我的大姨子——"

"为了你,我不介意骗骗人。和她说我是你工作地方的药剂师。"

"但你要保证——要绝对保证——再也不来这里了?"

"君子一言。"法比安说。

十点钟,法比安虽然疲惫不堪,但却兴高采烈,乘出租车回到鲁珀特街。他时不时摸摸马甲口袋里那一叠硬硬的绿色钞票。佐伊已经睡了。他悄悄地走了进来。

他脱衣服时,佐伊醒了。

"你到底去哪儿了?"她问道。

"去洗土耳其浴。看看我的腿多么干净漂亮。"

"嗯!"

"听着,甜心宝贝,我在做一件大事。你马上就要开上劳斯莱斯了——"

"啊哦!"佐伊打了个哈欠。

"别睡了!"法比安说,"醒醒。告诉我,你昨晚过得怎么样?"

"听着,哈利,对不起,亲爱的,"佐伊信誓旦旦地说,"没什么好生意。"

"你赚了多少?"

"就两镑。"

"骗子。"

"别叫我骗子!"

"不对,你说的是实话。你确实只赚了两英镑。但那个有钱老头白给你的三英镑呢?"

"什么……你怎么知道的?老实说,我觉得你就是个魔鬼,什么都瞒不住你!"

"啊哈!"法比安咕哝着,穿上睡衣,"好了,到底赚了多少钱?"

佐伊从枕头下拿出一个钱包,掏出五镑。

法比安问道:"为什么要瞒我?我待你很差吗?"

"我想要买双鞋。"

"你怎么不早说呢?"法比安说着,接过五英镑,又拿出两英镑还给她。

"给你,两英镑。"

"你真好,哈利!"

"从来没人说我小气。"法比安说。穿上睡袍之前,他伸出双臂,来来回回地转着,"看。我好干净!……该死的,转个身。睡觉有点浪费。我一点左右要给费格勒打电话。"他躺上床,然后从被子下面伸出一只脚,指着脚说:"看看,多白!"

七

法比安在一点的时候给费格勒打了电话。

费格勒是个单身汉,住在塔维斯托克一栋房子底层的一个单间里。为什么选择维斯托克?因为听起来不错。为什么是一楼?因为一下子就能跳到街上,令他很安心。

法比安的电话打来时,他正在翻阅一本剪贴簿,里面塞满了神秘的剪报。走过去接电话前,他合上本子,在上面放了一只沉重的花瓶。

"喂?"

"费格勒?"

"我不知道他在不在。你是哪位?"

"哈利·法比安。"

"哦,你好,哈利。什么事?"

"听着,费格勒,关于那一百英镑……"

"嗯?"

"我弄到了。"

"什么?"费格勒大叫道,满是惊愕。

"是的。现在我们可以开始干了。"

"哦,当然,哈利。但是听我说——"

"我什么时候能见到你?"

"嗯……任何时候都可以。但我现在有点赶时间。最好今晚。"

"今晚?在哪里,安娜的酒吧?"

"好的。"

"好,听着。你的钱呢?"

"谁,我吗?我可以开支票——"

"不要支票,费格勒,要现金。"

"什么?你不信任我?"

"当然,我当然相信你。但你会给我的支票存一百英镑现金吗?"

费格勒不知如何答复,他只能简单地说:"你有现金?"

"听着!"靠近电话话筒口,法比安把一份报纸弄得哗哗响,"一百张纸币。你听到了吗？是不是很美妙？如果你银行里有钱，很容易就能取出来，不是吗？"

"哈哈哈哈！我能不能取出来？……但还是那句话，你应该相信我的支票。"

"你会相信我的支票吗？"

"朋友之间——"

"生意场上不谈友谊。你自己也这么说。我准备好了我那一半。现在让我们看看你那一半，然后再谈别的。这次不同以往，我们真正做一次生意——赚大钱。我是认真的——"

"不要因为你有生以来第一次口袋里有一百英镑就这种态度，哈利！我很愿意五五开投资，但如果你认为你可以命令我——"

"现在，别犯傻，费格勒。"

"好吧，十点半安娜那里见。"

"十点半安娜那里，一言为定。"

"再见。"

"再见。"

费格勒"砰"的一声挂了电话，气冲冲走回房间。该死的！他是怎么这么快就弄到钱的？今晚之前我到哪儿去弄一百镑呢？他拿出存折，账上只有三十一英镑九便士。法比安有一百英镑！他什么时候成了生意人了？这只小老鼠！

费格勒在房间里踱来踱去。然后，他拿出一本厚厚的老式笔记本，黑色的封面油光发亮。里面塞满了批发商的名字和地址，涵盖了每一条可以想象的商品线。如果你带着一批变质的鸟籽、腐烂的弹性吊袜带、生锈的伞骨、扭曲的黄油图案、过时的日历或90年代遗留下来的剃须纸走近费格勒，他会用手指在书页上来回移动，抽根烟，抬头看，然后说："嗯……我可以五五分成处理这些东西……"电影公司的买家为他的笔记本出价相当可观，但这是费格勒不愿出售的东西。这不仅仅是他的生活，而是他的生命。

他拿着笔记本坐了下来，抽了一支烟。

烟雾从他充血的支气管中冒出来。"啊！"费格勒喊道。他扔掉烟头，戴上帽子，把笔记本锁起来，用刷子在衣服胸口拍了两下，便出门而去了。

首先，费格勒去了莫蒂默街，来到一楼的一间办公室，门口的牌子上写着：零售用品有限公司，P·平库斯。他往里走，一位秘书拦住了他。

"在吗？"费格勒说。

"啊，平库斯先生太忙了，他今天谁也见不了。"

"嗯。那样的话，我就自己直接进去吧。"费格勒说。他直视着前方，脸上的神情平静而专注，掠过秘书，走进了一间里间的办公室。这是一间胶合板的小房间，满地的纸张有齐踝深。废纸篓里堆满了目录，桌子上有一个铜碗形状的电加热器，阵阵令人窒息的热气喷在平库斯先生的脸上。

费格勒进来时，他抬头看了看。

"听我说，"费格勒说，"告诉我，你是怎么搞定曲木椅的？"

"曲木椅！"平库斯喊道，"曲木椅真是火了！一整天，我听到的就只有曲木椅、曲木椅！我为了这曲木椅，一直坐立不安，而你现在来这里又是曲木椅！"

"嘘！别这么激动。你弄不到曲木椅，是吗？"

"我当然买不到！如果我想从利普斯基那里买，我能买一百万把。但谁会从利普斯基那里买曲木椅呢，那可是会背信弃义的家伙！"

"听着，你想要的曲木椅是那种圈背的小圆椅吗？"

"圈背！圈背的曲木椅一个也买不到——"

"利普斯基把它们都买了。"

"他就是这么和我说的！我为了曲木椅都火烧眉毛了，他却这么说！"

"好吧，我手里还有一些。"

"多少?"

"二十罗[1]。"

"二十罗?多少钱?"

"利普斯基的要价是一打七十先令。我的比他的便宜。"

"便宜多少?"

"一打便宜十一先令。"

"哎呀!那就是一打五十九先令?"

"一打五十九先令。"

"我要十二罗。"

"当然,我知道你可以。但我最多给你三罗。"

"你何必要这样呢?我可以把你所有的货都清了,绝不废话——"

"听着,"费格勒耐着性子说,"别说傻话。你我都知道,市场上每一把曲木椅都是利普斯基的。对吧?"

"那又怎样?"

"直接回答,是或否。"

"好吧,然后呢?"

"我确实还有些货。如果我要低价处理,平库斯,你可要知道,除

---

[1] 一罗 (a gross),144个。

了你，我在这一行还有两三个朋友，我完全可以去找他们。"

"所以呢？"

"如果一打五十九先令给你三罗，你要还是不要？我可以在今天下午收到支票后发货。可以吗？"

"好吧，我要三罗。你说一打五十五先令？"

"五十九！"

"啊！你每把椅子可是敲了我四便士。"

"平库斯，别犯傻了。我来这里，自砍价格，"——费格勒用拇指和食指的指甲"咔嗒"掐在一起，仿佛掐死了一只看不见的虱子——"而你还要讨价还价！听着，我一厘都不能让了。难道我不要生活吗？三罗，每打五十九先令，一共一百零六英镑四先令。行还是不行？"

"一百零六英镑。"

"一百零六英镑四先令。"

"抹掉那四先令吧！"

"一百零六英镑四先令！"

"好吧，我要。"

"我今天下午会送到你的仓库。到时候一手交货一手交钱。"

"好的。但钱款要等一个星期。"

"不行。现金是基本条件。否则，一切免谈。"

"好吧,我可以接受。事实上,我有急件要发——"

"我知道。发给威尔逊。"

"谁告诉你威尔逊的事?"

"我就是知道。这样,你的支票一到位,我今天就把货运给你。"

"我什么时候能看到货?"

"四点钟。"

"我走不开。六点吧。"

"好的,六点。"

"我记一下金额,马上把支票开给你。一百英镑……"

"一百零六英镑四先令。"

"一百零六英镑!"

"——四先令。"

"好了。回头见。"

费格勒走了。

二十分钟后,利普斯基公司位于比肖普斯盖特的办公室里便响起了费格勒的咳嗽声。

费格勒对小利普斯基说:

"我想要三罗那种小的圆木折椅——72X 型。"

"72X 型?当然!要多少有多少!线条漂亮。你知道,其他地方可是买不到的。给你算七十先令十二个。"

"好吧，就这样，利普斯基先生。这些椅子，我可是买给一个在北方开新店的朋友的。"

"嗯，北方？我可以问一下在哪里吗？"

费格勒毫不犹豫地回答说："布莱克本那边的一个小镇，一个叫达文的地方。"

"达文……是吗？"

"这个，生意就是生意。我想从中赚几个先令，所以你看能不能一打降——"

"恐怕做不到。"

"啊，当然可以的！你了解我。我们在一起做生意已经很多年了。不会让你失望的！我买这些椅子是我自己的责任。所以做个好人，六十五先令卖给我。"

"好吧，可以按六十七先令六便士一打卖给你三罗。"

"别这样！"费格勒喘着气，连哄带劝地说道，"就六十六先令吧。一把椅子就是五六先令。"

"你在别的地方七先令也买不到那样的椅子。"

"行吧，就这样吧。给我三个月的时间付款。"

"这不行。你先付我一半的定金，剩下的另一半二十八天后再付。"

"六十六先令？"

"一打六十七先令，一分钱也不能少。这是最低价了。"

"好吧……我能马上拿到货吗？"

"后天，如何？"

"现在就发货，行吗？"

"不行，没有货车了。"

"这没问题。货车，我有。"

"什么时候的事？"

"我现在生意越做越大了。我就雇了一辆。好了，开发票吧，我给你开支票。"

"好的，费格勒先生。一半定金是六十英镑六先令。"

"就六十英镑吧。"

"还有六先令。"

费格勒写了一张六十英镑的支票，然后把它推到桌子对面。利普斯基非常平静地接了过来，感谢了费格勒，接着说道："这样的话，请开出第二张六十英镑十二先令的支票。"

"六十英镑。"

"——十二先令。"利普斯基说。

费格勒开出了第二张六十英镑十先令的支票。

利普斯基笑了。"好吧,你这个老滑头。那就给我一支雪茄抵那两先令吧。"

"当然!"费格勒说着,拿出一支玻利瓦尔大雪茄,这是两个月前别人送给他的,他带了出来,期待能有这样表示友好的机会。

两个男人握了握手。费格勒离开了。

一到街上,费格勒就加快了脚步。他给了利普斯基一张六十英镑的支票,而他的银行存款不超过三十英镑。他知道那张支票将要在三点钟前兑付。如果无法兑现,他的信用就会崩塌。他把一先令换成硬币,走进一个电话亭。然后他给马格尼洛昆西亚雪茄公司打去了电话。

"你好!我找科恩先生……我是费格勒……你好,科恩?听我说。我想要一千支你们的科罗纳斯雪茄,现在就要……是的……不,下个月中旬我才能付款……好吧……当然!你了解我的,不是吗?……非常感谢,科恩……是的,稍微好一点,谢谢你,只是脑袋有点闷。你好吗?家人都好吧?……好,好!再见!"

费格勒的胖手指像闪电一样迅速转动着拨号盘。

"你好!我是费格勒!是戈尔德先生吗?听着,戈尔德,你能吃下一千支马格尼洛昆西亚的科罗纳斯雪茄吗?给你算三十二英镑,要现金……什么……有库存吗?你是什么意思?呢?……别傻了,你当然可以卖掉!……确定吗?你有一万的库存?一万!哦!……好的。

再见。"

费格勒已经冒了一身汗。他给哈瓦那雪茄经销商去了电话,但老板不在。而齐普赛烟草公司库存的马格尼洛昆西亚的货更多,他们还不知道该怎么办呢。费格勒改变了策略,给液金蛋公司打了电话。

"你好!"费格勒说,"我找希普策尔先生……我是费格勒……你好,希普策尔,我是费格勒。费格勒,不是蒂德勒。你好吗?……我还好……就脑袋有点闷。听着,我的信用能换几罐冷冻鸡蛋吗?……哦,不超过四十英镑。当然,下个月中旬可以吧?好吧,谢谢……是的,我试过冲洗鼻子,但没有用……好的,再见。"

费格勒没有丝毫犹豫,立即给阿普尔顿面包店打去电话。

"阿普尔顿?……我是费格勒。听着,你买鸡蛋花多少钱?……鸡蛋!不是火腿!……你是,嗯?好吧,液金的鸡蛋我可以一磅给你便宜三便士……没骗你!我在价格上涨之前从博泽那里搞了一些……是的,如果你要,我现在就可以发货,但我只收现金……当然是真的!你还不了解我吗?是的……对……那就货到付款。很好,再见。"

费格勒喘了口气,随后拨通了子弹运输公司的电话。

"你好!子弹?我是费格勒……你好,艾萨克!贝蒂好吗?……哦,脑袋有点蒙……听着,我想要一辆小货车———一吨载重的货车……一吨!你是聋了,还是什么?……就一天……闭嘴,你当我是百万富翁吗？……给个实价……哦，好吧，二十五英镑。现在就准备好。我马上过来。"

费格勒挂了电话，接着又拨了一个号码。

"你好！透明标志？我是费格勒……你好，尤塞尔！最近好吗？……哦，脑袋有点蒙……听着。我想让你找你那里手脚最快的人做一张大约五英尺乘十八英寸的横幅……普通纸——我就想贴在货车的侧面……上面印上：费格勒商品公司。清楚了吗？黄底黑字，简简单单。一个小时后我就要……别骗我，三英镑六便士，一分也不能多。再见。"

他走出电话亭，擦了擦额头上的汗，坐上公交车，赶往子弹运输公司。他上了一辆一吨载重的小货车，挤在司机旁边，一起来到透明标志公司；在那里，给车子贴上印着费格勒商品公司黄底黑字的醒目横幅，城里所有的人都能看到；他飞速赶往斯捷普尼，在那里装上鸡蛋；把它们送到阿普尔顿面包店，最后，他收到了一张三十五英镑两先令六便士的支票。

"去比肖普斯盖特的利普斯基公司。"费格勒对司机说。

椅子装好车后，他打车到银行，用阿普尔顿给的支票付了椅子的货款。然后，他给平库斯打去了电话。

"听着，平库斯，椅子我已经装车了。我是直接把它们送到你的仓库，还是哪里？快说，我很急……好吧，半小时后带好支票仓库见。再见。"

他们在仓库会面。平库斯看了看椅子，表达了自己的赞许：

"好吧……你并没有骗我。"

"骗你？你应该跪下来感谢我！"费格勒说。

"这是支票，"平库斯说，"一百零六英镑。"

"一百零六英镑四先令！"

"啊！还有一笔四先令的生意！给，这是一支雪茄，就这么解决了！"平库斯把手伸进胸口的衣袋，掏出一支粗糙的罗密欧与朱丽叶雪茄，费格勒认出这是他四个月前送给平库斯的那支。

费格勒拖着沉重的脚步来到一家茶铺，重重地坐了下来，在一本一便士的笔记本上做笔记。

他以一百二十英镑的价格买了三罗椅子，然后以一百零六英镑的价格卖了出去。他花了四十英镑买了一堆液态鸡蛋，然后以三十五英镑的价格卖掉了。这造成了十九英镑的亏损。十九英镑，外加租用小货车的费用、横幅、电话、出租车等等——算作二十一英镑。

那么费格勒做了什么聪明事呢？

他手头有一百英镑。用这笔资金，他打算成为摔跤比赛的推广人。

他欠利普斯基六十英镑，欠液金公司四十英镑。等到这些账单的最后偿还日，他靠信用可以购买六架三角钢琴，用卖掉的钱他能按时偿还这两笔债务。然后，他可以继续赊购利普斯基或液金公司的货物。靠这些货物，他可以支付钢琴制造商的费用。到这个时候，戈尔德先生已经处理掉了他在马格尼洛昆西亚雪茄公司的库存，费格勒在这些制造商那里的信用一直很好——这样费格勒就可以继续玩转下去，一直赊账，拆东墙补西墙，一直挖坑填坑，设法保证银行里有一点余额，维持一个好名声。所有这些靠的就是话术和支票。

无数信誉良好的商人都以这种方式设法苟延残喘。

"来壶茶，"费格勒对女服务员说，"两个荷包蛋配吐司，再来一包糖。如果有人为一日三餐而努力工作，亲爱的，那个人此刻就在你面前！"

费格勒那天晚上十点半见到了法比安，并给他看了支票。

"说好的是现金。"法比安说。

"听着，年轻人！"费格勒说，"我受够你了。你只知道现金，现金，现金。一个商人不会口袋里装满钱到处跑！我的支票没问题。我要现金干什么？你认为生意场是什么，赛马场？商人靠的是信用。整个世界都建立在信任的基础上！"

"好，好，好！……听着，费格勒，我一直在选地方，我在摄政街看中了一个不错的地方——"

"摄政街！啊！你听我说。布里斯托尔广场有一个地下室出租，每周三十先令。二十五先令他们也接受。带浴室。你还想要什么？"

"淋浴浴室吗？"

"我可以花个六七英镑，买一个橡胶圈把它改好。"

"好的。我今天去了史密斯那里，拿了一份目录清单。我们需要垫子、各类器械，还有其他一些东西……"

费格勒看也没看，就把目录撕成了两半。

"史密斯！啊！我花一半的钱就能买到你要的东西。再说，翻新的旧垫子怎么了？为什么要新垫子？"

"家具——"

"交给我吧。你只管担心摔跤手就行了。"

"我可以找到要价低的优秀摔跤手。"

"比赛地点呢？"

"我们就从马里波恩的奥林匹亚剧院开始。"

"工作人员呢？"

"我已经和几个家伙谈过了。不会有问题的。听着，我们该起个什么名字？"

费格勒耸耸肩，他并不在意。

"法比安和费格勒。"

"啊!"

"费格勒和法比安?"

"哼!"

"法比安演艺公司!"

"还不错。"

"听起来不错,对吧?法比安演艺公司。天哪!"法比安激动地喊道,"听起来没那么糟!"

"好吧,就叫法比安演艺公司。"

一位女孩经过他们的桌子。

"你好,薇!"法比安喊道。

"你好,哈利。"这个叫薇的女孩回应道。她是个高挑、苗条的红头发女孩,穿着黑色蕾丝晚礼服。虽有腮红掩饰,但仍能看出她夜夜笙歌导致面颊苍白如纸。

"你最近在哪儿工作?"

"在银狐。"

"新地方?"

"环境不错,哈利。有时间来看看。"

"谁是老板?"法比安问道。

"菲尔·诺瑟罗斯。"

"那里的乐队好吗?"

"很不错。"

"他们一瓶给你多少?"

"一瓶苏格兰威士忌三十五先令。"

"抢钱呢!"法比安说。"不过,我还是会去看看的。给我一张名片。"

薇给了他一张名片:银狐俱乐部,莱斯特巷,莱斯特广场。"到时候报我的名字,哈利。"

"想去看看吗?"法比安一边问,一边摆弄着那张名片。

"不用了,谢谢。"

"费格勒,你觉得法比安演艺公司怎么样?"

"我告诉过你了,还行。"

"但是你的名字呢?"

费格勒笑了。"我?我的名字不重要。"

"我要做一些名片。天哪!'法比安演艺公司!'哎呀,喝一杯吧。"

"葡萄柚酒。"费格勒说。

"你呢,薇?"

"杜松子酒加酸橙。"

安娜·西伯利亚开始制作他们的饮品。

"但你确定用这个名字吗?"法比安问道。

"所有的光环都归你,我只要看到钱。"费格勒说完,喝起他的葡萄柚酒,发出"咕噜咕噜"的声音,就像溺水者窒息时发出的声响。"咕噜咕噜!……好吧,我得走了。今天很忙,我累了。明天十二点这里见,我们去看看地方。"

"十一点半!"薇看着钟说,"我得去上班了。一起去吗,哈利?是个不错的地方。"

"不,今晚不行,我要睡觉了。我也累坏了。明晚吧,宝贝,今晚不行。"

费格勒走进莱斯特广场车站。

一声钟响,接着是第二声。法比安睡得像只睡鼠,蜷缩在火焰色的睡衣里。

第三声钟声响了,法比安在睡梦中呢喃着"演——演艺公司"。

"啊……"佐伊低声说道,埋藏在意识深处的一丝丝失落,令她不由得叹息。

第四声钟声响了。

没有月亮,夜晚非常寒冷。一颗小小的蓝色恒星在几光年外闪烁。

总有那么一颗遥远的恒星,投射出冰冷的光芒,指引着我们这些在这个世界的荒野中迷失、困惑的旅行者。

四点了。

中　部

有多少种迷失自我的方法？

八

虽然银狐四点半就关门了,但直到快九点了,薇才到家。

进自己的房间之前,她敲了敲隔壁的门,喊道:"海伦!"

"谁呀?"

"我。"

"哦,进来。"

海伦只穿着一件蓝色旧睡袍,站在镜子前,拿着把硬木梳梳着她浓密的棕色头发。她那粗壮的大白腿叉开站着,用脚尖保持平衡。梳子的沙沙声和浓密的头发因静电发出的噼啪声交织在一起。每往下梳一次,她的双脚脚跟便落下踩实,同时嘴里发出一声简短的惊叹:"欧!"

随后又踮起脚尖,准备再次发力。她睡袍的下摆绷得紧紧的。梳头的力道大得令整个房间都在颤抖。

"不开心,还是怎么了?"薇问道。

海伦放松下来,把头发向后梳。

"没有,"她说,"我每天早上都这样梳头。这对头发好。"她把睡袍腰间的带子紧了紧,坐了下来。她那双深褐色的大眼睛深深地嵌在浓密的黑眉毛下,好奇地盯着倒在椅子上的薇。

"你精力太旺盛了,"薇说,"你需要的是一个男人。"

海伦耸耸肩。"过得怎么样,薇?"

"哦,还好吧!"薇喊道,"你呢?运气好吗?"

海伦指着一份皱巴巴的《每日电讯报》。"什么也没有。我这行根本没有岗位。如果继续这样下去,我估计就得找一份厨师之类的工作。"

"别傻了,"薇说,"天哪,我累死了!昨晚是什么样的夜晚呀!"

"开心吗?"

"太棒了!我喝得太多了,竟然和一个警察在牛津街跳起了伦巴舞。你竟敢笑我?你死定了。我从他那得到了一英镑,还有一支自来水笔。我把笔送给了俱乐部外面卖花生的希腊男孩。现在想来,我应该把它带回来送给你,对吧?有阿司匹林吗?没有也没关系。我和你说的这个家伙,他说想娶我。你知道他说了什么吗?他说:'我们马上去都柏林，在那里结婚。'我？怎么可能！你能想象我会蠢到要结婚吗？我不得不走进衣帽间坐下来，老板走到我面前，你知道他说了什么？我必须在……哦，昨晚我过得怎么样？进门的时候，我差点就要抱着伞架跳华尔兹了。你在笑？你死定了！……"

"哎哟，昨晚过得怎么样……"

"哦，趁我现在还记得：我从没遇到过这么好的家伙。他很直接。我无法忍受那些动不动就说：'哦，你是这个……你是那个……'这个家伙这样对我说，他说：'你不仅漂亮，更重要的是你有个性、有性格。'我喜欢有话直说的家伙。老板说：'小薇是这里最好的女招待。'我不是自夸，但是——知道吗？我必须告诉你：我们去了牛奶吧，我一直让马路对面的出租车带客人去雷迪斯俱乐部，每个司机一先令……天啊……"

薇打了个哈欠，残留着唇膏的略显苍白的嘴唇之间呼出的口气，就仿佛打开了装着病理标本的罐子。随后，她抓起她的包，惊愕地叫了一声：

"嘿，等一下！"她把包里的东西一股脑倒到床上——化妆品，沾有唇膏的手帕，指甲锉，还有一些零散的银币……

"五，十，十一先令六便士。天哪，这就是我全部的收获吗？昨晚我有一英镑纸币和半克朗呢。那个家伙——那个'好人'——他什么都没给我。他说：'我不在乎我花了多少钱，但我不会白给钱的！'所以我说：'我的时间怎么算？我今晚陪了你五个小时。'他就说：'我今晚为你花了六英镑买酒买烟。'于是我说：'包我的钱怎么算？'他回答说：'听着，我不像其他人那样，只为了能从女孩身上得到什么而和她在一起。'他说，'我喜欢一个女孩可不仅仅为了性爱，我喜欢有个性、有性格的女孩，所以你要是和我一起回酒店，我就给你两英镑。'然后，他喝光了第三瓶酒，倒头睡着了。我看到他把零钱放在背心口袋里，于是我掏光了他的口袋。一英镑两先令六便士。然后门卫把他带了出去。他口袋里只剩下九便士。于是他们把他塞进一辆出租车，说：'带他去埃奇韦尔玫瑰园 14 号。'随即转身离开。"

"为什么是那里，他住在那儿吗？"海伦问道。

"不，那只是个玩笑！他住在帕丁顿宫酒店。再笑，你就死定了。你可以想象，他在埃奇韦尔醒来时，没钱付出租车费……但为什么我只剩下十一先令六便士了？听着——你知道我做了什么吗？我扔掉了一先令的硬币——砰，哗啦！——到处都是响声！叮当，叮当，叮当声，就在街上。然后我就吐了。哦，我昨晚过得真糟糕……"

"要喝杯茶吗？"

"不……我想去看电影。"

"别疯了，"海伦说，"你该上床睡觉。"

"是的，没错。是该睡了。我刚想说你能喊我起床吗，可以吗？大约五点喊我。"

"好的，现在睡觉吧。"

"晚安。"薇走了出去。紧接着，她又返回来，"我想说的是,早上好！"

"早上好。"

薇回到自己的房间，钻进毯子里。海伦去散步了。

下午五点钟，她敲响了薇的门。

"呃，天呀，进来……"

薇的房间是家里最小的一间，勉强能放下一张床、一张梳妆台和一把椅子。梳妆台上一片狼藉，巧克力盒子、破碎的塑料娃娃、无法识别的锁匙、停走的手表、奇特的耳环、阿司匹林空瓶子、干掉的敞口面霜、沾满黑色染发剂的旧牙刷，还有几支红得发亮的口红空管，像爱情战场上散落的弹壳。地板上有一杯三天前泡的茶，上面结了一层白色的膜。一条长筒袜从抽屉边垂下来，浸在茶水里，像灯芯一样。壁炉边放着一件粉红色的晚礼服。房间的窗户紧闭，在这几个立方英尺的空间里，十几种廉价香水的气味、未清洗的内衣、床下用报纸随意包裹的物品，所有这一切混杂在一起的味道扑鼻而来

海伦低头看了看薇。男人是多么愚蠢的瞎子！她想，竟想和这样

的人做爱。

薇此时依旧穿戴齐全,紧紧地裹在她的泰迪熊外套里。被单下面伸出一只脚,脚上还套着一只缎面小鞋子。她的头靠在枕头上,枕套是灰白色的,薇的脸色更苍白。昨天的胭脂斑驳了,更突显了面色的苍白。她画的眉毛已经在毯子上蹭掉色了,眼睑上金属绿色眼影与蓝色睫毛膏混在一起,变成一种神秘而剧毒的青紫色,夹杂着银色斑点。她一边的假睫毛松了,眨眼时摇摇晃晃地靠在脸颊上。她似乎在液化,四分五裂。

"哦,天呀!"她呻吟道,"我喝醉了吗?……我昨晚怎么过的?"

"你最好喝杯茶。来我房间吧,我正好在泡茶。"

"那太好了……哎哟,我的天呐……"

薇掀开毯子,坐起身来。"我今天早上回来实在太累,连衣服都没脱,看看我做了什么……"她的一只脚从那条轻薄的黑色连衣裙正面捅了出来。

"喜欢这条裙子的话,我帮你缝好。"海伦说。

"你真是太好了。"薇挣扎着脱下衣服,"我看上去怎么样?是不是越来越好看,越来越苗条了?"

在闷热的俱乐部里跳舞跳得大汗淋漓,澡也没洗,又裹着一件过时的驼毛外套盖着毯子睡了数小时,此刻,薇身上散发着一股酸臭味,夹杂着奥波波庞克斯香水的气味。薇非常苗条。在突出的锁骨下，是她平坦的胸部。她的腰很细，但腹部异常隆起，就像一个处于爆裂点的膀胱，与下面那两条舞者的大长腿格格不入。房间里突如其来的寒冷令她浑身冒起鸡皮疙瘩，但在海伦面前，她又摆起了架子。

"看！戈迪梵夫人家的！"

薇脱下长袜，活动脚趾，松了一口气。

"来吗？"海伦问道。

"等一下……你瞧，跳舞会把脚折磨成什么样。"薇伸出五个黏糊糊的红色脚趾，上面布满了鸡眼和水泡。

"你为什么不穿合脚的鞋呢？"

"我穿的就是合脚的！"

"你应该穿五码，但你总是穿四码半。"

"我好难受。"薇说。

"吃点东西吧。"

"别提吃的！"

"那洗个热水澡吧？"

"不用担心。"薇用粉红色的洁牙剂刷起了牙，吐出一串串的小泡沫；然后扔下牙刷，撩起衬裙擦了擦牙齿。"啊，好多了。现在，喝茶去，嗯？"

"我壶里的水也烧开了。"

"哦，天呀……"薇说完，便穿上浴袍，套上拖鞋，"我得去买点东西。我先洗个澡。我已经快一个星期没洗过澡了。我要用沐浴乳，这比肥皂对皮肤更好……哦，我感觉糟透了，昨晚过得一点也不愉快。我喝醉了吗？我还吐了！弄脏了耶塔新买的银锦缎……有可怕的事情要发生了。"

"是什么事？"

"我不知道。"

"那为什么这么说？"

"昨晚有人唱了《丹尼男孩》，不吉利……注意听。你想找份工作，不是吗？"

"是的，怎么了？"

"我们想找个女孩，俱乐部那边。"

"我觉得我不擅长那种事。"

"你是什么意思？我一直很自重，不是吗？昨晚有一个男人让我和他一起去酒店，他给我两英镑。但我直截了当地告诉他：'我们这里都是正经女孩，没有你想的那种事。不是什么阿猫阿狗都能叫我们陪的！'……而且，这至少要三英镑。你所要做的就是和他们跳舞。他们为你的时间付钱。这是生存之道，不是吗？"

"是的，但是——"

"那就来吧,你这个傻瓜!还有一个空缺。昨晚格蒂因为对老板不敬,被解雇了。"

"谢谢,还是不用了。"

她们走进海伦的房间。薇喝了三口茶,然后推开杯子说:"真舒服……但我得去买东西了。一起去吗?"

"不了,我不太想去。"

"来吧,跟我一起嘛。"

"不,我不去了。我想洗洗内衣。"

"你总是在洗东西。你精力过剩了。你需要的是一个男人。"

"闭嘴,薇!"

"你确实需要。"

"就算是,那也是我自己的事。"

"好吧,再有几分钟我就走了。你确定不去?"

"不了,现在不去,薇。我已经出去过了。"

"逛烦了吗?"薇问道。

海伦耸耸她宽阔的肩膀。"一点点。"

"你需要的是——"

"哦,闭嘴。"

薇咯咯笑着出门了。

她边走边看商店，附近那些朴素、勤劳的妇女出来买面包和肥皂，与她擦肩而过。

等我有钱了，她想，我就带着现金来买家具，再买一套公寓……买五十件晚礼服、五件日间礼服、一百双鞋子，每周定期给我父亲寄十先令，每天下午起床，享用香槟、鸡肉、威士忌和三明治……

她停下脚步，看着橱窗里的一双橙色拼银色的舞鞋，标价六先令十一便士。她头脑一热，径直走进商店。

"我想要橱窗里那双橙色拼银色的鞋子。"

"什么尺码，女士？"

"嗯……四码。"

"哦，非常抱歉，女士，那种舞鞋只剩最后几双了，目前只有三码和五码。"

"……好吧，我可以试试三码吗？"

"当然可以，但这种是窄版三码。"

薇感觉如丧考妣。如果不能拥有那双橙色拼银色的舞鞋，她活着也毫无意义了。

"我试一下。"

她把脚硬挤了进去,忍着疼,蹒跚着走了三步。

"也许您需要五码,女士?"

"不,我不穿五码……你们可以把鞋子扩一扩吗?"

"也只能扩一点点,女士。如果我是您的话,我会试试五码——五码也不大。"

"拿去扩一扩。"她一直盯着售货员,不想让那双橙色拼银色的舞鞋离开她的视线。这双鞋对她来说就像生命一样珍贵。她需要这双鞋,胜过一切。

"现在可能会松一些,女士。"

"哎哟!"薇穿上鞋。这次她可以穿着鞋走五步。"是的,好多了。我穿一两次后,鞋子还会再撑大一些,是吗?"

"是的,女士。"

"好的,我要这双。"女孩把舞鞋放进盒子里。薇眨了眨眼:在她看来,这双鞋简直美不胜收。她抱着盒子离开了商店。

经过两扇门,在一家文具店的橱窗前,她停了下来。橱窗里陈列着一系列彩色墨水:红色墨水、黄色墨水、蓝色墨水、橙色墨水——

橙色墨水!这样我写的信就可以配我的鞋子了!她几乎是跑进店里的。

"橙色墨水多少钱？"

"有六便士的和九便士的，小姐。"

"我要一瓶六便士的。"

薇把墨水放进了包里。这时她想起自己出来是要买长袜和胸罩的。好吧，胸罩可以等一等，但长袜必须要买。格罗斯曼商店有一先令十一便士的优质长袜……但是文具店隔壁是一家伍尔沃斯商店。她走了进去——不是为了买东西，只是随便看看。没有人去伍尔沃斯商店买东西：人们进伍尔沃斯商店就像去博物馆一样，只是为了看看；出来的时候，就会带着一罐油漆、一把钢锯、一个水壶、一磅糖果、三个蛋杯、一个写字板、一个灯罩、一个电灯泡、一个打字机橡皮、一个冰激凌蛋筒、一条橡胶腰带、两个圣餐匙、一个瑞士卷、一卷卫生纸和一包种子。

化妆品柜台像磁铁一样吸引了薇。

"黑暗诱惑香水"，一张展牌上写着。薇抓起一瓶香水，就像一个饥饿的人抓起一条面包。"哦，小姐！"……收银机"嘀"了一声。薇把香水瓶放进口袋。她的良心此时喃喃自语起来：你已经有十几瓶香水了，却还要浪费钱买香水！在钱花光之前，先把长筒袜买了！她坚定地咬紧牙关。但伍尔沃斯太具诱惑了，是一个对女人有魔力的恶魔，薇看到了展示的人工假花。

这是她无法抗拒的东西——帆布茶花、棉玫瑰、平绒紫罗兰——它们似乎能直击她的灵魂。她买了一束黄色三色堇的假花。长筒袜！长筒袜！她的良心大声呼喊。现在她该去格罗斯曼商店了，她确实应该……

珠宝柜台上那颗镶嵌在镀金金属上的玻璃绿宝石，像恶魔的眼睛一样，朝她抛着媚眼。她拿起一副耳环：实心铂金镶嵌四十颗中等大小的钻石，配有耳堵，卡上写着——六便士一副。伍尔沃斯一定疯了，这么漂亮的东西卖这么便宜。"要这一副，小姐！"嘀！

毕竟，薇想，我还有半克朗……她走出商店，穿过马路，决定去买长袜，结果发现自己来到了黑马酒吧外。

在一家酒吧外面！

旋转门像猛兽的嘴一样，一开一合，把她吞了进去。

"来一杯尊尼获加。"她对酒吧女招待说。喝完，她感觉好多了。"再来一杯。"

哦，天哪，我的袜子！她突然想到。但是她的钱包里只剩下一先令了。不过,伍尔沃斯商店总有办法:长筒袜,每双六便士,仅限今晚……她喝完第二杯，又回到伍尔沃斯。

她径直走到袜子货架前。袜子，袜子，袜子，袜——

一块丝绸斑点手帕出现在她眼前。她犹豫了一下，伸出手去。不，不！理智低沉的声音呼喊着。好吧，只摸一摸。她拿起手帕摸在手里，仔细端详，然后停住了——

"女士，有什么我能帮您的吗？"一位女售货员问。

"我要这个。"薇说。她真想踢自己一脚。然后灵光一闪，她想到了一个主意。对呀！我可以穿凉鞋，涂趾甲——

她回到化妆品柜台。趾甲油……深红色……

嘀！……"谢谢您，女士。"

钱花完了，她回到家里，把包裹放在海伦的床上。

"买到你要的东西了吗？"海伦问。

"哦，是的。"

"那个盒子里是什么？鞋子吗？"

"呃？"薇打开盒子，举起鞋子，做了个鬼脸，又扔下了，说："天哪，真难看！"

九点钟，薇开始换衣服。她在海伦的房间里跳上跳下，仿佛置身狂热的夜总会。

"听着，海伦，"她说，"你为什么不跟我去？"

"别傻了。"

"为什么待在家里，无所事事？"

"我并不是无所事事。"

"你是,我看得出来……你知道吗?海伦,你应该找个男人。"

"你又来了!"

海伦的脸涨得通红,盯着薇:"你希望我怎么做?冲到街上,随便抓个男人,把他拖回家?我当然想找个男人,但不是随便什么人都行。我的要求高着呢。"

"但是,像你这样闭门不出,能有什么机会呢?"

海伦耸耸肩:"确实没什么机会。"

"那今晚为什么不和我一起出去看看?"

"亲爱的薇,你觉得我会去夜总会找男人吗?别——"

"我的意思是,你会变得更有活力。"

"你管这叫活力?"

"随你怎么说。我就是靠这个吃饭的。你知道吗?海伦,你真是个傻瓜。"

"好吧,"海伦说,"不过没你傻。"

"我?我怎么傻了?"

"看看你的生活方式。"

薇生气了,嘴一撇:"你什么意思?"

"不睡觉,不正常吃饭,身体也搞垮了,然后,你得到了什么?一双六英镑的鞋子和几朵人造花……哈！"

薇大声说："我像狮子一样强壮！而且我过得很好，每周挣几英镑——"

"瞧瞧你是怎么浪费这些钱的！"由于过于紧张，海伦用脚踢着地板。

"就算我浪费了又怎么样？反正都是我的钱。我挣的！至少，我有钱浪费。但你呢？你坐在这里，闷闷不乐，忧心忡忡，蹉跎了青春容貌——这就是有利于健康了，我并不这么认为！你没东西吃，不是吗？你买不起吃的。还有睡眠——整晚都睡不着，想着明天能不能找到一份每周三十五便士的工作，然后一大早起床去拿报纸。你的房租已经拖欠了两个星期。可我说'来吧，给自己赚点钱'，你却开始高姿态了！如果我是傻瓜，那你呢？"

海伦默不作声。薇继续说：

"谁都以为我是拉你去接客，或者别的什么。但在夜总会里，也能保持体面尊严。看看我！"

"毕竟，如果一个人能保持头脑清醒，我敢说……"海伦喃喃地说。

"我是把钱挥霍一空了。没错。但那只是因为我还可以继续赚钱。"

"但这种工作能做多久？"

"多久？这是你应该担心的吧！今天、明天你都要吃饭，不是吗？

你觉得你这个速记打字员能做多久?一百年?一千年?"

海伦脸上露出了沉思的表情。

"我是为了你好才这么说的,"薇说,"我是你的朋友。你有一张好看的脸,身材也好。你可以跟男孩子们开开玩笑,不是吗?跟一个男孩跳舞并不代表要跟他上床,对吧?"

你会,我不需要,海伦心里如此想着,嘴上却说:"是的,不会……"

"你舞跳得很好。"

"还不错。"

"那么,为什么不来?来一个晚上,看看你喜不喜欢。就一个晚上!你随时可以离开。"

"可是……我没有合适的衣服穿。"

"你有一件舞会礼服。"

"那件红色的太艳丽了。"

"你穿起来很漂亮,红色和俱乐部的颜色很配。"

"不,我还是不去了……"

"好吧,你就坐在这里发呆吧。今天是星期四。你这周末能找到工作吗?"

这时传来敲门声。女房东往房里看,她是个苏格兰人,说话像狂风中风笛的嘶鸣。她问海伦:

"小姐，你有钱交房租了吗？"

海伦很尴尬，脸都红了。

"非常抱歉……我明天应该能拿到一些钱。"

"我不想为难你，但要是你再不付，星期六就搬走。"

她走了。一直没作声的薇，甩了甩头，低声说道："小气鬼。"

海伦深深地吸了一口气——就像潜水员即将潜入深水中那样。"我和你去！"她说。

薇开心极了。堕落之人最大的安慰就是，还有其他人也陷入同一泥沼之中。

"哦，太好了！"薇欢呼着，高兴地跳了起来，"你跟着我。我会教你一些诀窍。你想知道的，我都会教你……"

薇很兴奋：现在她是一位老师，一位导师，一位技能传授者。"我们来看看你的衣服。"

海伦从衣柜里拿出那件红色晚礼服，穿上身。明亮的丝绸紧贴着她的身体，尽显那强健而突出的曲线。她转过身，展示背部。V形设计裸露出的乳白色肌肤，在昏暗的小房间里闪闪发光。

薇心里妒意翻涌，说服海伦的胜利感瞬时冲淡了许多。

"你的头发打算怎么弄？"

"涂些发胶，保持原样吧。"

"哼。"薇不高兴了。

"听着,把头发分到一边试试。"

海伦把头发分到左边。"这样不好看。"

"哦,我喜欢!"薇大声说,"你必须这样。是的,海伦,保持这样。太棒了——太美了!"在她脑后,有个声音响起:现在她要进入你的地盘,她本就清高,千万不能让她打扮得太美,不能比你还美……

但海伦又把头发梳了回来。

"随便你吧,"薇说,"我是为了你好才建议的……啊,天哪!我把剃刀借给你。你的腋下!我从来没见过你这样!"

"是的,有点浓密。"

"还有你的胳膊。"

"不,手臂其他地方的毛,我不会剃的,新长出来的会变硬。腋下的,可以剃掉,但其他部分不行。"

"好吧,我是为了你好才提醒的。你知道,我身上一根毛都没有,当然,偶尔会有一两根。你要洗个澡吗?"

"不用,简单洗洗就好。我今天早上洗过澡了。我每天早上都洗澡。"

"哼,"薇有些恼怒地说,"你真有时间。"

"你不洗澡了吗?"

"我当然要洗!你以为我是什么人?"

"对不起,我记得你说你不洗了。"

"哎呀,我可没说过!只要有时间,我每天都洗澡。"

"可你已经化好妆了。"

"天哪,确实。好吧,等我回家再洗。"

海伦把熨斗放在煤气炉上,脱下那件红色连衣裙。薇看着她。

"裙子要熨一下,"海伦说,"毕竟,你说得对,只要保持清醒,注意自己的行为,就没有理由不能靠它谋生。我可不会惯着那些污言秽语。"

"是的……但你不能太拘谨。"

"我知道。你生气了吗?"

"我?哈哈!"

"我觉得我甚至会喜欢这种变化,至少短时间内会喜欢,然后我会找到更好的工作。"

傻瓜!入了这一行,她以为还能全身而退!薇脑海里的声音窃笑着说。她对海伦的态度很不满意,回答说:"这工作也不是那么容易。该死的,你必须工作,而且其中有很多地方需要动脑筋。"

噗!煤气点燃,火苗舔舐着熨斗。

"好吧,我会遇到哪些人?"海伦问。

薇再次变得情绪高昂。"我和你说,你要小心那个叫玛丽的小母牛——她是菲尔的妻子,但我知道,他们根本就没结婚——"

"菲尔是谁?"

"俱乐部老板,菲尔·诺瑟罗斯……"

海伦把她的裙子铺在桌上。

"名字很有趣。他是个什么样的人?"

九

和巴格拉格酒吧一样,银狐俱乐部也在地下室里;和巴格拉格一样,菲尔·诺瑟罗斯也是个谜。他是怎么进入这个行业的?他之前是做什么的?如果只是个诚实的普通商人,那他是如何与那些见不得光的人熟识,甚至与他们气味相投的?这些问题很少有人回答。

诺瑟罗斯很健谈,但并不善于沟通。他不会像法比安那样躲在虚构的故事后面,也不会像费格勒那样规避问题。他只是把事实隐藏起来,用笑话来掩饰一切。诺瑟罗斯可能什么行当都做过。但他看起来最像一个老骑师:你脑海里总会不自觉地浮现出他戴着骑师帽,像猴子一样紧紧地抓着马脖子狂奔的画面。他身材瘦削,面容枯槁,皮肤粗糙，光亮的秃顶，就像账本背面的耐用皮革。他的眉毛总是像毛毛虫一样弓着身子，仿佛干死在额头这片干旱的沙漠之中。诺瑟罗斯很擅长让人发笑，他生性幽默，就像一个善于与人打交道的推销员——说着打油诗，和颜悦色地拍拍你的腰侧，拍拍你的背，探查你钱包的位置，用餐巾纸就能折出小狗和芭蕾舞者，计算上比博彩公司职员还在行，支票的真假一眼就能识破——个极其坚韧、狡猾的小个子男人，看起来好像他做的事情能让其他人蹲一辈子监狱。

毫无疑问，他确实干过。

他和妻子玛丽讨论过银狐。玛丽是个洋娃娃一样的金发女郎，二十岁，像核桃一样大的蓝眼睛透着愚蠢。

她说："亲爱的，我们用蓝色的装饰吧，漂亮的靛蓝色，再配上金色——"

"我的小宝贝，"诺瑟罗斯说，"你不懂心理学吗？蓝色代表痛苦，'让我感到忧郁'；但红色代表开心、兴奋，'让我们尽情狂欢'。所以，你看，我的小绵羊，红色更合适吧？"

"那么，是镶金边的面板吗？"

"不行，我美丽的小洋娃娃。我要把这地方刷成完全不同的样子。我要做一个螺旋形的设计——你知道什么是螺旋吗？就像一个……就像一个螺旋——从天花板开始，不是正中心，然后一圈又一圈地绕着天花板和墙壁,直到地板,用大块的深红和浅红。明白了吗,小鸭鸭?人的本能会跟着螺旋绕来绕去。喝了几杯酒后,这些光带会让人们感觉置身于一个巨大的陀螺之中;这会让他们越喝越多。喝得越多,钱也就花得越多。"

"嗯,美丽明亮的灯光——"

"亲爱的,你怎么会这么想?灯光不能明亮!要昏暗一些。螺旋中心装一个旋转吊灯。催眠他们,一群傻瓜!"

"镜子呢?"

"宝贝,谁也不愿看到自己犯傻。除了厕所,没有镜子,而且我们还要用粉红色的镜子,明白吗?"

"为什么是粉红色?"

"人们去呕吐时,要让他们看起来也很开心。知道了吗,小可怜?"

"但是,亲爱的,你不觉得一瓶苏格兰威士忌要三十五便士有点贵吗?"

"他们会付钱的,亲爱的。"

"我不会。"

"我也不会,我的小天使。我们只卖。只有傻瓜才会买它,而且每一分钟就会出现这样一位傻瓜。"

"真不明白为什么人们要来买醉。"

"你知道男人会变得受不了自己的妻子吗？人们喝醉了，就觉得自己不是自己了。一个胆小如鼠的人喝醉了，就会找碴儿打架。啦啦啦！"诺瑟罗斯低声哼唱，仿佛路边的花岗岩路基带正在渗出蜂蜜，"人就是一群邋遢、软弱、面无血色、腰肥肚大、呆头呆脑、流着鼻涕的蠢蛋，就像咸鲱鱼卷——既没脊梁，也没胆儿。有人沉迷于政治；但也有人沉迷于酒精。他们知道自己本身没有什么优点，所以必须去用一些东西填满自己。他们难道不值得尊重吗？这就是人！"他吐出最后一个词。

"你会不会有一天看见我就烦？"玛丽问，"见到漂亮的女招待，你都会喜欢吧？"

"别开玩笑了，小绵羊！"

诺瑟罗斯坚硬的秃头靠在玛丽的香肩上，叹了口气。

岂不知，玛丽此时对着天花板眨了眨眼。她觉得，他的脸就像皮椅坐热后皱巴巴的样子。然后，她抚摸着他的头顶，同时想到：*很多人都有漂亮的头发，我很快就能找到一个……*

但面对海伦和薇，诺瑟罗斯展露出他真正的面目：冷酷、沉着、狡猾。

"啊，原来你就是薇跟我们讲了很多次的年轻女士。你叫什么名字？"

"海伦——"

"你不必告诉我你的姓氏,除非你想。"

"姓阿诺德。"

"海伦·阿诺德。好吧,那么你想在这里工作,是吗?"

"是的,我想试试。"

"为什么不呢?"诺瑟罗斯说,"好吧,你可以试试。"

"谢谢。"这就结束了。海伦想不出还有什么话要说。

"好吧,薇,"诺瑟罗斯说,"你自己找地方坐,我和海伦说句话……"

薇出去了。诺瑟罗斯咧嘴一笑,悄悄地说:"你知道吗?那女孩就是个傻瓜。但你应该能做得很好,你知道的。"

"但愿如此。"

诺瑟罗斯一副和蔼可亲的叔叔的样子。"海伦,你大概二十五岁吧?美好的年华,你还有很长的人生路。你受过一些教育,是吗?"

"高中毕业。"

"很好。你之前做过什么工作?"

"做过文书的工作。"

"非常好。因为现在工作机会不多,所以你想尝试其他工作,是吗?很好。勇气可嘉。在这个行业里,你有机会结实很多厉害的人物……你的家人都在伦敦吗?"

"没有,我只有一个妹妹,她住在乡下。"

"薇应该和你说过做女招待的注意事项了吧?"

"是的,我——"

"没有底薪,只有你自己赚到的。但我给佣金很慷慨。现在看这里,我只告诉你一个人。一千个女招待中,有九百九十九个是傻瓜。因为她们招待了一两个烂醉如泥的男人,随手就赚了一两英镑之后,她们就变得自以为是,觉得你再也教不了她们任何东西了……你很聪明,很优雅。在这场比赛中,你会让她们一败涂地。我告诉你,你所要做的就是:让男人买酒。知道吗?威士忌或杜松子酒,三十五先令一瓶。香槟,至少两英镑。还有其他一些小东西,比如香烟。一包普通的一先令香烟,我们收两英镑六便士。你要抽烟,告诉他们你只抽土耳其烟——或者如果他们抽土耳其烟,你就说自己只抽弗吉尼亚烟——让他们给你买一包。试着让他们给你买鸡尾酒,你可以从鸡尾酒中得到佣金。你看,我们把普通的柠檬汁装在鸡尾酒杯里就是一杯鸡尾酒,卖三先令;每推销出一杯,你就能得到六便士。明白了吗?"

"明白了。"

"还有巧克力。我们只卖高档的礼盒。一盒进价大约三四先令,我一盒卖三十先令到两磅不等。事后,我再以十先令的价格从你那里回收。洋娃娃也一样处理,就像这样:我花五先令买一个漂亮的毛绒娃娃,然后卖到三十先令到三英镑不等——价格取决于那家伙有多少钱,醉到什么程度。我回收娃娃的价格是那家伙支付价格的三分之一。所以,一个三十便士的娃娃,你就可以赚十便士,以此类推。这对我们所有人都是一笔不错的利润。明白了吗?"

"是的,明白了。除了这些,我还要做什么?"

"让他们花钱,陪他们跳舞,和他们聊天。炫耀你所拥有的一切,展示你的教育,让他们觉得你为他们提供了优质陪伴。帮他们清空酒瓶。"

"你是说帮他们喝酒?"

"不,如果你有点常识,就不会多喝。把酒这里泼点,那里洒点,浪费掉,比如让客人给乐队敬酒。明白吗?如果有人想和你跳舞,就告诉他,一支舞半克朗。如果他想要你陪他坐着,你的时间可是按一英镑一小时算的。明确告诉他,得付钱,但别唠叨,别老说钱的事。有些男人或多或少要来点硬的;但最好的办法是让他们觉得自己很慷慨。温柔地引导他们,尤其是那些外地来的。我想,你不会带男人回家的,是吧?"

"是的,我不会。"

"好吧,按自己的心意来。那是你的事。现在谈谈苏打水之类的东西。苏打水一泵五先令。点威士忌的人总会点苏打水;但你告诉他,你只喝姜汁汽水,这个一小杯就要一先令六便士。如果他点了杜松子酒,那你就得搭配酸橙汁和奎宁水。奎宁水，一小杯一先令；酸橙汁，七先令六便士。清楚了吗？"

"嗯，谢谢，很清楚。"

"接下来，早餐。我们希望他们在吃之前喝上一杯酒，所以凌晨四点之前不提供食物；我们提供的早餐有：一个鸡蛋、一片熏肉，再加烤面包，一份五先令。咖啡，一杯一先令，或者两先令六便士一壶，一壶可以装两杯。大部分时候大家都是点一壶，因为他们认为这样更合算。如果没有客人，你想吃点东西，同样的早餐只需一先令；咖啡，三便士。如果客人先后给你点了十份早餐，都收下，如果你不想吃，就随便拨几下，不用管。如果你不吃那份早餐，不要把鸡蛋打碎；我们还可以二次装盘。记住，鸡尾酒的利润比威士忌多。有的客人可能不愿意花两英镑买一瓶酒和一杯水；但他也够傻的，几轮淡啤酒、鸡尾酒下来，同样的钱就花出去了。淡啤酒每杯两先令，就说啤酒——不要提'淡'这个词。明白了吗？"

"明白了。"

"还有鲜花。我们会让巧克力女孩带几束紫罗兰，也可能是康乃馨，上面再绑一些铁线蕨：两先令六便士，五先令，七先令六便士——价格不等。没有男士会拒绝给女士送花；比如一束害羞的紫罗兰，诸如此类。每束花你能得到六便士或一先令的佣金。如果一个人买了十英镑以上的鲜花,我们有时会送他一束两便士的康乃馨;你知道用意——十英镑返两便士给这个傻瓜,他会很高兴,可能还会再花五英镑……记得把他的杯子满上,一直和他聊天跳舞,让他没时间考虑价格。绝不要偷窃。"

"偷窃?"

"把手伸进客人的口袋里,掏钱。我可不喜欢这种人,会招惹麻烦。只要不在俱乐部里,你在外面做什么,我不管。波特酒和雪利酒每瓶二十五到三十先令。像夏布利、格拉夫、巴萨克这样的淡酒,我们的价格相当合理:十七先令六便士,反正进价只要九先令。如果客人喝太多,想要香槟,就点特制香槟:两英镑。你知道,这就是一种白色气泡酒,四便士一瓶;你能得到五先令的佣金。"

"我知道了。"

"所以你看,我们对这里的女孩很慷慨。你得到的佣金比伦敦任何其他俱乐部都多。只要你知道如何做,你能从每位客人身上赚到钱。反正,你在这里赚的钱肯定比办公室里多。记住这一点:一个愿意支付五先令或七先令入场费、还要再花两英镑买一瓶苏格兰威士忌和一瓶苏打水的人,都是傻瓜。因此,榨干他——但要慢慢地榨。问他是否可以给门童一杯喝的——然后装满一大杯。他还怎么拒绝呢?让他给乐队、给服务员、给我,甚至给每个人都来一杯喝的。让他不停地走动、不停地说话,带他多转几圈;让他把注意力引到灯光和装饰上。顺便问一下,你觉得这里的装饰怎么样?"

"我有点头晕目眩。"

"这正是他们来这里的目的。男人们会爱上你的。把他们夸到天上。只要来一次,就算付出任何代价,他们也要继续来。不要催促他们,尤其是外乡人。他们比伦敦人更精明;只要让他们头脑膨胀,长期下来,他们会是更大的傻瓜。但你不能强迫他们。让他们自己决定,他们会自己榨干自己的。清楚了吗?"

"很清楚。"

"很好。坦率地讲,别告诉其他人——这里几乎所有女孩都是吸血鬼,脑容量跟虱子一样,甚至还不如!虱子至少在吸血方面很聪明:它知道如何找到你肚子上最柔软的地方。这些女孩只会说一句话:'给我,给我,给我!'我看得出你与众不同。"

海伦很高兴。

"我想我明白你的意思了。"她说。

"你当然明白。你会像鸭子入水一样,很快就驾轻就熟。记住——夜总会女招待一般都很傻。有人给她买一盒巧克力,她就会感动得一塌糊涂。如果她都能从这场游戏中谋得一份不错的生活,那你能谋得什么样的生活呢?"

"诺瑟罗斯先生——"

"叫我菲尔。"

"好吧……菲尔,我自然是要尽我所能,但我不打算以此为职业。"

"呜啦啦啦!"萨克斯管的声音响起,乐队成员们已经准备就绪。

"好啦,现在过去适应一下气氛吧。"诺瑟罗斯握了握海伦的手。她走出去后,他朝玛丽咧嘴一笑。她那双浅蓝色眼睛,因为愤怒,眯了起来。

"你觉得她怎么样?"诺瑟罗斯问。

"很糟糕!哼!她有点发育过度;还有那口音——哎呀!"

"她长得不难看,看起来很理性,谈吐也得体——"

"住嘴!我不知道你怎么能这么卑微,讨好这样一个女孩……"玛丽嘲讽地冷笑道,"你说所有的女招待都是傻瓜!"

"这个,亲爱的,大多数确实是。"

"我以前也是其中之一吗?"

"你可不一样,我的宝贝。她说的话,你没必要担心。她们一开始不都说只是暂时来做吗?最后不是都留在这里吗?都是说说而已。事实是,一旦来了,就走不了了。"

"为什么?没人逼迫她们。她们可以随心所欲地来去,不是吗?"

"不,小绵羊,她们不能。如果你在夜总会工作的时间足够长,舞鞋都穿坏了，那你就离不开它了。你再也不可能干白日班的工作。每天早上七八点睡觉，晚上九十点起床，一个月下来，你就可以和太阳说再见了。你还会想去做一份日常工作？早上七点起床，晚上十二点睡觉——没有噪音，没有饮料，没有歌舞，你想吗？"

"我？"玛丽神情庄重地说，"我坚持不了。对那些办公室的小职员来说，这倒没什么……"

"你看吧，一旦融入夜生活，你就深陷其中了。"

门童走进办公室。

"嘿，菲尔，费勒想见你。"

"哪个费勒？"

"亚当。"

"他要干什么？"

"想跟你谈谈。"

"穿着考究吗？"

"普通吧……大个子费勒。"

"那就让他进来吧。"

诺瑟罗斯的眼睛眯成一条缝，就像坚不可摧的古城墙上弓箭手的窥视孔——透过这条缝隙，隐约可见精铁般熠熠的光芒——他的嘴角上翘，像黑猩猩微笑一般滑稽。

亚当穿着一套蓝色法兰绒旧外套，迈着松垮闲散的步伐，漫不经心地走进来。

"诺瑟罗斯先生？"

"是的。亚当先生？我能为你做点什么？"

"听说你刚开张，我觉得我在你这里或许能谋份工作。"

诺瑟罗斯摇了摇头："什么样的工作？"

"门童？"

"有了。"诺瑟罗斯说。

"护卫？"

"不需要，我更想找个带客的。"

"钢琴师？手风琴师？"

玛丽咯咯地笑了起来，诺瑟罗斯也笑了，说道："那么，你是音乐家？"

"我钢琴弹得很好——很火辣。"

"你参加过哪些乐队？"

"最后加入过的乐队是尼克的九个傻瓜。"

"没听说过。不管怎样，我不缺乐手。"似乎是为了证实这一点，外面的钢琴师开始演奏《古巴马车夫》，萨克斯手吹奏和弦。"留下你的姓名和地址，或许——"

"衣帽间服务员呢？"亚当说。

"有人了，抱歉。"

"厨师？"

"别傻了。"

"那么，服务员？"

"你是多面手吗？"诺瑟罗斯说。

"有什么问题？"亚当问，"你自己难道做不了这些工作吗？"

"你以前当过服务员吗？"

"是的，做过一次。在奥利维尔餐厅。"

"你为什么离开那？"

"是这样，我不介意被顾客呼来唤去，顾客永远是对的。但那个领班当自己是墨索里尼。我站在角落里，他却对我做了个威胁的手势，我当然有理由出手了。"

"所以你动手了，是吧？"

"不算狠。"

"坐牢了？"

"倒没有。"

玛丽低声说："给他一个机会，菲尔。"

诺瑟罗斯耸耸肩。"多招一个服务员，我倒无所谓，但……"

"哦，菲尔！"玛丽说。

诺瑟罗斯犹豫了。"好吧，过来，"他说道，"如果我能找到一件适合你的外套，你今晚可以试试。如果没有，那只能说你运气不佳。"

"好的。"亚当说。

"你穿多大胸围的衣服？"

"你有多大尺码的？"

诺瑟罗斯从橱柜里拿出一捆白外套，胸前口袋上绣着"银狐"字样。"最大号是四十码。"他说。

"尺寸正好！"亚当说。

"穿上看看。"

亚当穿上白外套。扣眼边的布料被扯得像老人眼角的鱼尾纹一样皱着，两英寸的粗手腕伸在两条袖口外面。

"合适吧？"亚当说。

"你这该死的骗子，你至少要四十四码。不行，这样子太难看了——"

"哦，菲尔！"玛丽发出抗议。

"好吧，"诺瑟罗斯说，"今晚就让你试试，但你明天得给自己买几件白外套，四十四码的。"

"太好了。"亚当说。

"去收拾干净。门童会告诉你把自己的东西挂在哪里。然后，回来这里，我会告诉你要做什么。"

"好的，工资怎么算？"

"没有工资，只有小费，但小费很丰厚。"

"工作几个小时？"

"每天晚上，一整晚。"

"只要一周不超过七个晚上。"亚当说完，走了出去。

诺瑟罗斯转向玛丽，点燃了一支雪茄，狠狠地扔掉了火柴。

"为什么这么急着给他一份工作？"他问，"他和你是什么关系？"

"没什么关系，我只是觉得他还不错。"

"你是觉得他很帅吧！就因为他七英尺的大高个。我不喜欢他，我要把他赶走——"

"菲尔！"她的眼里噙满了泪水，"你怎么能这样和我说话？"

"对不起，小绵羊，我不是故意惹你生气的——"

"随便你，把他赶走，你请便！就因为我说要给他份工作，把他赶走吧！"

"但是，亲爱的，我留下他也只是为了让你高兴！"

"别为了让我高兴而做任何事！我什么也不是，我只是个傻瓜。你一直都很善妒。"

"我嫉妒只是因为我爱你爱得疯狂，亲爱的！"

"啊哈，所以你真的吃醋了。这么说，你不相信我。哦！哦！我知道了。我就像个妓女一样，是吗？"

"可——"

"如果他是个丰腴的女孩，装腔作势，还对你抛媚眼，你肯定早就被他迷得神魂颠倒了。'亲爱的，你真理性''海伦，你很有头脑'。我受够了！"

"但我已经给了他一份工作，不是吗？"

"好吧，你——"

"嘘！"

"我准备好了。"亚当再次返回，说道。

"那坐下来，听我说。"诺瑟罗斯说。

诺瑟罗斯一边说话，一边盯着亚当的脸。现在，他对自己说，让我们来看看这家伙是什么样的人。但是不论凭经验和记忆，还是直觉推断，亚当的类型并不属于他的分类系统，他不存在于他那本字典里。

诺瑟罗斯皱起眉头。

亚当的表情是难以捉摸的。他的前额饱满、平整，像小孩子的额头一样干净。他的脸阔而大，颧骨明显，鼻子宽短。他的嘴型与一只好脾气的斗牛犬一般无二：他有同样有力的上下颚，能轻易咬碎任何物品，由坚韧的肌腱连接到粗壮结实的脖子上。此刻他的嘴巴放松着，显得有些憨傻，永远挂着笑容，展现出善良慵懒的天性。

诺瑟罗斯直直地盯着亚当，两人目光交汇。亚当的眼睛很明亮，睁得大大的，浅灰色的眼眸像最温和的钢铁。孩童般的眼神，诺瑟罗斯心想。他开口道："这么说，你打了奥利维尔餐厅的领班？"

"不算打，只是推了一下。"

"伤到他了吗？"

"没有，他几秒钟后就清醒过来了。"

"……如果你想在这里工作，必须要勤快。我不太看好，你看起来手脚不够利落。"

"我可以很快，但没必要一直像热锅上的蚂蚁一样跑来跑去，对吧？"

"也许你说得对。"

"总这么着急干什么？如果你要去某个地方，或者做某件事，当然要快。但只是为了显得忙碌而忙碌，那就没必要了。"

诺瑟罗斯点点头，他开始明白了。有这样一类人，他们常年行动缓慢，积蓄力量。然后，在某个注定的时刻，他们会爆发无穷的能量。就像希腊神话中的巨人安泰俄斯一样，他们可以躺在地上，鼾声如雷，任由那些小矮人拉扯他们的头发。直到有一天，他们的骄傲被激发，说：

"起来!"然后,死寂之地震动开裂,沉睡的山脉熔岩喷涌……诺瑟罗斯说:

"我要和你说的都说完了,剩下的就是练习。所以,开始工作吧。"

亚当站起身来。

"等一下,"诺瑟罗斯说,"你做什么运动?"

"没做过。"

"但我敢说,你一定干过一些重活累活?"

"是的,各种各样的粗活。"

"你上过学吗?"

"上过一点。基础教育,还有艺术学校,等等。"

"绘画?"

"雕塑。"

"做得怎么样?"

"赚不到钱。好吧,我得走了。"

"想喝点什么吗?"

"不,我不怎么喝酒。"

"那样的话,有人请你喝酒,不要说'不',把酒带到办公室来。明白了吗?"

"好的。"

亚当出去了，诺瑟罗斯亲一下玛丽，说：

"你说得对，我喜欢这个男孩。"

"他的眼睛很漂亮。"玛丽说。

"哦，让他那双漂亮的眼睛见鬼去吧！"诺瑟罗斯在亚当之后也走了出去。一切准备就绪。姑娘们无精打采地等待着。

这时，一阵微弱的电子蜂鸣声响起，门童出现了，只听他说：

"三只肥羊！"

女孩们一下子端坐了起来。

"三只肥羊！"

钢琴师抬起双手。"开始！"诺瑟罗斯一声令下，乐队随即开始演奏《爱你爱到心坎里》。

"三只肥羊！"卖烟的女孩低声说。薇扔掉她用来剔牙的鸡尾酒棒，推了推海伦，说道："三只肥羊！"

哈利·法比安走在费格勒和黑色扼杀者中间，三人进入银狐酒吧：就是这三只肥羊。

十

"什么！"诺瑟罗斯大叫，"我的眼睛没看错吧？这不是哈利·法比安吗？"

"如假包换！诺瑟罗斯，你这老骗子，还好吗？这是我的搭档乔·费格勒。"

"我想我们以前见过面，诺瑟罗斯先生。"

"乔，我正想说我们以前见过面呢。你和小哈利是生意伙伴？"

"法比安演艺公司！"法比安大声说，"自由式摔跤。还有菲尔——这位是查理·班伯，黑色扼杀者，下一届的世界重量级冠军。"

薇低声说："哦，海伦，看见那个穿蓝衣服的小个子漂亮男人了吗？

那是哈利·法比安，作曲家。他很可爱。"

"哎呀，薇！"法比安说着，便走到她的桌子前，拍了拍她的肩膀，费格勒和扼杀者也跟着走了过来。然后他看见了海伦，脸上露出了惊讶和喜悦。"嗨，这是你朋友？哎呀呀，可真是个漂亮姑娘！"

"她刚入行。"薇说。

"我们总是要学些新东西的……来吧，伙计们，到这来。我们就坐这里。"法比安挨着海伦坐下。扼杀者巨大的身躯靠在薇旁边的椅子上，而费格勒坐在一张镀金小扶手椅的边缘，一边努力保持平衡，一边拿出一块大手帕擤鼻涕——噗噗噗，然后从口袋里掏出一根烟。

"乔，要不要找个女朋友？"

"不用了，谢谢，我现在很好。"

"那就喝酒吧，喝酒！"法比安喊道，"伙计们，让我们欢呼吧。你想喝什么？扼杀者，你不能喝太多。我们很快就要带你去麦迪逊广场花园，把那里所有的冠军都丢出绳圈，所以我们最好喝香槟。乔，你说呢？"

费格勒耸耸肩，回答道："要我说的话，点一杯牛奶吧。"

"啊，别搞这么可怜！香槟，姑娘们觉得呢？好吧，就香槟。"

"是要凯歌香槟吗？"亚当建议道。

"你推荐这一种吗？"

"是的。"

"那就这个。"

亚当走开了。

"这个国家是怎么了?"法比安说,"十点五十九分点一杯饮料,一点问题没有。可如果晚一分钟,就得花大价钱买瓶装的了。真是乱套了!要是在美国——"

"你是美国人?"海伦问。

"不是。不过,我之前大部分时间都住在那边。我以前是写歌的。见鬼!"法比安一拍桌子叫了起来,盯着海伦说道,"那时候要是认识你就好了!"

"是吗?有什么好的?"

"像你这种有个性、有样貌的女孩,他们还有什么不舍得给的呀!"

"你说谁?"

"就是山姆·高德温呀。他对我说:'哈利,给我找个有真材实料的女孩,我会捧红她,我会让她成为明星,你可以当她的经纪人,拿百分之十的佣金。'但是找不到人呀。他们唯一能找到的是一个叫安德森的女孩,琼·安德森。听说过她吗?"

"当然。"

"她做了将近一百次手术才让她的身材变得完美。你注意到她的眼睛了吗？"

"美丽的眼睛——"

"哈！那可不是真的眼睛，是用赛璐珞做的。"

"不是吧，你在开玩笑。"

"相信我说的——那是一种像赛璐珞的东西，戴在她自己的眼球上。我就知道你不会相信的。哈哈，人们看到了，也不知道。你听说过一个叫弗雷迪·麦克斯韦的孩子吗？你觉得他多大了？"

"十岁，或者十一岁？"

法比安大笑起来，然后说："明年三月就三十岁了。"

"绝不可能！"

"我可以告诉你一个事实：他过二十五岁生日的时候，我当时就在现场。他只是看起来很年轻，但是你如果见过他没化妆的样子，他额头上的皱纹很可怕。他一天抽二十多支雪茄。"

"不可能！"

在酒精的作用下，法比安此时显得很生气。"我向你保证！如果不是真的，就让我再也见不到妈妈。我有文件可以证明。你知道鲁道夫·瓦伦蒂诺是盲人吗？"

"盲人？"

"是的，全靠灯光。哈哈，我可以给你讲一些电影公司的故事，一定会惊得你头发都竖起来……天呀,你这一头秀发太美了。如果能拥有这样一头秀发,茂娜·罗埃一定会不惜一切代价!"

"但是她自己的头发可比我的好——"

法比安凑到她耳边,低声说:"那是假发。"

亚当端着香槟回来了,摆好酒杯。

"先生,请付两英镑十先令。"

费格勒的眼睛一下子瞪大了,但法比安从口袋里掏出一厚叠钞票,扔下三英镑。

"不用找了。"

"谢谢您,先生。"亚当说。

薇转了转眼珠。她身体前倾,全身都透露出对法比安的渴望。亚当倒出香槟酒。

"现在,我来告诉你我想要你做什么,还有你,乔治,"法比安抓住亚当的外套,"我要你为法比安演艺公司干杯,为我的老朋友兼搭档乔·费格勒,为黑色扼杀者,这位世界上最伟大的摔跤手,干杯!来吧,干杯!"

他们喝起酒来。那个一直像风筝一样盘旋在他们身边的卖烟小女孩,此时猛扑过来。

"什么,香烟?"法比安说,"海伦,要抽香烟吗?"

"好吧，我只抽土耳其香烟。"

"没问题，孩子……嘿，弗洛西，给这位女士来包土耳其香烟。"

女孩拿出一个礼品盒："先生，是要这个吗？"

"我想要这个，"海伦说，"如果价格不太贵的话，法比安先生。"

卖烟女孩皱起眉头。诺瑟罗斯是了解这个法比安的，他笑了笑。

"见鬼！"法比安叫道，"我是小气鬼吗？别让我笑掉大牙！……叫我哈利就好。"

"十二先令六便士，先生。"

法比安扔下十五先令。

薇凑到费格勒耳边低声说："你觉得我也能来点吗？"

"你想抽烟吗？"

"非常想！"

"那你之前为什么不说？"费格勒说着，从口袋里掏出一根烟。

"你可真好。"薇说，但费格勒对这种讽刺完全无动于衷，他回答说：

"听我说，我早上买了一包二十支的香烟，我敢说这不到一天就会把一半以上都送人了。"

薇转向扼杀者，他那只黑檀木般的巨大拳头里握着一杯香槟，正着迷地盯着杯沿上冒出来的小气泡。

"我想当摔跤手一定很了不起吧，我可以叫你查理吗？"

扼杀者只是哼了一声:"随你。"

"未来的世界冠军!"法比安喊道,他满面通红,心中充满荣耀感,"他折断一条腿就像我折断一根火柴一样容易!他撕碎两本电话簿就像我撕开一张香烟卡一样轻松!他能'啪'地一下拉直马蹄铁。疯子马奎尔曾自称恶棍,直到他遇到了这位扼杀者,你应该都看到他对上我们这位的结果了!三个女人当场昏倒了⋯⋯嘿,见鬼!没酒了!天啊,一瓶酒一下子就没了。哈,这一定是个骗局。这看起来是一个大瓶子,但玻璃有一英寸厚,看看瓶底的那个大凹痕——"

"好吧,有人想去跳舞吗?"薇问。

"我和海伦。"法比安说。他跳起来,紧紧抓住海伦,转着圈把她带到舞池中央,还冲着亚当喊了一声:

"再来一瓶一样的!"

他们是唯一一对跳舞的。法比安感觉俱乐部里所有人的目光都投向了他。他对乐队大声喊道:"音乐更欢快一些,我就给你们买喝的!"钢琴师的手在键盘上弹跳着。"再快点!再快点!"法比安喊道,紧紧地搂着海伦,"来吧,宝贝,让他们看看什么叫活力!"他们随着《南美乔》的曲调疯狂地转圈,速度之快令人窒息。粉色的灯光在他上方旋转,他的眼睛追随着墙壁上的螺旋⋯⋯

"天哪,你跳得真好!"音乐停止时,法比安说道。他们回到自己的桌子。"要是埃莉诺·鲍威尔跳得有她一半好……哦,这些该死的灯光让我头晕目眩。你还真是个好女孩……嘿,服务员,酒在哪里?"

"这里。"亚当说。

"砰!"酒瓶打开了。金色的酒液在玻璃杯中欢快地舞蹈。

"请付两英镑十先令。"

"谁在乎?"法比安说,然后往托盘上扔出三英镑钞票,"谁在乎钱?"

薇一饮而尽,抓住费格勒一只白皙的手说:"这只小猪去市场了,这只小猪待在家里——"

"别傻了。"费格勒说。

"扼杀者!"法比安恶狠狠地喊道,"记住这是你今晚的最后一杯酒。"

"好的,哈利。"扼杀者说。

"我得盯着他,知道吗,海伦?那家伙对我来说值一百万美元。该死的,我又要赚大钱了。你可能不会相信,但在这个糟糕的国家,我必须工作,每周只能挣那可怜的五十、六十英镑。你知道那是什么吗?"

"我能赚到你的四分之一就满足了,"海伦说,"你知道,在这里我只能靠别人施舍我的东西生活。"

"我会照顾你的,"法比安说,紧握住她的手,"我知道一个女孩也要生活。天哪,我自己也穷过。你看我现在的样子可能不会相信,但曾经有一段时间,我必须拼命工作,每周才能挣十到十二英镑。该死,我知道挨饿是什么滋味!从现在开始,我会赚大钱。"他掏出厚厚一卷一英镑的钞票,抛向空中,再接住,然后又放回口袋。

"哈利!"费格勒说,"让我替你保管吧。"

"滚开,乔,我自己能保管……听我说,海伦,跟我说说你的情况。你是刚开始做这行,是吗?"

"是的,刚刚开始。"

"你一直都住在伦敦吗?"

"不是,我以前住在苏塞克斯。"

"我猜,是跟你妈妈和爸爸住一起吧?"

"不是,我只有一个妹妹。"

"好吧!来,喝,喝酒。扼杀者,你不能再喝了——我要给你买一根可爱的肥雪茄……服务员!"

"在的,先生?"亚当说。

"雪茄。"

"一盒?"

"不,就一支,给即将问世的世界重量级拳击冠军。乔,你要一支吗?"

"不用,听着,哈利,何必那么疯狂呢?看在上帝的分上,留点——"

"乔,别这样,我想要多少钱就能赚多少,"法比安低声说,"你好,图茨,我们想要一支雪茄。"

卖烟的女孩凑过来,脸都快贴在法比安夹克的下摆上了。"是的,先生!雪茄,先生?科罗娜还是玻利瓦尔?还是罗密欧与朱丽叶?"

"天哪,这首歌的创意太好了!《罗密欧与朱丽叶》……啊……"他配着《哦,夫人小姐》的曲调唱了起来——"科罗娜,科罗娜,我需要你,我需要你,科罗娜,哦,回到我身边!"

"太棒了。"海伦说。

"好吧,图茨,把这里最大的雪茄送给这位重量级冠军。"

"好的,先生。"

"服务员,这东西太难喝了。给我拿瓶苏格兰威士忌。"

"好的,先生。"

"听着,哈利——"

"啊,别管我,你这个老吝啬鬼。我让你花钱了吗?我们开张在即,是不是得庆祝一下?"

"等到我们庆祝完,还用什么资金开张呢?"

"乔,我告诉你,我能弄到钱,只要我愿意,我能弄到一千块……来吧,海伦,跳舞吧。"

他站起身，扶着海伦的手臂，脚步有些摇晃，然后开始和她跳舞。费格勒郁郁不欢地看着他，直到他回来。

"天哪，你太会跳舞了！"法比安说，"你很有节奏感！我和你说，你很有天赋——"

"哈利！"费格勒开口道，"让我帮你保管你的钱。"

"请付三十五先令，"亚当说完，把一瓶威士忌放在桌子上，"要苏打水吗？"

"当然，要苏打水。"

"那还要再付五先令。"

"我能来点姜汁汽水吗？"海伦问道。

"当然！我的一切都是你的！"

"一共两英镑三先令。"亚当说着，打开了酒瓶。

法比安给了他三英镑和一把银币。

"哈利，最后再问你一次——你能让我替你保管你的钱吗？"

"啊，别发疯了！"

"好吧，哈利！"费格勒咬牙切齿地说道。

"保管我的钱，他说！啊！再给我一杯。给所有人都来一杯。来吧，乔治，给所有人都来一杯好酒！"

威士忌的酒瓶慢慢空了。

"上帝啊,再没人敢说我小气了。在美国,他们曾称我为'挥霍者法比安'。我想有一天我可能会回去……"

薇抚摸着扼杀者的手臂。

"听着,查理。你知道,你得为我们女孩的时间付钱。"

"什么时间?"

"我们陪你一起坐着的时间。"

"为什么?"

"这个……亲爱的,我必须要付房租,不是吗?"

"那又怎样?"

"这就是我的生计,明白吗?"

"我不会付钱。"

"但我要生活,不是吗?"

"为什么?"

薇不知道为什么。她喝光了杯中酒,辛酸地望着空杯子。这里几乎座无虚席,但男人们带着自己的女人,大多数女招待还没有生意,郁郁寡欢地歪坐在她们的桌旁。乐队"嘭嘭"地打着节奏。诺瑟罗斯跳上舞台,大喊:"女士们,先生们——西丽·安德森!"

旋转灯下,一个苗条的金发女郎走到舞池中央。乐队演奏着《上城真相》。她身穿紧身银色礼服,来到梦幻舞会,便施展她的开场动作——绕着房间旋转。全场灯光熄灭了，只有旋转吊灯投下五束微弱的暗红色灯光，西丽·安德森像一条野生银鱼一样，在其间游动，脚上钉有铝合金的鞋跟"砰砰"地敲击着地板，不时有火花迸出……音乐加快了速度，很快达到了高潮，然后转换为《蓝调孟菲斯》。舞者开始摆动身体，越来越慢，这条鱼慢慢死去……

灯光瞬间亮起，音乐骤停，舞者就停在法比安面前，左脚高高地举过肩膀，一动不动。随后她便跑出舞池，人们鼓着掌慢慢回到舞池中央。

"这招真聪明，"法比安说，"非常聪明。那姑娘真有头脑。"

亚当在海伦耳边低声说："那人一定有透视眼，可以通过女孩的裙子看到大脑。"海伦笑了。

"喝！"法比安说，"给你，服务员——喝了这最后一杯，这瓶就喝完了，再给我们拿一瓶来。"

薇对他说："哈利，你能给我买个漂亮的毛绒娃娃吗？"卖巧克力的女孩举起一只长着凸眼睛的羊毛长颈鹿。

"先生，是您要娃娃吗？"

"不是，我没要，图茨。谁说我要'娃娃'？说谎。我要给他嘴里灌满铅液。听着，我在外面有四名配了汤普森冲锋枪的保镖，高大凶狠，就等哪个不长眼的试图对我放肆……他们四个人一辆车，带有手雷、汤普森冲锋枪、催泪瓦斯、短管霰弹枪、火焰喷射器，还有剃刀，就等着一个……一个洋娃娃。嘿，服务员！酒！"

"哈利，"费格勒说，"扼杀者想睡觉了。"

"那就带他回去睡吧。"

费格勒起身，"我走了。明早给你打电话。"

"你要是不小心照看，我就把你踢开。我虽然个子小，但我很结实！我会把你的腿砍下来，绑在你的脖子上——"

"听着，哈利。我已经受够了这些废话！我们的交易取消了。"

"巧克力？"女孩问。

"乔，"法比安说，"我要给你买一盒精美的巧克力。"

"胡言乱语！……哈利，我最后一次问你，你能不能让我把剩下的钱保管到明天？如果不行，那就见鬼去吧。"

"你是我的好兄弟！"法比安打着嗝说，"听着，我有个很好的创意，写这样一首歌：兄弟，你能借我一角钱吗？很不错吧？好吧，乔，替我保管好这个。"他从胸前的口袋里掏出一包纸币。费格勒数了数。

"五十。剩下的呢，哈利？"

"啊，别说了！"

"好吧，但我还是要提醒你注意！明天见。走吧，扼杀者。"

"诚实的乔·费格勒，"法比安说，"他这辈子都没做过坏事……乔，你想要只泰迪熊吗?"

"别犯傻了。走吧,扼杀者。"

三杯香槟酒令扼杀者头晕目眩,比挨了一重锤都厉害。他像梦游一样站起身,跟着费格勒走向门口。

"哦,哈利。"薇说。

"让我一个人待会儿。"法比安说。他的美国口音,像斗篷一样从他身上滑落,不复存在;他的 a 音变宽了,鼻音也有点伦敦东区口音的抱怨味儿。

"漂亮的娃娃要吗?"卖烟的女孩说,手里举着一个戴着绿色蝴蝶结、眼睛圆圆的丘比特。

"想要个洋娃娃吗,海伦?"

"好呀。"

"两英镑。"卖烟的女孩厚着脸皮回答。

"好吧。"法比安说。

"哦,哈利!"薇说,"你不给我买盒香烟吗?"

"不……我要给我的小海伦买香烟,但不是你……明白吗?"

"土耳其香烟?"卖烟的女孩从托盘后面拿出一个巨大的镀金锡盒,上面印着华丽的图案,装饰着两个黑色旋钮、一个狮头、两个卷轴和一条人造丝绸穗带。"非常限定款,先生——真正淑女享用的香烟,玫瑰花蕾烟嘴，三英镑——"

法比安脑海里有个声音说：你这傻瓜！为了一百英镑，你竟然出卖灵魂，冒着失去自由的风险，然后就这样把它挥霍一空！"混蛋！"他叫喊着，"香烟要三英镑！当我是傻瓜吗？去死吧！"

诺瑟罗斯大声说："如果这位先生付不起，你就别缠着他了！给他看几先令的香烟。"

"什么？"法比安尖叫道，"我付不起？我？看着！"他掏出所有的钱，握在手里举起来。"我身上有一千英镑！把那种香烟给她！"

"那我呢？"薇问。

"滚开，你这家伙……"

"难道我就不用生活吗？"薇几乎要哭了。

"可怜的孩子，"法比安被触动了，"来，抓住这个。"他从背心口袋里拿出两张烟盒画片。"这些卡片上有幸运数字，有人出价五十万英镑我都没有卖掉这个幸运符，但是现在，你拿着，走吧——"

"请付两英镑三先令。"亚当说着，打开一瓶威士忌。

"喂，服务员，给你三英镑，不用找零……给我倒一大杯……听着，博佐，你想不想一周赚一千英镑？如果想，来给我摔跤……我能让扼杀者取得今天的成就……他每次出去都至少带一百英镑……哦，我的胃！心口灼热……该死，我付钱给你了吗？"他又数了两英镑，外加三先令的银币。

"可是——"

"收着,"诺瑟罗斯站在亚当身后说道,"不会记得的,对吧,亚当。"

"我刚才说什么来着?"法比安问。

"说洋娃娃什么的,"诺瑟罗斯说,"你问别人是不是想要个娃娃。"

"来个可爱的黑人小女孩?"巧克力女孩建议道,她拿出一个穿着粉色缠腰布的黑人填充娃娃,"两基尼?"

法比安的头脑已经迟钝了。除了威士忌酒杯,他什么都看不见,在他眼里,这个酒杯正在像肥皂泡一样膨胀。他想把这些泡泡抹掉,但酒瓶从桌子上掉下来摔碎了,他闭上眼睛。

"喝酒!"他喊道,"喝——酒!给乐队来点喝的!给我上酒!"

"亚当,"诺瑟罗斯说,"法比安先生特别想要几瓶特制香槟。"

亚当恍恍惚惚地穿过舞池。这太不真实了,他的口袋里装满了小费。海伦也有同样的感觉,她坐在那里,拿着她的香烟盒和洋娃娃,环顾这个嘈杂的、烟雾弥漫的俱乐部。她看见亚当端着托盘回来了。他的灰色眼睛十分明亮、甚至略显幼稚,他盯着她看了一会儿,然后把两个瓶子放在桌上,懒洋洋地说道:"四英镑,法比安先生。"

法比安掏出钱来。现在只剩下一小团皱巴巴的钞票,还有几枚银币。他拉长了脸,耸耸肩,结结巴巴地说:"挥霍者……挥霍者……"然后扔下四英镑和所有的银币。"砰砰",酒瓶的塞子被一一打开。法比安喝下三杯特制香槟:一种淡而无味却很辛辣的酒,充斥着气体。诺瑟罗斯、海伦、薇、亚当和乐队成员都举杯向他祝酒。法比安觉得,有那么一瞬间,自己仿佛是创世之神。他大喊:"来一首《因为他是个快乐的好人》……我写的。"乐队开始演奏。四点的钟声响起。卖巧克力的女孩端来一个托盘,上面散放着一些鲜花。诺瑟罗斯递给法比安一枝红色康乃馨,说道:"我想送你一份小礼物。"法比安傻笑一声,把花别在背心上的两个纽扣之间。

"女士们想要鲜花吗?"

"给她们……"

"十先令,先生。"

"要早餐吗?"

"早餐……"

他低头一看,面前的盘子里有一个鸡蛋和一片熏肉,散发着仿佛烤了成千上万次的猪肉的烟熏味,以及这世界上所有鸡蛋都一样的气味。

"你要为我的时间付钱的。"海伦说。

法比安给了她两英镑。

"那我呢?"

法比安摸摸口袋,说:"银行里没钱了。"他咬了一小块熏肉,含在嘴里,努力忍住反胃的感觉。然后他站起身,大口呼吸。

诺瑟罗斯冲亚当眨了眨眼,亚当伸出一只胳膊搂住法比安瘦弱的身体,把他带到门口。衣帽间的服务员把帽子套在他头上,也不管前后颠倒……冷空气扑面而来,法比安的整个身体似乎都开始收缩,有什么东西在向上翻涌,仿佛注射器的推塞在往上推;那天晚上所有的酒水——威士忌、香槟、难喝的白葡萄酒——都像潮水般从他的嘴和鼻孔里喷了出来。

他背心上的康乃馨也掉进了这堆呕吐物中。

"你有钱打车吗?"亚当问。

法比安哼了一声:"没有。"

亚当给了他五先令,门童叫了一辆出租车。排水沟那边,一个尖下巴的小个子男人,端着一盘花,站在那里看着法比安,看着他艰难地呕吐,看着他被亚当和门童搀扶着,浑身发抖,脸色苍白。这个人就是伯特,伦敦东区的那个家伙。他走近法比安,指着康乃馨,说道:"你应该为自己感到羞耻。"然后又下定决心一般地补充道:"你这个花心大萝卜!你的佐伊站街接客,就换来这结果吗?"然后,他伸出被推车把手磨出茧子、沾满污垢的手,甩了法比安一巴掌。

法比安大哭起来。

"鲁珀特街。"门童对出租车司机说。出租车门"砰"地关上。法比安消失了。伯特站在原地，抬头看了看泛白的天空，低头看着俱乐部华丽的入口。

门童对他说："赶紧走开，不然我揍你。"

"你试试看！"伯特说。

没有人上前。他朝人行道上啐了一口，转身朝东走去。

十一

银狐俱乐部五点关门了。亚当上楼时,薇在后面喊道:"唉,亚当!晚安!"

"晚安。"

"你去哪儿?"

"去吃东西。"

"等等我们。"薇说,跟着他跑上楼,身后还跟着海伦。

他们在门口停了下来,感受着清晨的寒冷。

薇突然皱起面孔,说道:"谁在这里吐了?"

"是法比安。"亚当说。他指着人行道那边又补充道,"这吐了有三四十英镑。天知道那个傻瓜是怎么弄到这么多钱的,现在还不是都扔到那里去了。我们走吧。"

他们朝皮卡迪利那边走去。

"你是今晚新来的,是吗?"薇问。

亚当点点头。

"我也是。"海伦说。

"喜欢这里吗?"亚当说。

"嗯,喜欢,真的很喜欢。这比我的预想好太多了。"

"哼!"

"你不喜欢吗?"

"肮脏的游戏。"

"哦,这我不知道,"海伦说,"你只要跳舞,付出时间就能得到报酬。这有什么肮脏的。"

"想想看,五六个家伙,全都围着一个小可怜,而这家伙醉得根本不知道自己在干什么——全是讨好、毕恭毕敬、暗示、媚眼,逐渐变成寄生虫,就为了从他身上弄到几先令……呸!然后:'没钱了——滚蛋!'"

"哦,他很有钱,"薇说,"他是个写歌的。"

"会写歌才怪。"

"但他就是！他是美国人。"

"美国人才怪，"亚当说，"难道你没听出来他说的不是地道的美国话吗？你没发现他喝得越醉，说话就越像伦敦佬吗？他只是假装是美国人。这是因为，在之前差不多十五年的时间里，但凡看起来很了不起的人都操着一口美国口音。像法比安这样的人，他们读过那些假美国佬的小说，什么金融大亨，黑帮混混之类，还学着像帕特·奥布莱恩那样说话……写歌的！他这辈子都没写过一首歌。"

"但他肯定很有钱。"海伦说。

"怎么可能！他穿的西装不超过五英镑，衬衫是巴里摩尔·罗尔牌的仿制品，十先令六便士。有钱的美国人穿得比那好，尤其是他们想给人留下深刻印象的时候。他不是美国人，也不是作曲家，他也不富有。他有可能是个扒手。"

"你凭什么这么说？"海伦问。

"也许他只是靠别人生活。是的，这个可能性更大。"

"既然如此，我并没有看到你拒绝接受他的钱。"海伦说。

"只要你高兴，尽管谴责我吧。但不要因为他口袋里有钱，就袒护他。"

"那你为什么还要来俱乐部？"

"因为我想弄点快钱，就算坑蒙拐骗也无所谓。"

"我想法比安也是这种想法吧。"海伦说。

"我的情况怎么会和他一样?那个小虱子,他要钱干什么?买一百套西装?一千件丝绸衬衫?而我……算了。我们进去吃饭吧。"

他们走进考文垂街的一家通宵餐厅。

"烧烤拼盘,"亚当说,"大拼盘。我要饿死了。"

薇问道:"你住在哪里?"

"没地方住。我在找地方。我会待到九点左右,然后找间房。"

"我们住的地方还有空房间。"薇说。

"房间怎么样?"

"还不错。"海伦说。

"那你把地址给我,我去看看——天哪,看看谁来了!"

来人是法比安,他面色苍白、泛黄,眼睛肿胀,看上去很难过,一只手拉着佐伊的胳膊。他的帽子还是亚当给他戴在头上时的样子,前后颠倒。佐伊那原本柔弱、性感的脸,因为愤怒而显得更虚弱了。她带着法比安走到一张桌子旁坐下,随后便开始用一条皱巴巴的手帕擦拭他的外套翻领。

"住嘴,"法比安说,"别再说了,可以吗?生怕别人不知道……"

"你看看你!看看你自己。"

"别喊了,佐伊,你就不能等到我们回去吗?"

"这件外套可花了 5.5 几尼[1] 呢,看看现在成什么样了!"

"别说了,看在上帝的分上!你没看见我不舒服吗?哦,我的胃!"

"真是个酒鬼,"佐伊说道,"嘿,服务员,给他来一杯浓黑咖啡……我到处找你,一晚接一晚!你以为你是谁啊?跟女士坐在一起的时候,要把帽子摘下来。你——"

"闭嘴。我喜欢做什么就做什么。"法比安咕哝道。

"我知道了。你要做你喜欢的事。谁养你呢——"

"住嘴!"法比安压低声音说。警惕之心驱散了一些威士忌的酒意。在桌子下面,他用鞋跟狠狠地踩在佐伊的脚背上。

"说话注意点,佐伊!"

"不管怎样,哈利,这不公平。你口袋里一有钱,就丢下我一个人去泡酒吧。"

"我?泡酒吧!听着。我一直在谈生意,大生意。我腿都跑断了,饭也顾不上吃,后来就去喝了一点点,我的胃还不舒服——我快把自己累病了,你记住,如此我们才能很快赚大钱——现在所有这些换来的只是侮辱。当然,我一直泡在酒吧里。没错,我没有创办法比安演艺公司。是的,我一直泡在酒吧里。你让我感到很累。"

---

[1] 几尼 (guinea),英国旧时金币、货币单位,1 几尼等于 1.05 英镑等于 21 先令。

"法比安演艺公司！你又再胡说八道了。那你当时赌狗搞得怎么样？那也是个大创意。但后来呢？你赔了三十多英镑。现在又是法比安演艺公司。哈！"

"谁赔了三十多英镑？"

"你呀。劳斯莱斯，貂皮大衣，全身上下都是钻石——你赌狗的时候，我有什么不能拥有的？然后发生了什么？第一周你赢了六十英镑，后来你哭着来找我：'哦，佐伊，吉什带着奖金跑了。'"

"我没哭！"

"你哭了。而且你本来说要怎么收拾吉什的！你要砍断他的腿，掏了他的心，戳瞎他的眼睛，然后，把他下油锅，打断他的胳膊，绑在他脖子上，把他的牙齿塞进他的喉咙，希望他喜欢！可是在街上遇到他的时候，你怎么做的？你说：'你好，吉什。我们去牛奶店喝杯杏仁奶吧。'牛皮吹得真大！你——"

"我没有说：'去喝杯杏仁奶！'"

"那就是可口可乐，就因为你看到华莱士·比里有一张喝可口可乐的照片。"

"不管怎样，我跟你讲，我现在在做一笔很赚钱的生意。我找到资金支持了。"

"我知道，就是我。你每次需要，永远都是我成了那个资金支持。"

"这次你看好了。"

"嗯! ……好吧,说说,什么资金支持?"

"一位著名的化学家为法比安演艺公司的全接触摔跤业务提供资金。"

"喝你的咖啡吧。你都神志不清了。"

"你能听我说句话吗?"法比安咬牙切齿地说,"我告诉你,我可以从这里走出去,转眼兜里装着五十英镑回来。我会证明的。"

"我以前听过这个故事,"佐伊说完,她突然想起一件事,又补充道,"但是听着,哈利。别让自己惹上麻烦。"

"宝贝,"法比安说,"你可以把我打倒,再骂我几句,因为你不时会帮我出几英镑——"

"几英镑!我为你工作,我养着你,每周给你十五英镑,鞋子都不舍得买——"

"就算你每周给我十五万英镑,我也不稀罕!等我这次的生意干起来,你会后悔你说过的话。我了解自己。我知道我在做什么。"

"是吗?"

"是的!"法比安咆哮着,抓住佐伊的手腕,"我只要跟你说几件事,你一定会大吃一惊。要玩就玩把大的。明白了吗?等我开始做了,你会看到——"

"再来几辆劳斯莱斯?"

"是的!劳斯莱斯!如果我说福特,你就会相信,对吧?你不了解我。我等待时机。我有野心。我可不是贩夫走卒。我——"

"好吧,哈利。"佐伊说。

"如果我不能拥有劳斯莱斯,那我就走路。如果我买不起真正的钻石,我就什么都不买。如果我买不起真正的貂皮大衣,我就扔掉自己那件肮脏、廉价的獭兔毛大衣。你说——"

"我只是开玩笑,哈利。"

"亏我还特地给你买了别人没有的东西。"

"什么东西?"

"哦,没什么。别在意。"

"告诉我,哈利,说吧。"

"我心里想:'我喜欢佐伊。虽然她不理解我,但我喜欢她。我想给她买点东西,但必须是别人没有的东西。'所以我费了很大劲给你买了……哦,没什么。"

"拜托,哈利,告诉我。"

法比安在《好莱坞》杂志看到卢佩·贝莱斯养了几只吉娃娃,他说:

"一只小狗。"

"哎呀,真的吗?什么品种?"

"很小的品种，小得可以站在你的手掌上；耳朵很薄，薄到可以透光。"

"你在开玩笑吧。"

"我没有。这个品种叫吉娃娃。还记得我和你说过有个化学家要资助我吗？他妻子病了，知道吗？然后，她弟弟从墨西哥带回了一只吉娃娃，它生了一窝小狗。"

"你是说他带回来两条，是吗？"

"不，一只。一只白色的母吉娃娃。是这样，有个养狗人，他有一只吉娃娃。我的这位化学家朋友给了他二十五英镑，让他的狗和这只母狗配种，生下来黑白相间的幼崽。这是世界上最小的狗。这些幼崽——老实说，你可以把四只幼崽一起放进一只糖钵里。"

"真的吗？我什么时候可以见到？"

"我两个小时前见过那伙计，他说我们得等一个星期左右，等幼崽长得足够强壮，才能送人。"

"哦，哈利！"

我到时候可以说它们得了肺炎，死了，法比安心里想着，嘴上却用受伤的语气说："离我远点。我是个骗子。"

"你不是，哈利。"

"别跟我说话。这一切都是我想象出来的。"

"可是，哈利！我只是担心——"

"我告诉过你，我做的是热门生意——"

"我当时在生气，哈利。我今天累死了。我和朵拉遇到了六个从上海来的家伙，还有——"

"赚了多少？"

"总共六英镑，但我想买一件春装。"

"给我四块。"

"不行，亲爱的哈利。我——"

"我腿都要跑断了，就为了给你买只吉娃娃……"见佐伊打开包，他急忙低声说，"到外面去，这里不合适。"

法比安付了账单。两人起身。

"哈利，那狗叫什么？"佐伊问。

"吉娃娃。"法比安说。经过亚当他们那桌时，他突然叫起来，把佐伊吓了一跳："天啊！吉娃娃！这真是伦巴舞曲的绝佳创意！"然后他便和着《小辣椒》的曲调唱了起来，"小吉娃娃，小吉娃娃——用你的旧吉他试试……"

薇低声说："看到那个和他一起的女孩了吗？她是不是很胖？"

"我喜欢胖女孩。"亚当说。

"你在开玩笑吧。"海伦说。

"我的意思是,我不喜欢瘦女孩。我喜欢身材匀称、健康丰满的。"

"就像维纳斯那样。"薇说。

"美第奇·维纳斯。"亚当打着哈欠说。

"你喜欢艺术吗?"海伦问。

"哦,当然……当然……"

"我也喜欢。"

"是吗?"亚当半睡半醒地说。

"我认识一个艺术家。"薇说。

"现在几点了?"

"六点半。"

"把你们的地址给我。如果你们的房东还有房间,我就租一间。我八点左右过去。你们最好先回去睡一会儿。"

"如果你累了,"薇说着,低下头,透过硬如伞骨般的睫毛看着亚当,"你可以来我的房间,在椅子上睡一会儿。"

"乖乖的,回去睡觉吧。"

她们走后,亚当又点了杯咖啡,但他太累了,连喝的力气都没有了。他静静地坐着,直直地盯着前方。咖啡馆里依然弥漫着夜的阴霾,像一层薄膜一般吸附在墙上,不肯散去。亚当看着时钟。他的眼睛紧盯着那根长指针。

"滴答，滴答，滴答……"

我被困在那座时钟的齿轮里了，亚当心想。齿轮每转一次，就把我往久远的过去又拖近一分……那么，我坐在这里做什么呢？就这么坐着，看着生命流逝。

他的视线从时钟的表面移开，滑过大理石墙面。

这么多原石，只等待着人们来雕刻……

恍惚间他看见自己握着钢凿和木槌，朝墙上砸去，敲下一大块碎石……大理石碎片像雪花般飞溅。墙面开始出现一些形状。一个头，一只手臂，一个肩膀。凿子飞溅着火花。一座巨大的雕像成形了——一个巨人，肌肉结实，线条优美，一脸悲伤，挣扎着想要从缠在他腰上的不成形的物体中挣脱出来。"叮！叮！"木槌敲打着凿子。生命似乎沿着凿子流进石头。"出来！出来！"亚当大喊着，使出全身力气……汗水从他的额头滴在石雕巨人的脸上。"出来！出来！"

然后，在一片模糊的、无边无际的绿色阴霾中，雕像完成了——雕塑由两部分构成：一部分是人，一部分是猿，从一片沼泽中挣脱出来，欲将自己撕成碎片……这时，天空下起雨来，晶莹的金色雨滴"叮叮当当"地落在地上，转眼间变成了金币，向下沉去。眼见如此，那个生物露在沼泽外面的一半猛地发力，一下子挣脱出来，高高跃起，一头扎进泥里，紧紧抓住那些金币。

"离开吧！"突然传来一个声音，仿佛电影倒放一样，大理石碎片飞回它们原来的地方。巨人也在迅速消失。大理石又恢复成了一堵墙。"我们要打扫卫生了。"服务员的声音响起。

"我一定是睡着了。"亚当喃喃自语道。时钟显示七点半。他僵硬地站了起来，去洗漱。

十二

此时此刻,法比安还没上床睡觉。他无法休息。他对佐伊说:

"你不懂我。你跟其他那些人一样。但我一旦决定要做一件事,就会全力以赴。威士忌还有吗?"他朝厨房看了看,发现有一只夸脱瓶还是半满,他颤抖着双手拔掉塞子,喝了一口。"我要做就做最好的。如果我说我能赚钱,我是认真的。有些人一看就知道谁是聪明人。你等着瞧。"

"上床睡觉吧,哈利。"佐伊说。

"我不想睡觉。你把我当什么?懒鬼?才不是。我要出门。"

"不,上床睡觉吧,哈利!我可一直在等你——"

"你一直在等我。我还有工作要做！你以为我想一辈子都这样过吗？……说呀，让大家都知道，在我创业的时候你帮了我一点忙，在我制订出我想要的计划时，你偶尔还会借给我一两英镑……"

"怎么了，亲爱的？上床睡觉吧。"

有关伯特的记忆像伤口里的蛆虫一样在法比安的脑海里翻腾。法比安咬着指关节。"假设有人走过来对我说：'哈利，你为什么让你的佐伊去站街？'他们完全可以扇我耳光，而且我不能……不！你听着！你听我说！我马上走出那扇门，等我回来时，我会把手伸进口袋，掏出一张百元大钞——崭新的钞票。我现在就去！"

"上床吧，哈利，睡一会儿。"佐伊此刻已经脱掉衣服，煤气炉的火光映衬出她赤裸的躯体。"来吧。"

法比安喝完最后一点威士忌，此刻因为自尊心受伤而变得疯狂——被包养的男人那种原始、无能的羞愧。他狠狠地扯了扯领带，穿上大衣——那件巨大的美国大衣让他看起来大了两圈。"哈利！"佐伊紧紧地抱住他，唤道。

"放开我！我要出去挣一百英镑。"

"我不想要一百英镑，哈利。你我都清楚，你永远也赚不到一百英镑——"

"哦，是吗？你确定吗？好吧，你就等着看吧。放开我！"

他推开佐伊，冲了出去。

"出租车！"他抓住司机的衣领，冲他大喊，"特纳格林区新月街鸟巢。生死攸关！开快点！我给你半镑！"他跳上出租车，"砰"地关上门。感觉到车子开动之后，他便在靠垫上扭来扭去，咬着嘴唇，用拳头捶打自己的膝盖。

出租车还没停稳，法比安便跳了下来，扔给司机一张十先令的钞票。清晨的阳光下，"鸟巢"似乎还在安睡。他用颤抖的拳头抓住门环，拼命地敲起来，三下，四下，敲门声回荡在整个房子里。他不住地敲着门。最后，他听到"窸窸窣窣"的轻缓的脚步声，他恶狠狠地等在门口，等到他感觉辛普森先生把手放在锁上，便比刚才更用力地猛地一推。门开了。

开门的中年妇女一脸惊恐。

"你想干什么？你那样敲门是什么意思？"哈利·法比安站在门边的阴影里，一脸恶毒，那双充满血丝的蓝眼睛恶狠狠地瞪着她。他回答说：

"我要见阿诺德·辛普森，快点。"

"可是——"

"该死的！"法比安一把推开那个女人，走进客厅。他在地毯上踱着步，踢着椅腿。小个子男人出来了。他仍旧穿着那件灰色西装，同样的圆领，领口露出整洁的黑色领带。不过，似乎在法比安离开后，他也没睡什么觉。他依然一脸憔悴，但却透着安详。最极端的痛苦反而是最有效的止痛药。

"坐吧。"法比安说。

小个子男人坐了下来，法比安则昂首阔步地走到他面前，帽子歪戴在一边。

"干吗？"小个子男人说。

"你说什么，'干吗'？你就是这么说话的吗？伙计，我警告你，你最好小心点。"

"你向我保证过，不会再来了。"

"有吗？"

"你保证过。一个敲诈勒索者的承诺。你知道我是怎么看你的吗？简直就是个——"

"住嘴！"法比安说，"我想再跟你说句话。"

"说吧，说完赶紧滚。"

"听着，你这肮脏的小虱子，"法比安恨恨地咧嘴笑着，"你这伪君子，你这臭烘烘的小——"

"我在听，这位讲信誉的男士。你想要什么？"

"别跟我谈什么信誉,我不感兴趣。别扯淡了!你这臭虫算哪根葱?敢这么跟我说话!小心我揍你,把你撕碎,你这臭杂种!我要去街上大肆宣扬,我一定会的!我要把你活剥了,再撒上盐揉搓!现在听着——"

"我在听。"

"这样最好。我本来打算对你手下留情的。明白吗?现在听好了:因为你刚才跟我说话的样子,我要把你可恶的手脚钉在十字架上,把你的肠子扯出来。"

"我知道了。然后呢?"

"我本来只打算让你拿出五十英镑的。现在,我要让你出一百英镑。"

"给你一百英镑?"

"别磨蹭了,臭虫。我再重复一遍。我要一百英镑,立刻,马上。跟之前一样,要一英镑的钞票。"

"如果我不给呢?"

"我直接去医院。"

"这对你有什么好处?"

"好处?对我?没什么好处。但是没有哪个人惹了我还能逃脱惩罚的,明白吗?没有人!我对天起誓,如果有人惹了我,还逃过了惩罚,我就出一百英镑追杀他!所以你快去拿钱!"

小个子男人摇了摇头。

"走吧,我跟你一起去银行。穿上外套。写好支票。赶紧走!"

"我不去,你现在快滚。"

"什么?"

"我说了不去!滚出去!"

"你知道这意味着什么吗?"

"你刚才已经说过了。滚出去。"

法比安的心慢慢收缩,渐渐变冷。他声音柔和地说:"听着,你已经神志不清了。你不会想让我把整件事都告诉你妻子吧?拜托,振作起来。我想帮你。来吧,给我五十,就这么定了。否则,我就告诉你妻子。我是有原则的。"

"原则。"小个子男人说。他抓住法比安的胳膊,把他带到隔壁房间。房间里很暗,所有的百叶窗都关上了。"自己看。"

法比安朝右看去,但什么也没看到。然后他转向左边,瞬间发出一声惊呼。

一副棺材放置在两个黑色的支架上。

"告诉她吧。"小个子男人说。

法比安默不作声。

"她在你来的那个早上去世了。不管你说什么,都再也伤害不到她或我了。现在，滚吧。"

他推着法比安穿过走廊，"砰"的一声关上了门。

"有人说过，人在做，天在看！"法比安说。

法比安来到塔维斯托克广场找费格勒。

"乔，我要我的那笔钱。"

"好的，哈利。这就是，正好五十英镑。我们的交易也就此结束了。"

"结束了？为什么结束了？"

"为什么？因为你疯了。谁会像你那样随意撒钱！不行，我不想和你一起共事了。"

"见鬼，费格勒！我能赚更多的钱！"

"我不感兴趣。到此为止吧。或者，如果你愿意，把这五十英镑投在我这里，你可以和我按三七分成。"

"三七，见鬼！我还可以再搞到五十英镑。但是……乔，听我说，那公司还叫法比安演艺公司吗？"

"名字我并不在意。如果这名字能给你带来荣誉、光环，那就保留吧。但花销必须完全由我决定。"

"这个……"

"行还是不行？"

"好吧。五十英镑的收据给我。成交。"

"我租了布里斯托广场的房子。我们马上开张。你的任务是找项目。"

"我找的项目肯定胜过——"

"胜过世界上任何男人。是的,我知道。那就去做吧。"

"听着,费格勒,帮我个忙。做一些时髦的名片,有品质的那种。可以吗?"

"可以。"

法比安害怕要面对佐伊的那一刻:怎么样,大人物?一百英镑?劳斯莱斯呢?您这位大人物!

他慢慢地走回鲁珀特街,悄悄地走进房间,默默地脱掉衣服。看到佐伊睡得正香,他松了口气。

他脱掉衣服,钻到她身边。

她呼了口气,轻声呓语:"吉娃娃……"

"哦,我的天呐!"法比安低声说。

情绪消散,他睡得像个孩子。

间 奏

强大的老人

一个月后的一天下午,亚当坐在一家咖啡馆里,漫不经心地与坐在他旁边的胖老头聊天。

"看得出,你盛年时,应该很壮实。"亚当说。

"我?你知道我是谁吗?"

"不知道,你是谁?"

"阿里。你估计不知道这个名字。我曾经被称为'可怕的土耳其人阿里'。"

"什么，就是那位摔跤手吗？你的名字，我可是听过很多次。而且，你曾是重量级冠军，是吧？"

老人的脸瞬间有了光彩。"任何看过我比赛的人，"他说，"都不会这么快就忘记我。他们是不会忘记阿里的。"

可怕的土耳其人阿里是位大块头的老人，他就等同于哈肯施密特之前那个年代的扼杀者和断骨者。但随着时间的流逝，他被岁月压垮，被年龄束缚，被岁月的反手一击击倒。看着他，你会想到一艘废旧的破船，遭人遗弃，在荒凉的大海中慢慢沉没。他虽身经百战，但这么多年过去，他如今也已经一半身子入土了——他曾在百余座陌生的城市里参加过上千场比赛，身体也已残破不堪。悉尼留下了他的一只左眼，他的门牙分别留在了巴黎和蒙特利尔；而在纽约，因为伤口感染，他左手的两根手指开始腐烂，最终还给了地球。他与丹佛猛虎战斗了两个小时，那时他身上长满了褥疮，一根肋骨撕裂，顶出一个大包。这一切给他换来了什么？名声？他已被遗忘，他那一代人都已逝去。金钱？他还在忍饥挨饿。那，到底是什么？只有耐久性——铁一般的耐久性——这不过是生活的必需品之一。他还有一双可怕的拳头，还有足以撑起一座房子重量的脊背。但他的身体已变得肥胖不堪。他体重超过三百五十磅，一走路，地板都在颤抖。

他继续说："两年前，一个美国人给我写信，他说：'阿里，我在芝加哥看过你和丹佛猛虎摔跤,你与猛虎激战了两个小时,然后制服了他。如果你想要钱,开个口就行。'"

"所以你开过口了?"

"我从不拿别人的东西。"

"那你过得还好吗?"

"我有工作,是一名教练,为法比安演艺公司工作。"

"什么,不是哈利·法比安的公司吗?"

"正是。你认识法比安吗?"

"知道一点。你喜欢他吗?"

"我不必喜欢他。我为他工作,他给我发工资。仅此而已!"

"他慷慨吗?"

"不,他很吝啬。他为什么要慷慨?我训练他的手下,他每周给我两英镑。所以我也不欠他的。"

"那些人怎么样?"

"哼!在床垫上,和女孩在一起,是优秀的摔跤手。在比赛垫子上——狗屁!"

"项目进展如何?"

"哦,我们策划一场表演。红木腿对阵黑色扼杀者;塞浦路斯的克拉蒂昂对阵老虎维泰利奥——一堆垃圾。把他们排成一排,就可以像吹明信片一样把他们吹倒。当然，他们中也有强壮的家伙，比如克拉蒂昂。但是摔跤手？哼！"

"所以，克拉蒂昂很强壮，是吗？"

"你自己上，也能打败他。不信来试试。你做什么工作？"

"我……我在夜总会做服务员。"

"烦人的夜班工作！到我健身房来做，怎么样？我喜欢你这个人，我会教你的。来吧。我给你看看我的拿手技能。你多重？两百磅？"

"我考虑一下。"

"我可以让你练到一百二十五到一百四十磅，都是结实的肌肉。人们会说：'看看这肩膀，看看这脖子！'你就说：'这都是阿里的功劳。'等你有了儿子，你也会教他摔跤，并对他说：'可怕的土耳其人阿里三十年前教我的。'那时，我应该已经不在世了，但还有人会提到我的名字。你会来吗？"

"是的，我很乐意。我会来的。"

"你喜欢女孩吗？"

"这个……"

"我喜欢女孩。哈哈！但喝酒？不行！女人，可以；和一个比你强壮的男人痛快打一架，可以；喝点酒，不能多，可以；但抽烟、酗酒、自虐——碰也别碰！"

"你说得对。"

"你的生活选错了。白天睡觉，整夜工作？不行！现在你的身体还可以，但你的脸色已经变得苍白，眼睛下面有黑眼圈。为什么呀？"

"没办法，我得挣钱。我想做一些我自己认为有意义的工作。"

"什么工作？"

"雕塑。"

"我见过雕像。那边就是大英博物馆，里面全是雕像。有著名的赫拉克勒斯。他是个希腊人，他的背很美，脖子也很美。但那只是石头。它能和摔跤手搏斗吗？不能。随便一个人就可以用锤子砸碎它。它只是个复制品。你要做个真正的强者。"

"这行可以干十年，或者二十年，之后又怎样？一切都会烟消云散。你的肌肉都变成脂肪。但如果我制作一个法尔内塞的赫拉克勒斯……我会让它永远屹立不倒。你为什么要做摔跤手？"

"我喜欢这行。这种喜欢流淌在我血液里。这会让你变得高大、强壮，不惧怕任何人或野兽。这也是我最擅长的。"

"好吧，雕塑就是流淌在我血液里的热爱，这也是我最擅长的。"

"那你在夜总会干什么？"

"我得先挣点钱，才能开始这项事业。明白了吗？"

"年轻人，记住我的话。你听好：如果你首先考虑金钱，那么等你得到金钱后，你就再也不会做别的事了。活着！工作！金钱？钱会腐蚀一切！它就像一种疾病，比如肺痨！我憎恶金钱！如果我赚了钱，我会把它扔进下水道——朝它吐口水！妈的！拿去！肮脏的金钱！呸！"

"我并不把钱当钱看，但是——"

"人为什么会追逐金钱？是为了活着，而且竭尽所能。随后，金钱就会追逐你。金钱有什么用？你能睡在两张床上吗？你能一天吃十顿饭吗？哪些人有钱？洛克菲勒？他已经死了，和他的脏钱一起发臭了。花十亿美元也无法再让那个人消化一份肉饭。健康的血液、健康的骨骼、健康的神经、健康的胆、健康的牙、健康的大脑。这些，是你想要的。但是金钱？太多的金钱就像太多的朋友一样，他们让你变得一无是处。如果你和我摔跤，不要说：'这是我的朋友。'而要说：'这是我的敌人。'然后观察我，骗过我，学习我展示的所有技能。等你能够制服我，和我握手时，你就说：'阿里，握个手。我们是朋友。'你唯一的朋友是同你相当的人，或者你的师傅。朋友和金钱，我都把它们像水一样倒掉。"

"但如果你有钱有朋友，那至少你在晚年会过得很舒服。"

"一个人要舒服需要什么？有饭吃，有觉睡，有人说说话。还有呢？劳斯莱斯？钻石戒指？"

"但等你年纪太大不能工作时呢？"

"我会选择死去。我这一生过得很好。打了很多比赛，赢了很多场，有很多女人。我现在老了。我不抱怨。我要站着死。"

"但你难道不想做自己的主人吗？"

"我本来就是我自己的主人。"

"但你为法比安工作。"

"我为自己工作。"

"如果他要解雇你，你怎么办？"

"我会在意这个吗？不过他凭什么解雇我？我带给他的价值远高于他付我的工资。"

"所以，你知道他在剥削你？"

"当然。让法比安欠阿里的，总比让阿里欠法比安的好。这样，我就不用说：'谢谢您，先生，非常感谢您，先生。'"

"嗯……"亚当突然抬起头，看着时钟那两根让人害怕的指针。"该死！我得赶紧准备穿戴了。"

"夜总会，是吧？像你这样可爱的男孩！身材结实，头脑灵活，却把年华浪费在肮脏的地下室！学着做一个乞丐，一个讨饭的，伸着手等着打赏——保持谦逊有礼，就为了在盘子下面找到那两便士。呸！"

亚当涨红着脸回答说："这些我知道。但我得先挣钱，才能开始自己的事业，为了挣钱，我什么都愿意做。"

"你会毁了自己的。你会为你所做的事情感到羞愧。"

"我……"

"你感到羞愧。真是愚蠢。好吧，有时间你就来健身房，至少，我会提醒你，要做个真男人，不是服务员。"

"谢谢，我会来的。"

阿里依旧坐在咖啡馆。亚当起身去了俱乐部。

下 部

但是，一个人可以找回自我！

十三

现在太阳出得早了。银狐酒吧关门时,天已经大亮了。这是一个明媚的清晨,天空碧蓝。

"我们走走吧?"亚当问。

"不,"海伦说,"我们打车吧。"

"累了吗?"

"不,不累,一点也不累,亚当。我只是不喜欢穿着晚礼服、化着这样的妆走在街上。我们打车吧。"

他们坐上出租车。亚当叹了口气,说:"早晨这个时候——还是像这样的早晨——我们应该刚刚睡醒。然后,我们应该跳下床,跑到海边,跳进海里，游个痛快；然后，回来吃一顿丰盛的早餐；然后，开始工作。"

"你今晚过得好吗？"海伦问。

"挺好，但我厌恶这样的生活。"

"但是，亚当，你做得很好。"

"是的，我知道。我上周虽然赚了十五英镑，但是不值得。我受够了。我无法想象在这样的春日里，我却每天都在睡觉！我不想干了。"

"什么，离开俱乐部？"

"是的。我早就应该离开的，如果……"

"如果什么？"

亚当看着她，"那里确实好挣钱，"他说，"但要让我留在那里，只能赚钱是不够的，尽管我很需要钱。"

"什么？"

"我有我的理由。但现在我觉得是时候该离开了。我……"

"亚当，"海伦说，"别走。没有你，我会不知所措的。"

"你只是习惯了在那里看到我，对吧？"

"不，我……但不管怎样，亚当，别走！"

亚当突然说："听着，海伦，我们俩一起走吧。"

"我不知道。我在这里挣的比其他地方都多。而且我已经习惯这个作息时间了。"

"这就是问题所在。这里赚钱很容易,但也很肮脏。我靠伺候酒鬼赚钱,而你靠骗人赚钱。我们还是放弃吧。"

"怎么就是骗人?"

"你哄骗他们,讨好他们。你嘴上答应给他们的,其实你根本没打算给。你为了钱而把自己变得卑贱。你利用花言巧语,让他们觉得必须要给你买一些东西。"

"亚当,你这么说是不对的。我付出时间,他们付钱给我。这份工作和其他工作没有两样。凭什么打字员有理由领工资,女招待就不能赚工资呢?我去俱乐部可不是为了娱乐的,对吧?"

"我说的才是事实。海伦,你的看法有问题。你已经被那地方同化了。你难道没意识到,在这一行中,一个人不可能始终保持初心吗?你会沉沦,再沉沦,自己却浑然不知。薇就是个例子。十二个月前,她刚做女招待,如果当时有人表示想和她有更亲密的举动,她肯定会给他一巴掌……好吧,反正她肯定会拒绝。但看看现在的她:她为了两三英镑,会跟任何汤姆、迪克、哈利上床。这就是这种生活带来的改变。我们——"

"你不会以为我会做出那种事吧?"

"哪种?"

"和男人上床。"

"为什么不会呢？你以前没做过吗？"

海伦看着亚当，并没有生气，她回答说："没有。你把我当什么了？"

"海伦，我觉得你和其他女人没什么两样——只是长得更好看，也更聪明。你总有一天也会和男人上床的。一定会的，早晚的事。你和其他人一样有生理需求——可能比大多数人还多。"

"为什么会更多？"

"因为你更高大、更强壮、更健康。你年轻、美丽、充满活力和血性。从你跳舞的样子、走路的样子和你的眼神中，都能看出来——"

"我才不是那样的人！"

"你就是。除了年轻貌美之外，你知道你为什么如此吸引男人吗？是你脸上的表情，它仿佛在说：'我需要男人的爱，胜过食物和水。'你确实很渴望男人的爱。你很清楚这一点！"

"也许吧，"海伦轻声说，"但并不是随便什么男人——"

出租车停了下来。"我们喝点咖啡吧。"亚当说。

"好吧。但我要先去换件衣服，卸个妆。"

五分钟后，她走进亚当的房间。胭脂、粉底、蓝色的眼影以及那件白色绸缎晚礼服都消失了，取而代之的是一件蓝色的晨衣，洗干净的脸上，还有水滴泛着光。

"你真好看。"亚当说。

"是吗?"海伦环顾了一下房间,说道,"天哪,你这里也太乱了吧?"

她在沙发床上坐下。这沙发床已被亚当推到了角落里,房间中央堆了一大堆红土,上面还盖了湿布。土堆旁边放着一桶水,周围散落着金属圈和黄杨木小铲子。

"看这个!"亚当一边说,一边用一只大手拍打黏土,"有两百磅。而且还没用过,任何痕迹都没有!我觉得我只需要推动这块黏土,让它自己走路和说话。只要我一开始,那该死的钟就说:'出门啦!'然后我就出门,回到那个臭烘烘的俱乐部,而这些可爱的黏土就留在这里……"

"也许以后,等你有时间的时候?"海伦建议道。

"不!我决定辞职了。时间飞逝,而我却为了几英镑浪费时间,真是太荒谬了。不,我要离开。"

"别走,亚当。"

"你真的想让我留在俱乐部吗?"

"是的,我希望你留下来。"

亚当来到她身边坐下,把双手放在她的肩膀上。他可以感觉到,在他的手掌下,她的身体在颤抖,而且越来越激动。他颤抖着说:"海伦,我在那儿能待这么长时间,都是因为你。"

"亚当,我不想让你走。我会非常想念你的。"

她靠在他身上，他抬起胳膊，搂住她。然后，他停顿了片刻，就好似运动员在积蓄力量。他抱起她，让她躺在他身边。在海伦的脑海里，一个小小的、一直被压抑的冲动像枯叶一样沙沙作响。"不行。"她说。"我要。"亚当说。海伦的体内仿佛燃起了一团火，将所有的思想和感知都融化、煮沸，一股抑制不住的洪流直冲她的脊椎底部——汇聚在那里，膨胀到爆裂点——

她不禁激动地叫喊出声："哦，上帝……"

他们好似愤怒的敌人，陷入最后绝望的挣扎。

黏土堆旁边的水桶里，水面上的涟漪开始有节奏地扩散、破碎。

后来，他们聊了起来。

"真不知道我为什么要等这么久。"亚当说。

"你之前就……想和我做爱吗？"

"是的，第一次见到你就想。"

"你知道吗？我觉得我肯定对你也是一样的感觉，亚当。我会不住地望向你。我总是看着你从一张桌子走到另一张桌子，每次你走到我的桌边，我就会非常高兴。我之前不知道这是为什么，现在知道了。我一定是爱上你了。"

"海伦，亲爱的，我已经爱上你好几个星期了。我一直都在想你。

在这个房间里,我能听到你上床的声音,这让我很躁动。我是那种说睡就睡的人。从来没有什么事会让我睡不着觉,更不用说因为一个女人了。"

"亲爱的!"海伦用脸颊蹭了蹭他的肩膀,"你为什么这么神奇?"

亚当继续用低沉、困惑的声音说:"我以前从没爱过任何人。现在,我似乎对你着迷了。这真可笑。"

"哦,亚当,我曾一遍又一遍地想你……薇总是在旁边喋喋不休,我恨不得对她说:'走开!闭嘴!让我好好想一想亚当。'我曾想一个人住,这样我就可以安静地想你了。你知道吗?有时候,我会忍不住大哭。那是因为我太想你了。"

"你现在幸福吗?"

"非常幸福。"过了一会儿,她又说,"我只担心一件事。"

亚当睡眼惺忪地问:"什么?"

"现在我们……你说要离开我了。没有你,生活会变得很艰难……"

"我不会离开你的。"

"绝对不会?"

"永远不会。"

"我想永远和你在一起。"

"一定会的。"

"如果你离开俱乐部,我会非常痛苦……"

"我亲爱的小海伦,别担心。"

"答应我,你不会离开的。"

"好吧,亲爱的。"

"你保证!"

"我……我保证。"亚当说着,但他脑中有个小小的声音说响起:懦夫!

很快,海伦睡着了,但亚当睡不着。他静静地躺着,以免打扰到她。感受到她温暖的身体紧靠着他,他心中十分满足。看着她熟睡,他不禁轻轻地爱抚她。他的左手轻抚她的身体,小心地摸索着她光滑白皙的脖子,富有弹性的三角肌;沿着她肋骨的走向轻轻划过她的胸部;在她紧实柔软的腹部轻揉;一直摸到她结实有力的大腿,此刻在睡梦中变得柔软。

这外形!亚当心想,这结构!这就是雕塑追求的。让这种外形成为永恒。抓住它,就在此刻!

……然而,衰老和死亡的脚步无时无刻不在向我们靠近。生命流逝,就像人会快步跑向前方,身后的道路却离我们远去……而我却躺在这里!

他睁开眼睛,望向那堆黏土。现在,他的头脑清醒多了。一个念头接一个念头涌现出来。他仿佛又看到了那个奋力挣脱猿猴身份的男人。然后,他的眼前出现了一群身高达百英尺的巨人:四个生命,最下面,是一个非猿非人的东西。从中艰难地进化而成的人类——没有额头,矮小丑陋,奋拉着的臂膀却能爆发出野兽般的力气。他粗壮的手臂和粗糙的手指紧紧抓住两个完美人类的腿,一个男人和一个女人。他们奋力向上,仍然被猿人控制着。男人的右手高举,而女人的右手则支撑着他的手腕。他的左手压在猿人的头上。他脸上闪着光。他举起的手掌中,是一个活物———一个新生的婴孩,"咯咯"笑着……

我要将它命名为进化。亚当心想。

他恨不得马上跳下床,开始动手。他握紧了一只拳头,把它当成木槌,在黏土上敲出第一个形状。他浑身都绷紧了。海伦的手臂本能地搂住他。她在睡梦中转过身来,往他怀里挤了挤。他又放松下来,透过窗帘间的三角缝隙,看着明媚的阳光。然后,他感到困倦,很快便睡着了。

他们醒来已经是下午三点了。海伦看着亚当,微笑着说:

"我那杯咖啡你还没给我……但我最好在薇回来之前回我的房间去,你觉得呢?"

"谁在意薇?"

"我知道,但是……哦,亲爱的,我也不想离开你!"

"那就留下来吧,我的宝贝。"

"不,我还是走吧。我还要做点缝纫活,还得洗个澡。你要洗个澡吗?肯定要了,那你先洗。我晚一点,上班前再洗。你一会儿能上楼来吗?"

"当然。"

"亲我一下……再见!"她走出去,关上了门。亚当穿上睡衣,抓起肥皂和毛巾,走进浴室。他冲着冰冷的水,狠狠地擦洗自己。擦干身体后,他在镜子里看着自己:他绷起粗壮的手臂,冲镜子挥了挥拳头:"白痴!浪费一天时间!"他匆忙回房穿好衣服,出门去了。

他快步穿过尤斯顿路,越走越快,越走越深入伦敦西北部阴暗、喧闹的腹地——经过战桥,穿过法林顿路,穿过卢德门广场,沿着舰队街往前走。很快,他便来到了国王路,想起了可怕的土耳其人阿里。

"布里斯托广场怎么走?"他询问旁边的路人。

"沿着奥夫·萨芬顿巷走,左手边第二或第三条巷子。"

亚当减慢了速度。法比安演艺公司的办公室不难找,法比安可不是那种低调的人。他用一块蓝色的大牌子标记了他的总部,上面用金色大字写着:法比安演艺公司总部和健身馆:H·法比安先生和J·费格勒先生。他甚至把那里的围栏漆成了与招牌相匹配的颜色。亚当在楼梯口停了下来,仔细听了一会儿。他能听到阿里深沉沙哑的声音,不时地被一阵"砰砰"声打断。他走上楼。法比安打开门。

十四

"我能为你做什么,兄弟?"法比安和蔼地问道,随后,他眯起了眼睛,"说起来,我是不是在哪里见过你?"

"银狐酒吧。"

"哦!对……那天晚上我喝醉了吗?"

"有点。你喝了这么多,不论谁都会醉吧。"

"天哪,就那点?那能算喝酒吗?我早餐前就能喝那么多,只要让我休息一晚。那晚,我已经四天没沾床了,而且二十四小时没吃东西了,否则……菲尔好吗?还有那个漂亮姑娘呢?"

"菲尔很好。你说的哪个漂亮姑娘?"

"就是那晚和我一起的那个女孩。"

"海伦？她很好。"

"她确实很好。菲尔·诺瑟罗斯很会挑人。进来吧，看看我的地方。这只是我们的临时总部，新址还在装修。看到那个大个子黑人吗？看看那二头肌。那是查理·班布，黑色扼杀者。是我发现了他。六个月前他还是个叛逆青年。我是在牙买加香蕉船上找到他，并把他训练成为世界冠军的。你知道朗多斯吗？奥马霍尼呢？听着：扼杀者单手就可以打败他们两个。我赌一千英镑。另一个家伙是红木腿。他也很厉害。他会剪刀腿，他可以用两条腿把一头小公牛夹成两半。现在，看到垫子上那个和年轻人在一起的胖老头了吧。他就是可怕的土耳其人阿里。他以前可是个大人物！他跪在我面前，对我说：'法比安先生，我快饿死了，请给我一份工作。'你应该知道，看到一条狗挨饿，我都会不忍心。于是，我给了他一份工作，训练这些小伙子，给他们做做按摩。他把我当神一样崇拜。他是个老好人——"法比安的话像爆米花一样喷涌而出，"'待人宽，人亦待己宽'是我的座右铭。我跟你说，我们要办一次摔跤比赛。别林斯基认为只有他能组织摔跤比赛。我要让你看看……瞧瞧可怜的老阿里，和他一起的那个人会成为未来的冠军：杀手齐格弗里德，我打算这么叫他。"

阿里脱得只剩一条裤子和一件背心，整个健身房的空间似乎要被

他占满了,他大喊着:

"再来!再试一次!"

他甩开粗壮的双臂,拍打过来。杀手齐格弗里德是位大高个、大长腿的兰开郡人。只见他怯怯地咧嘴一笑,试图抓住阿里的脖子。但阿里的脖子像树干一样粗,在肌肉、脂肪的包裹下,又像钢制弹簧一样灵活。

阿里一躲,齐格弗里德的手便抓了个空。兰开郡人"咯咯"地笑了起来。阿里怒吼一声,一巴掌拍在他脑袋上,把他打倒在地。

"简单吧?"阿里握紧拳头威吓道,"认真点!挨打了,打疼了,才能学会摔跤!懦夫!"

"说话注意点!"

"胆小鬼!你老爸就是个胆小鬼!"

齐格弗里德咆哮着扑向阿里的脖子。阿里得意地低吼一声。两人扭打在一起。几秒钟之后,兰开郡人的拳头深深陷进阿里腹部的脂肪里。阿里哼了一声,猛然一跃。齐格弗里德厉声叫喊:"胳膊要断了!"

"别再胡说八道了,阿里,"法比安说,"让他见识一下你的技术就行了。他自己慢慢会学会的。"

阿里看见亚当,放开了杀手齐格弗里德。他笨拙地跨过垫子,走上前,伸出他的手。"是你,哈?"

"你们认识吗？"法比安说。

"我们见过。嘿，阿里，你好吗？"

"很好，你过来是要加入我们吗？"

"我不知道。我只是来……向你问好，阿里，来看看你这地方。"

法比安问道："你会摔跤，是吗？"

"可以说完全不会，也就小打小闹那种。"

"好吧！"法比安说，"听着，我能让你成为举世无双的人！"

"别开玩笑。"

"进来。"法比安领着亚当走进一间蓝色的小办公室，"坐。"他指了指一张舒适的椅子，自己则来到一张崭新的橡木桌旁，在一把大转椅上坐下。在他后方的墙上，摔跤冠军和拳击冠军们隔空互相对抗：哈肯施密特傲慢地冲着吉米·王尔德展露他结实的胸膛；吉姆·隆多斯一副铁甲车般威严的样子，面对小赫雷拉这位"骷髅粉碎者"，依旧耸着肩；留着小胡子的乔治·拉布兰奇试探性地挥出左勾拳，打向那位不可动摇的巨人汉斯·斯坦克，而斯坦克却怒气冲冲地瞪着扼杀者刘易斯那平庸的脑袋和肩膀。

"你叫什么名字？"法比安问。

"亚当。"

"亚当，你想当摔跤手，是吗？"

"我并没有打算以此为职业。我想摔跤只是为了锻炼身体。"

"好极了。我可以把你培养成大人物，知道吗？我可以训练你，让你打比赛，给你做宣传，让你变得家喻户晓。我背心口袋里装着所有报社的联系方法。我看得出你像牛一样强壮。我一看到你，就对自己说：'天哪！那家伙的身材像阿多尼斯。'听明白了吗？跟我签约，我可以开创你的职业生涯。我现在正在培养人。我得到了世界上最好的教练——可怕的土耳其人阿里。就算是米饭布丁，他都能让它长出肌肉来。他可以把一个小侏儒训练到能推倒圣保罗大教堂。我可是花了大价钱从别林斯基那里买下了他。我要在这个国家推广美式摔跤。两个月之内，你每周可以挣五十英镑，甚至更多。"

"但你有什么要求？"

"我的要求？听着，你签一份合同，在接下来的四年里，只为我一人摔跤，明白吗？一开始，你只有名义工资——每周大约两英镑。这期间我们会训练你，你以后才能挣大钱。我会为你花不少钱，训练你，帮你打造，助你起步，最后让你成功。所以我不能冒你离开我的风险。问问你自己，是不是？"

"那么，一周挣两英镑，我需要做些什么？"

"锻炼健身，学习摔跤。也许我会安排你去参加摔跤比赛。两年后，你就可以在这么多战斗的基础上正式参战了。"

"两年后。打一场有多少钱?"

"好吧,坦率地告诉你,我不是很清楚。但不可能少于五英镑。我们会就此达成一个绅士协议,你明白我的意思吧。"

"我明白了。"

"我会把你捧红,成为头号拳击手。每周三十、五十甚至九十英镑,没有上限。然后,我们去美国巡回演出……有些摔跤手能挣好几万!你要做的就是签合同。我每周付给你两英镑作为预付定金,在我训练你成为冠军期间,听我安排去摔跤就行了。我给你拿一份空白合同。"

"不用麻烦了。"

"你不签,就是个大傻瓜呀。"

"我会考虑的。"

法比安从椅子上跳了起来。"摔跤是项不错的运动,没错。但是,现在还有谁会看摔跤?观众想看的是表演。他们愿意付钱,我们就提供他们想要的。我对自己说:这些傻瓜去看摔跤,就像去看电影一样。他们知道黑色扼杀者不是真的和红木腿打成平手,就像他们知道在电影里沃尔特·皮金不是真的和格里尔·加森结婚一样。明白了吗,亚当?观众都是傻瓜,他们喜欢幻觉。这就是生活……嘿!该死!这个写成一首歌,该有多棒!"法比安和着《今天是我妈妈的生日》的曲调唱了起来,"这只是幻觉,这就是生活……亚当,如果你再待一会儿,你就会明白我的意思。来，扼杀者和红木腿正在比赛。"

亚当跟着他回到健身房。

扼杀者的后背非常漂亮，像复写纸一样黑亮，每一块肌肉都能像袋子里的蛇一样跳动、扭转。即使是用攻城槌，也很难撼动他乌木柱子般的双腿，无法击垮他似波纹铁般结实的腹部，更没法破坏他如漆钢胸甲般的胸肌。他转过头来，脖子上的肌腱像拉紧的钢缆一样，猛然收起。亚当也在此时看到了他的脸。扼杀者的脖子有大腿那么粗，如橡树的树干一般，宽阔的肩背像门板一样，在这样的肩膀和脖子的衬托下，他的头显得又小又窄。最重要的是，他的眼睛毫无生气，像两粒粘在珍珠母贝上的云母。

肉雕。亚当想。

红木腿也是一个身材高大的人，他的躯干填充的是移动快速、弹性十足的摔跤手肌肉。四十岁了，他的鼻梁骨从没断过，耳朵是典型的摔跤老手的耳朵，被揉碎、受挤压、变残破，最后变得像树皮上的真菌一样。亚麻色的头发像一片片阿富汗垫子。他的胸膛和手臂上也长满了类似的毛发，零星有些花白。他从嘴角发出声音：

"听着，扼杀者。你要保持冷静，别发脾气。你一冲动，会伤到我；如果你伤到我，我会杀了你。我先下一城，看到了吧？你冲过来，我躲开，而你冲出线外了，对吗？"

"我转身回来，踢你的肚子，你倒下了。然后裁判警告我，我就在场上追着他跑。"

"就是这样。现在，我抓住你，对你使出剪刀腿，你就开始发出痛苦的叫喊，明白吗？然后，你打了我的脚，开始使一些粗野的招数。你抓着我的脚，咬我的脚趾，接着大喊——喊的什么？"

"认输，否则我就咬掉你的脚趾！"

"没错。我锁住你的头，但是你挣脱了，我们俩就倒下了，然后你会给我使一招波士顿蟹式固定。我逃脱，之后我们最好休息一会儿。我抱住你，你也抱住我。"

"红木腿，这太温和了吧。"

"我已经干了十五年摔跤了，你还想对我指手画脚！好好表演，这可是演出。"

"我是摔跤手，不是演员。"

"你啥也不是。抱住之后，你可以戳我的眼睛——别用手指，注意，用指关节。把手指弯过来，一圈一圈地拧，但别太用力。试试看。"

扼杀者把指关节捅进红木腿的眼睛里，像拧螺丝刀一样转动。红木腿尖叫起来。

"哦！哦！我的眼睛！我看不见了！……明白了吗，扼杀者？这才是痛苦叫喊的样子。学着点，我是为你好才这么说的。我曾经是古典式摔跤的冠军，但我却依然饿肚子，然后我就学会了表演。这都是我的经验之谈。"

"我第二局也输了。"

"是的，你输了第二局。我会让你先赢一局，不管怎么说，我最终淘汰了你，别忘了。"

"不，最好能直接打倒我。"

"扼杀者，别讨价还价。"

"我是个恶棍，明白吗？如果你惹我生气，我会直接开打。你小心点。"

"听着，扼杀者。如果你想直接倒下，那就直接倒下吧。我可以在五分钟内把你按住，直接摔倒。这对你来说不是耻辱。我会将所有人都淘汰。不管怎样，我把你摔得站不起来了。"

"我是笨蛋吗？我能把你打得连你妈都认不出来。"

"那么，去问哈利·法比安吧。"

"好吧，问问法比安。"

法比安走上前来："嘿，怎么回事？有什么解决不了的？怎么吵起来了？我要的是一场表演。就算你们自相残杀，我也不在乎，但我要的那场表演不能少。听着，扼杀者，这是给你安排的另一个场景——

给红木腿的脑袋扣个盆子。这会引来笑声。之后，你拿毛巾绕上他的脖子，用力勒他。不错，是吧？或者这样，我跟你说，用毛巾蒙住他的眼睛，把他踢出场外。"

扼杀者咧嘴一笑。

"他如果这样做，我该怎么应对？"红木腿问。

"你经验丰富，用你自己的常识。但我告诉你，这是一个很好的笑点。在你短裤的腰带下面藏一根火柴，等后面，使出剪刀腿困住他时，把他的鞋尖点燃——"

"呵呵——"

"别激动，扼杀者！裁判会向你泼水的。不错的主意，是吧？"

"不是我的风格。"红木腿说。

"好吧，"法比安说，"那就这样吧……红木腿，你得让扼杀者做些有趣的事。现在就是你们的机会，让自己成为焦点。好好准备一场表演，好吗？再练习一会儿，然后吃饭。别担心，我会支持你们的。我——"

"哈利，"扼杀者说，"那件红色丝绸战袍怎么样了？"

"什么战袍？"

"你答应给我的那件，背面用金色字母印着我的名字。"

"哦，那件呀！我会准备的，别担心。现在，做好自己的事，让我做些我该做的事，嗯？"

"我要我的红色丝绸战袍！"

法比安挺直腰板,扬起下巴。他的头顶勉强能碰到扼杀者的下巴尖。他说:"工作,否则我就揍你！"

扼杀者用拇指指甲盖就可以碾死法比安,但他只是说:"好吧,哈利。"然后便回到垫子上。

"狗崽子！"阿里说。

法比安挑了下眉毛:"为什么是狗崽子?"

"因为你像对狗崽子一样跟他说话,而他像狗一样听话。"

法比安咧嘴一笑:"他有肌肉,我有头脑,明白我的意思吗?"

"明白了！"阿里说。

法比安返回他的办公室。阿里也跟着走了进去。

"听着,阿里,"法比安说,"你觉得克雷顿怎么样?"

"他是个非常强壮的男孩,但摔跤?绝对不行。"

"我知道,但他能参加表演吧?"

"表演算什么?"

"你不喜欢克雷顿,是吗?"

"他又不是姑娘,我为什么要喜欢他?"

"你就承认吧,你不喜欢他。"

"好吧，我不喜欢。他算什么？一个厨房男孩，你把他排在最前面，他都飘飘然了。总有一天我会教他怎么做事。"

法比安笑了："他刚才说了些关于你的事。"

"告诉我，他说了什么！"

"不行，阿里，我对天发誓，我不想引发任何不愉快。"

"我没有不高兴。"

"好吧，但你必须答应不往外传一个字，他说你是个过气的老家伙。他说：'如果我想，我两秒钟就能把阿里锁死。'"

"喊！"

"什么都别说。"

"说什么？哦，不。我不会说什么的。但我会把他撕成碎片，看看他是什么做的，仅此而已！"

法比安像成年人劝解难缠的孩子一样，赶紧反驳说："阿里，别去给自己找事。你知道，你必须非常小心。"

"我？为什么？"

"你的心脏——"

"我的心脏——"

"希腊人比你年轻得多，而且，阿里，我们都知道你曾经是冠军，可是，该死……"

阿里气得浑身发抖："可是什么？"

"阿里，我们都喜欢你，我们不想看到你去做任何不会有结果的事情。你就听我的，别管它了。"

"我向天发誓，我用一只手就能打败克雷顿！"

"当然可以。别想了。"

"我告诉你，我用一只手一只脚就能打败他！"阿里大声喊道。

"是的，当然，当然可以！"

"你为什么笑话我？"

"我吗？笑话你？我不会的，阿里！我怎么会？难道我不知道你不怕克雷顿吗？我知道，所以我不在乎别人说什么——"

"谁说我害怕了？谁？"

"算了，大家都这么说，但没人相信。"

"你觉得我赢不了克雷顿吗？"

"听着，阿里，你都这么大岁数了，不用再担心别人怎么想。"

"我不老。我还很年轻呢。"

"当然，还很年轻。你看起来一点不老，还能再打三个十分钟的回合——"

"三个？六个都没问题！"

"当然。他们当时和我说你快八十岁了，我是一点都不相信。"

"谁说的？"

"听着，"法比安说，"我不想在这里吵架。如果你想打败克雷顿，就去摔跤场上打。"

"这么说，是克雷顿说的？"

"我没这么说。"

"我会在摔跤场上和他一决高下。"

"嘘！别自寻烦恼了。你要小心，别太激动了。"

"你为什么这么说？告诉我！"

"没什么。只是你千万不能大意。"

"我跟你说，我很强壮，我的心脏也很强壮。让我和克雷顿比试一场，我就会证明给你看。怎么样？"

"不，阿里，我还不想让我的良心受到谴责。"

"那我就等到他下来，然后我就在健身馆里把他撕成碎片！"

"别开玩笑，阿里。你真的要和希腊人打吗？"

"乐意之至！"

"你的心脏真的没问题吗？"

"我发誓，我的心脏像石头一样结实。"

"那我可以给你安排一场比赛。别声张，我看看要怎么安排。"

"非常感谢。"

阿里走了出去。法比安看着他,在一张纸上写道:轰动性复出。阿里,可怕的土耳其人,六十岁的不败冠军,对阵克里昂……他想到阿里的庞大身躯,想到他身上的肥肉和岁月的痕迹,想到他紫色的嘴唇和粗重的呼吸。他自言自语道:哦,天呀,你说他会猝死在拳击场上吗?全国每份报纸都会登载的!……

扼杀者的脑袋伸进办公室。

"哈利,你很快就会把那件红色丝绸战衣给我,对吧?"

"是的。"

"用金色字母印上我的名字?"

"是的,是的。"

"大写字母?"

"是的,是的,是的!"门关上了。法比安写道:本世纪最精彩的摔跤比赛!可怕的土耳其人阿里卷土重来!!!然后他似乎看到了黑色的大写标题:可怕的土耳其人猝死在拳击场上……著名的摔跤手死亡……在专栏的某个地方:哈利·法比安先生今早说:"我不知道阿里心脏不好。他是个好人,是个很棒的摔跤手。他非常讨厌克雷顿。我不知道为什么。克雷顿是个好孩子。我教了他所有的技能……"

"哎呀!"法比安打开门,喊道,"阿里!"

"什么事?"

"进来。听着,阿里。你要和这个叫克雷顿的人比一场吗?"

"是的。"

"好吧,那我来帮你安排。"

"太好了!"

"我一定会让你得偿所愿。我会让你高调复出,让你成为头条。我会给你三英镑的比赛费。怎么样?"

"我才不关心钱呢!"阿里说。

十五

"为了钱,我什么都愿意做,"薇说,"只要我能逃脱惩罚。我看过一个小子的照片新闻,他用扑克牌骗光一个放高利贷的人。噢,我想要钱,我非常想要钱!"

"你一点钱都没有吗?你肯定应该有点吧。"海伦说。

"我为什么会有钱?哎呀,我可没有浪费钱。我的钱只会花在必须要花的地方。但是看看昨晚我经历了什么事。"

"你和那个澳大利亚人一起回家了吗?"

"肮脏的猪猡,"薇说,"你应该知道发生了什么事。他带我去了帕丁顿的一家酒店。他身上有大约五六十英镑。我对自己说:'不管怎样,我要搞到那笔钱。'于是我开始和他玩闹。把手伸进他的外套,挠他痒痒,还有其他一些装模作样的小动作,但我就是找不到他藏钱的地方。所以我和他一起去了一家酒店,我想:'天哪,他真是个铁公鸡。我就等到他睡着再说。'事情不是你们想的那样,"薇愤愤地说,"我没打算像有些女孩那样,拿走他所有的钱,让他身无分文。我至少会留给他十英镑。但别人并不会感谢我。让他睡觉真是个大工程!我一直在说:'加油,男人,祝你好运。'有趣的是,如果你对一个澳大利亚人说这些,你可以脱掉他的裤子。每次等他完事睡着了,我刚一动,他就醒了,于是又再折腾一遍。最后,我像只该死的老鼠一样悄悄溜下床,然后翻遍了他的口袋。一分钱都没有!他肯定把钱藏在什么地方了。"

"你应该在他鞋子里找找。"海伦说。

"真没想到你会这么说,不过我确实找了。在其中一只鞋子里,我找到了一卷五英镑和一卷一英镑的钞票,跟卫生纸卷一样厚。就在那时,他醒了,说:'回床上来。'最后我睡着了,等我醒来,他已经走了。真是卑鄙的伎俩!他身上至少有一百英镑。要是他给我二十,那就是一百的五分之一。这就跟你有五便士,给人家一便士一样。"

"你应该先要钱。"

"不,这样不好。这会让你看起来像个妓女。"

"好吧,不管怎样,你应该先讲好的。"

"事实上,我确实提了,但他说:'后面再说。'哦,为了钱,我什么都愿意做!如果我有枪,我会走进一家银行,放下半美元,说:'请帮我换成零钱。'等那人伸出手,我会说:'统统举起手来!'你有钱吗?"

海伦不情愿地说:"如果你要,我可以借给你半克朗。"

"谢谢,"薇闷闷不乐地说,"你这周赚了多少?"

"大约六英镑。"

"但你可以存钱,我不能。我不像你。如果我看到我喜欢的东西,我必须拥有它。但你……我打赌你存了不少钱。"

"不多。"

"多少钱?"

"大约二十英镑。"

"如果我有二十英镑,我会从几内亚服装店买八件连衣裙、六双鞋,再给我父亲寄一英镑。然后,我会把一英镑的钞票换成该死的半便士硬币,带着满满一袋子硬币去俱乐部,把这些钱'砰砰'地扔得满地都是。"

"你疯了。你应该把钱存起来。"

"存钱有什么用?"

"我想有一天能有一个属于自己的舒适的家,"海伦说,"一个栖身之所,有我自己的家具。"

"我也是,但我要找一个有钱人。你呢?你仍然对亚当很着迷,不是吗？"

"是的。"海伦说。

"你打算和他一起生活吗？"

"我不知道。"

薇点燃了一根烟。

"亚当是个有趣的家伙。"

"他是个艺术家，一个雕刻家。"

"他觉得做这个能养家糊口吗？"

"不管怎样，"海伦说，"这只是一种爱好。他从不浪费时间，非常勤奋。他存了不少钱。"

"好吧，我不知道。最好是找个有钱人。看看哈利·法比安。"

"法比安人很好，但不是我喜欢的类型。"

"不管怎样，他很聪明，很能赚钱。他身上总是有几百块，做各种生意，充满活力。你知道的，海伦，他喜欢你。"

"我知道。但我并不在意他。"

"如果你跟他回家，我打赌他会给你十英镑。"

"我不会考虑这种事的。"

"为什么不呢？你跟着亚当，什么也得不到。"

"那完全是两回事。"

"有什么不同呢？说说看。"

"既然你想知道，那就是我碰巧爱上了亚当。"

"只要你愿意，你也可以爱他。我过去在斯潘格勒那边当服务员的时候，人们也会提出给我一镑、两镑，甚至五镑。而我拼命干活，每周才挣十七英镑六先令，还是算上小费一起！但我不愿意，我只相信爱情。结果呢？我怀了孩子，还要挨打。你是个笨蛋，海伦。你可以坐在俱乐部里，掏光那些傻瓜的口袋，然后回家说'我从来没有想过要靠和男人上床挣钱'。你就是个疯子。"

"哦，别犯傻了。"

"当然，我是傻瓜！但你也承诺要跟那些家伙回家了，不是吗？这是骗钱，"薇说，带着一种高尚的神情，"所以别自命清高。你要嫁给亚当吗？"

"我不知道。如果我要结婚，我想有一个像样的家，家里要有该有的一切，我们现在买不起。"

"他向你求婚了吗？"

"差不多了。"

"啊！"薇苦涩地说，"男人都是自私的混蛋。你今晚穿什么衣服？"

"白色那件，应该。"

"要是我，就不会穿白色。玛丽买了一条白色的新裙子。"

"我干吗要关心玛丽的白色新裙子？"

"她会生气的,她不喜欢你。"

"是的,我知道她不喜欢我。"

"她是嫉妒你。她觉得你在对诺瑟罗斯先生抛媚眼。"

"我?对他抛媚眼?她疯了!"

"你知道菲尔喜欢你。"

"你也疯了。每个人都能看出他对玛丽很着迷,虽然谁也不知道为什么。"

"她就是个婊子,"薇说,"她会在背地里说你坏话。"

"她说什么了?"海伦问。

"哦,没什么。"

"说吧。"

"好吧,你要保证不会传出去。她对耶塔说你是同性恋。"

"什么?她不能这样说我!等我见到她,我会和她说说我对她的看法。"

"你要小心,"薇说,"记住,她说话比诺瑟罗斯还管用。她可能会把你赶走。"

"我不在乎。"

她会被解雇的! 薇兴奋地想着,又开口说道:"毕竟,你是这里做得最好的女招待。菲尔这么说过。他们不会解雇你的。"

"他们怎么敢这么做?我给他们赚了那么多钱……我敢说诺瑟罗斯

每周能从中赚到一百英镑。"

"不止!"薇说。然后她灵机一动,大声说,"海伦!你可以开一家像银狐这样的地方!不需要花很多钱。亚当可以当经理。你当首席女招待,再挑选一些表现好的男招待,我可以去你那里工作,我们俩可以一起工作!"

海伦看着薇。"这倒是个不错的主意。"

"那为什么不做呢?"

"我需要更多的钱。"

"你一定会挣到钱的……然后,你和亚当可以开业了。"

"但亚当可能不想做。"

"为什么?"

"他不喜欢这样的生活。他想做他自己喜欢的工作,雕塑。"

"那你就负责经营,他做他的雕塑。或者你们可以一起经营一年。假设你每周赚五十或六十英镑的纯利润。一年能赚多少钱?"

"两千五百或三千英镑。"

"天哪!到时候伦敦会变得遍地金钱。等你赚了几千英镑,就去做雕塑吧。"

"你知道吗?薇,这一次,你确实出了个好主意!"

"你打算起什么名字?海伦俱乐部?"

"不行。亚当和夏娃俱乐部？或者，禁果俱乐部！"

"太好了！"薇说，"而且开始的时候不需要投很多钱。你有大约二十英镑。我打赌亚当有五十英镑，加起来就是七十……"

"还不够。"海伦说。

"想想办法，再搞点钱吧。我认识一个法国女孩，她趁丈夫工作时，一个下午就能挣五英镑。她已经做了一年多了，而她丈夫还不知道。"

"不，我不能那么做。"

"这是为了你们的生意。比如说，有个老头让他的女儿嫁给了一个做生意的家伙，这样他就可以从中换取一些利益。这不是同样的事情吗？"

"也许吧，但这不是我的性格。"

"天哪，有个女人以前开了家俱乐部，人们叫她战舰玛吉。她靠那些女孩赚钱，后来，她嫁给了一个贵族，他娶她只是为了她的钱。如果贵族都这么做，那还有什么好自责的！为什么不利用下午的时间，找间公寓，悄悄联系一下，然后拿光他的钱——"

"不，我不能。我后悔讨论这件事了。我现在会一直想着这件事，一旦下定决心，我最终肯定要去做……"

"比如说，如果下次又来了一个像法比安这样的人，你跟他回去待一个小时，可能会得到五英镑。你有什么损失呢？"

"自尊。"

"哦，别让我笑出声来！你骗他说要跟他回去，最后却在赚了他一英镑后把他甩掉，这就算有自尊吗？"

"也许不算，但是——"

走廊里这时响起沉重的脚步声。

"亚当！"海伦说，"关于俱乐部的事，一个字都别跟他说！"

她走进亚当的房间，他正站在镜子前，检查脖子上的瘀伤。

"亲爱的！"海伦说，"你受伤了吗？"

"不是，老阿里摔跤的时候用力大了点，仅此而已。有机会你应该见见他。'打啊，该死的，打啊！呸！打倒我！让自己变得更强！'然后就是啪、啪、啪！他是个了不起的老人。"

"他听起来很可怕。那是什么？"她指着沙发床上的一个方形大包裹。

"黏土。"

"但是，亲爱的亚当，你之前的黏土还一点没开始用呢！"

"我会的，我会的，等我有时间了。"

"亲爱的，你知道，你现在不应该在这类事情上花太多钱。我们要存钱。"

"存钱？当然。但这不正是我们存钱的目的吗？"

海伦没有说出她的计划，只是回答道："不是。坐过来，亲亲我。"

"很高兴再次见到你。"亚当说。

海伦问道:"亚当,我想问你一件事。你存了多少钱?"

"我不是很清楚,大概有四十五英镑左右。"

"好吧,亚当,我在想……我们确实非常需要钱……"

"怎么了?我不是在努力挣钱吗?我不是整晚都在俱乐部工作吗?你是想让我下午去抢银行,还是别的什么?"

海伦的手指抚摸着他的后脑勺,"不,亚当,亲爱的,别生气——我只是在想,我们在这行不会做很久……但就我们目前的情况而言——我们辛苦劳作,但最大的一份收益却让诺瑟罗斯赚到了,我们似乎太愚蠢了。"

"你称之为辛苦劳作?在我看来,这是世界上最容易赚的钱。"

"是的,亲爱的。但你必须承认,诺瑟罗斯获得了大部分利润,而且……我们干这行的这段时间里,在我看来,赚取真金白银最快的方法就是,"她停顿了一下,深吸了一口气,然后很快又说,"把我们所有的钱集中起来,开一家我们自己的俱乐部。你觉得怎么样?"

"我觉得这主意烂透了。我正想退出这个行业,而不是越陷越深。"

"但是,亲爱的,只做很短一段时间。"

亚当回答说:"不会的,不可能。一旦做了,将是永远。"

"不会的!一年左右,我们就能挣到三四千英镑。"

"这是有可能的,"亚当说,"但这也是关键。这世上有人会看着三四千英镑而不动心的吗?"

"但是我们需要钱,亲爱的。我们确实需要钱,不是吗?"

"亲爱的,这没用的,我不想讨论这件事了。"

对男人不多的了解教会了海伦敏锐的洞察力,她说道:"好吧,亲爱的,别生我的气。"

她吻上他,整个身体都压在他身上。尽管她吻了,亚当也随即回应了,但她依然有所保留——在她的意识深处,一个冷酷的角落里,在那里,她一直挑剔地审视着他。

"我想先和你谈谈。我……我不知道,我有点担心。"海伦的嘴巴贴在他的耳边,喃喃地说,"亲爱的,你不觉得……你不觉得我们可以考虑一下我刚才说的吗?只要不长的时间,然后你就可以安心工作,安静祥和……"

"不行!海伦,亲爱的,听我说!一旦我们真正进入俱乐部这个行业,我们就完蛋了。你听说过哪个赌徒从轮盘赌桌上赢过钱吗?没有,海伦。我们不能在这一行陷得太深,否则我们永远也出不来了。"

"任何意志力坚定的人都不会这么说。我也是为了我们两人好才这么想的……"

"别哭了。看在上帝的分上,别哭了!"亚当说。看到女人掉眼泪,他就受不了。

"哦……别跟我说话!这么多年来,各种愚蠢的工作你也干了不少,却一分钱也没赚到。所以我想我们应该要生活在家徒四壁的肮脏房间里,自视清高,谈论雕塑,从没见你做过的东西。什么雕塑?我从来没见你做出过什么东西。"

"可是,海伦!你根本不明白我的意思!我和你一样想赚钱。我喜欢钱,喜欢花钱。但我不喜欢这种夜总会的工作,整晚工作,白天睡觉。这太糟糕了。我讨厌它!"

"哦!我想如果你是一名煤矿工人,那就没关系了吧?你可能还会觉得这很崇高吧?仅仅因为你不会满身都是爆米花,不必穿硬领衬衫。反正这个行业糟糕透了!"

"就是寄生——"

"你所谓的寄生是什么意思?我想你宁愿在一个房间里挨饿,甚至不做任何雕塑,也不愿花两三个月的时间做你不喜欢的事情,然后在接下来的一年时间全身心投入到雕塑上。哦……"

亚当此时觉得,世界上最重要的事情就是结束这场争吵,他再次把海伦拥入怀中。

海伦感觉到了这一点,便推开他安抚自己的手。"想想看,如果你有一座安静的房子,还有足够的钱,有一间工作室,还有模特,还有成吨成吨的黏土、石头和其他东西,你会做出多么棒的作品啊!想想看,如果你用一整天的时间来做雕塑!如果——"

"但是,亲爱的,如果我们开始开俱乐部,我们可能会拥有房子、金钱、工作室,以及你能想到的一切;但有一样东西我们再也不会拥有了——我们再也不会拥有用黏土做出好东西的能力。即使我拥有了世界上所有的钱、所有的房子、所有的一切,如果我不能做我此生想做的事情,这一切于我又有何意义呢?"

"仅仅几个月的时间怎么可能会带来如此巨大的变化?"海伦轻蔑地问。

"不会只是几个月的。如果赚钱了,就会年复一年继续下去;如果赔钱了,我们就会寻找更多的赚钱机会。你要做这行,是打算把它作为你一生的职业吗?"

海伦沉默了。亚当把她拉到身边。她的身体仍然很紧张。她说:"不管怎样,亲爱的,先别否定,考虑一下,好吗?"

"没什么好想的。"

她的手脚全都缠在他身上,"你考虑一下吧,亲爱的!"

"好吧……那我再考虑考虑。"

海伦吻了他。

十六

那天晚上,法比安心烦意乱漫无目的地走在街上,心中充满了莫名的怒火。他抬起头,瞥见了一只拍打着翅膀的鸟,说了句:"傻瓜!"各家店铺已经挂出了乔治六世加冕的旗帜和彩色牌匾,参加加冕典礼的游客队伍涌上了街头。在牛津广场,一个戴着漂亮淡紫色围巾的胖男人,向法比安脱帽致意,问道:"不好意思,请问,这是皮-卡-迪-利吗?"

"我也不清楚,伙计,我对这里也不熟。"法比安说。他继续往前走。他羡慕那个男人的围巾。"皮-卡-迪-利!这些讨厌的外国人就不能好好学学英语吗?"他们凭什么这么富有?他们是什么人,穿着十五几尼的外套,戴着三几尼的帽子,还有鲜艳的紫色绉纱围巾?

法比安希望自己能误导那个人,让他走到大理石拱门那边去。

在摄政街,又有个男人上前搭讪。那是个高个子、脸色苍白的年轻人,米色帽子压得很低,遮住了左眼。

"你好,查理,"法比安说,"你看起来很担心。"

"看起来很担心!我是真的很担心。"

"怎么了?"

"可恶的加冕礼。那些该死的家伙正在清查街道。你知道他们怎么做的吗?"查理咬着指甲说,"他们会先抓一个姑娘,搞清楚她住的地方,然后他们就守在那里,等她的男朋友回来,把他打倒,再把他关起来。"

"你是应该担心。不过你的琼是个聪明孩子。"

"但是他们把她抓了。"查理说,几乎要哭了,"两个小时前,他们在牛津街突袭了她。"

"他们也就是罚她两英镑。你担心什么?"

"如果他们来抓我,我会被判六个月。"

"难道你没有不在场证明吗?"

"什么不在场证明?"

法比安瞬间觉得自己高大起来。"听着,查理,如果他们来抓你,就说你在为我,为法比安演艺公司工作,知道吗?这是我的名片。你是我的联络人。明白吗?把这张名片给他们看。我是你的雇主。如果他们来找我,我就告诉他们,你一直在全国各地为我物色人才,而且你并不清楚你不在的时候你的女朋友在做什么。"

"天啊,哈利,你真有头脑!"

"好了,我得走了。再见。"

法比安挺胸阔步地走着。他脑海中浮现出各种影像。他是哈利·法比安,一个罗宾汉式的人物,一个亡命之徒,一个黑社会头目,狡猾、优雅、机敏、温文尔雅。智多星哈利·法比安,恐怖法比安。他走向一家弹子机沙龙:他记得他们的射击场有个新玩意——一挺机关枪。他会花两先令换点子弹,把靶子打得千疮百孔⋯⋯法比安那古怪的小脑袋里此刻浮想联翩⋯⋯

他坐在防弹车里,四个面无表情的武装人员手持机关枪。路旁一排排的都是他的敌人。"好吧,伙计们,给他们点颜色瞧瞧!"汤姆枪"哒哒哒"地响了起来,弹壳像闪亮的雨点般飞溅起来,人们像保龄球般一个接一个地倒下。嗖!那辆大车以每小时八十英里的速度急转弯,排气管如雷鸣般响起——

一个尖细的嗓音响起,把这令人愉快的梦境从上到下撕开:

"喂,哈利!"

那是卖水果的伯特,他推着手推车,车上装满了香蕉。在法比安的想象中,机关枪发出了一声恶毒的枪响,而伯特成了最后一个倒下的人。

"你到底想要干什么？"法比安问。

"我想告诉你一件事。"

"是吗？现在我要告诉你一件事：我和你不是一类人，明白吗？所以你可以走了。听懂我的话了吗，伙计？"

伯特哈哈大笑。"你以为你和那位女士在一起就能骗过我吗？和我不是一类人！你还会是哪一类人，你这该死的家伙！我想给你提个醒。到处都是讨厌的警察，知道吗？他们正在四处抓妓女，他们抓皮条客的女人。我提醒你：如果你被抓了，那可就麻烦了。所以这段时间，你就安分点。就这样。"

"难道我自己的事我还不清楚吗？你以为我醉了，不记得你那天晚上对我做了什么吗？"

"我希望你记得。"伯特说，"我狠狠地揍了你一顿。要是我儿子像你一样，我也会揍他。佐伊养着你，而你做了什么？你拿她赚的血汗钱，喝得烂醉！你真恶心，把她的一生都毁在那条可恶的街上了！你这个拉皮条的！现在，我最后一次警告你：别干这行了，去找份工作！或者干脆去偷东西——什么都行，就是别再拉皮条了！"

法比安像狼一样咆哮："你给我闭嘴！"

"你才应该闭嘴，让我说完！去自首吧！"伯特吸了吸鼻子，"你浑身都是皮条客的臭味。你身上有股烂人的臭味。天呐!让女人在街上接客,给你买发胶!"

"你再说那个词,我就揍你!"

"你?你不敢打我。你知道我说对了。那天晚上,我在街上打了你一巴掌,当着一大群人的面,你却连一句话都不敢说。不,你还哭得跟个泪人儿似的。你现在就变成这副样子了。我告诉你,哈利,我现在还是会这么做,我会的!即使在皮卡迪利大街的中央,在国王和王后面前,我也会的!"

两人对视了一眼。法比安耸耸肩,勉强挤出一个轻蔑的笑容——但他的嘴角怎么也翘不起来。

他们没有再说一句话,便各奔东西了。

法比安觉得有些反胃,他去了巴格拉格酒吧喝酒。但俱乐部里几乎空无一人。迈克站在门口,此时正叼着一根已经熄灭的香烟。巴格拉格在看一份晚报。

"你好,巴格拉格。"法比安说,"你们这儿好安静啊。看见路易斯了吗?"

迈克嘴角轻抬,吐出三个字:"被抓了。"

法比安心里涌起莫名的忐忑。"为什么?"

"意图进行非法活动。"迈克说。

正在扫地的钢琴师补充说:"他们正在清理所有的皮条客,所有他们知道的。加冕礼时期呀。"

法比安喝了一大口酒。巴格拉格盯着他的报纸,什么也没看进去,默默陷入沉思。

"晚安。"法比安说。他沮丧地走了出去。在牛津街拐角处,一个中年男人,浑身散发着白兰地酒味,对他说道:

"嘿,哈利。听说查理的事了吗?"

"我不久前才见过他。怎么了?"

"被抓了。"

"什么?什么时候?"

"十分钟前,在他家。哎,世事无常……"

法比安的胃里有什么东西开始翻江倒海。

"好吧,"他说,"查理是个笨蛋,让他们抓到了把柄。我——"

有人拍了拍他的肩膀,吓得他心脏差点跳出来。他转过身,面如死灰,却见亚瑟·梅奥·克拉克先生站在他身后。法比安松了口气,笑着说:"哈!你吓了我一跳!"

"良心不安?"克拉克先生说,露出一颗牙齿,拘谨地微微一笑。

这时,哈利·法比安突然有了一个想法。他说:"我刚刚正在想,会不会遇到你。我想和你说点事——生意上的事。"

"那就跟我一起走走吧。"

法比安陪同克拉克先生朝牛津广场方向走去。

"克拉克先生……你认识我家佐伊吗?"

"认识。"

"她厌倦了伦敦。"

"哦?"

"她一直在考虑出国。"

"真的吗?去哪儿?"

"嗯……您觉得去哪里好?"

"哦,所以你要说的就是这件事,是吗?"克拉克先生说,"佐伊,嗯……这个有点困难。首先,她皮肤黑。在国外,人们更喜欢白皙的女性。其次,这个事情现在越来越难……"

"但她是个绝世美女,还很年轻!"

"二十四岁。法比安,我不是很感兴趣,或者说,不是那么感兴趣。总之,她是什么态度?"

"我的态度就是她的态度。如果一切顺利,她能值多少钱?"

克拉克耸耸肩,说:"一百到一百五十英镑,大概。"

"天啊!有点良心吧!像佐伊这么好的女孩,根本不愁卖。"

"好吧，这件事就这么定了。如果一切顺利，我可以给你一百五十英镑。如果你不满意，那……"克拉克先生右手一挥，说，"那你就见鬼去吧。"

"什么时候能拿到钱？"

"巴尔德斯会在三周后离开卡迪夫。我会在此期间联系你，但如果你想达成这笔交易，下周五让佐伊陪你一起到卡迪夫待两周。"

"好的，"法比安说，"我会给你打个电话。"

"我从这里转弯了。你不用再陪我往前走了。晚安，法比安。"

法比安走进一家小餐馆，点了热汤。他又开始思考……

一百五十英镑可是一大笔钱。但是卖掉佐伊？把佐伊送走？他的良心说，她为你疯狂。她甚至会为你去死。理智抗议道：她只是你的谋生工具！然后他想到了那一百五十英镑。有了这么多钱，他可以去蒙特卡洛度假，去那里的赌场玩。他看过有关那里的电影……闪闪发光的人群，王子，美女，长桌，成堆的筹码，旋转的轮盘，还有一个会跳的小球。然后他看到了他自己，穿着华丽的礼服，坐在一张桌子旁，一堆钱和蚁丘般的筹码堆在他面前，任他把玩。在他身后，珠光宝气的女人们低声议论："法比安勋爵把银行都赢破产了。他已经赢了一千万法郎，天哪！"吧嗒，吧嗒，吧嗒。荷官的耙子又推了十万法郎给他。"银行破产了。"

此时，法比安坚信，凭借一百五十英镑，他可以把蒙特卡洛的银行搞垮，而且坚信不疑。

"结账！"他喊道。他的账单上的序列号是1253897。这些加起来是35。5加3等于8。法比安一直相信，8是他的幸运数字。"我要开始走运了。"他说。这时候似乎应该庆祝一下。他数了数钱：他有五英镑现金。

法比安叫了一辆出租车。"银狐俱乐部。"他对司机说。

他要开瓶香槟，跟那个深色头发的大美女跳支舞，这会花光他兜里所有的钱，但那又有什么关系呢。很快，他就会赢垮一家银行。

十七

他是当晚的第一个顾客。诺瑟罗斯热情地迎接他："哈利！很高兴再次见到你！你看起来气色很好，而且事业得意！"

"你好，菲尔！你看起来也不错！我有几张我组织的首场演出的门票要给你。"

"谢谢你，哈利。"诺瑟罗斯转过头，喊道："哦，海伦，亲爱的！你的老朋友来了。"

"哎呀，法比安先生！我一直在想你。"海伦说。

"我也一直在想你，宝贝，"法比安说，"我心里一直想，该死的，我要去菲尔那里，看看伦敦西区最漂亮的黑发美女……菲尔，来点香槟怎么样?"

"这还用问吗,哈利?……亚当!"诺瑟罗斯离开了桌子。法比安往海伦身边靠了靠。

"你看起来对自己很满意,法比安先生。"

"叫我哈利。是的,我对自己很满意。我的事情进展顺利。很快,我就能赚到一大笔钱了。一周后,我要去蒙特卡洛一趟。"

"哦,那真是太好了。你经常去吗?"

"一年大概两三次。出差是必需的,我不觉得有什么乐趣。我只是做我必须做的事,去赌场玩两把,然后回来。"

"那一定非常刺激。你赢得多吗?"

"会赢一点。他们叫我'幸运'。"

"你确实很幸运。"

"不,我不幸运,海伦,我向上帝发誓。我很孤独。"

"你?孤独?但你肯定有成千上万的朋友,不是吗?"

"海伦,我在这个世界上没有朋友!是的,我认识数百万人。我是个心软的人,一直乐于助人。'借我们五英镑,哈利''我付不起房租,借我二十五英镑,哈利'诸如此类的要求,我从来不说'不'。但我问自己:'如果不是从你这里能讨到好处,你的这些朋友又会在哪儿?'我受够了。我已经赚到钱了,是的。但你知道我现在的抱负是什么吗?"

"是什么？"

"找一个好女人，组建家庭，摆满漂亮的家具——安定下来，过着安宁和平静的日子。这对你来说可能听起来很疯狂，但我就是这么想的。"

法比安知道女人都吃这一套。

海伦热情地说："这有什么疯狂的？"她想象自己穿着花裙子，在客厅里主持茶会，客厅的布局与希尔斯商店橱窗的陈列一模一样。她左手的第三根手指上，简单的铂金戒圈上方，一颗大钻石闪闪发光。法比安端着茶杯，冲她微笑。在他身后，透过折叠门，海伦看到一架钢琴，上面散落着乐谱……"亲爱的哈利，你会一直努力工作吗？""当然，亲爱的。我刚刚创作出了本世纪最受欢迎的作品。到时候给你买一件貂皮大衣和一辆宾利。""哦，哈利！……"

"你在想什么？"法比安问道。

"没什么。"

"想跳舞吗？"

"一会儿吧。我们先谈谈。"她看着法比安和亚当。法比安穿着一套崭新的灰色春装，他看起来就像是从鞋店橱窗里走出来的模特，十分镇定自若，显得那么不真实。亚当宽阔的后背把白色外套撑得紧紧的，一缕头发垂在额头上，他端着托盘走向餐桌。

她想：是的，我喜欢亚当。但毕竟，他是个没有野心的人。即使他真的擅长雕塑——他仍然只是一个靠劳动赚钱的人……但现在，我敢说，只要我伸出手，就能找到像法比安这样的人……

她看着法比安的手。那双手柔软、洁白，指甲也修剪得十分整齐。她心想：一双如艺术品般的手。这双手最多也只会沾上点墨水。亚当会穿着套头衫在房子里乱逛，现在都还是一双做苦力的手。

"你的手很漂亮。"她说。

"是的，"他说，"我的手还不错。我得到了很多东西。但我仍然没有找到真正爱我的人。你知道，海伦，我要爱上你了。"

"拜托，别开玩笑了。"

"我没有。我觉得你很了不起。你有美貌，有头脑。天哪，我愿意永远和你在一起！那就你和我。我们可以一起去很多地方，坐游轮、跳舞、巴黎、纽约……你看到我们了吗？从一辆巨大的奶油色的劳斯莱斯里出来——你裹着皮草，我穿着燕尾服，走进一个有乐队演奏的豪华舞厅……也许演奏的正是我自己的歌曲！你喜欢吗？"

"嗯！"海伦瞥了一眼亚当。他阴沉着脸。他永远不会想到这些事情，如果我想和他跳舞，他会谈论进化，或者别的什么。"摔跤比赛怎么样了？"

"在进行中，宝贝。很快，我就要推着手推车到银行存钱去了。没办法，我就是闲不住。只有赚到一百万，我才会停下来。一百万才叫钱。

只有那时，我才会停下，在此之前，绝不能停歇。"

"然而，有的人就没有这样的野心。比如亚当，那个服务员。他不在乎钱。他痴迷于雕塑。"

法比安笑了，"雕塑能赚多少钱？"

"这个，我想最成功的雕塑家每年的收入不会超过三千或四千。"

"我仅在衣服和娱乐上就要花这么多钱，"法比安说，"此外……见鬼，我打赌他们要花几周时间才能完成一件雕塑。而我现在两三个小时就能写一首歌。啪！一千英镑。"

"但他人很好。"海伦说。

"谁，那个服务员吗？当然。他在我的健身房锻炼。不过，海伦，我喜欢你。"

"我也喜欢你。"

"明天和我一起喝茶吧？"

"我很乐意。"

"太好了！在哪儿？"

"我们去邦德街的拉乌尔餐厅怎么样？"

"好的！四点钟？"

"五点吧。"

"好的，五点。我想有个机会和你安静地谈谈……你知道，海伦，我很喜欢你。我不是一个感情用事的人,但是……天哪,我不知道是怎么回事。我——"

"两英镑,谢谢!"亚当说。

法比安扔下两英镑十先令。"砰!"香槟酒的软木塞弹了出去。

玛丽一直紧盯着海伦,眼中满是女人特有的仇恨,最后她对诺瑟罗斯说:

"菲尔,我希望你能辞掉那个女孩。"

"谁,海伦吗?为什么?"

"我有我的理由。"

诺瑟罗斯哈哈大笑,"亲爱的,你疯了。海伦是个好员工,是这里最好的员工之一。你为什么不喜欢她?"

"她背着我们说我们的坏话。"

"他们都这样。让她说吧。她能说什么?"

"菲尔,你必须辞掉她!"

"现在,我的天使!你这样的行为,会让人以为你嫉妒她!"

"我,嫉妒一个女招待!我明白了。你现在是在侮辱我。哦,好吧!很好!"

玛丽转过身,走开了。在昏暗的灯光下,她毫不引人注目地从桌子之间走过,坐在法比安身后的桌子旁。

法比安正在说:"宝贝,我告诉你,我认识很多女人。但你的一个小拇指比她们任何人都更有魅力。"

"大多数男人都喜欢金发碧眼的女人。"

"金发女郎见鬼去吧。"

玛丽咬着嘴唇。

"哦,我不知道,"海伦说,"有一些金发女郎非常漂亮,比如诺瑟罗斯太太,她很受男人欢迎。"

"呸!"法比安说,然后右手做了一个拉拉链的动作,"吸引力!对谁?像菲尔·诺瑟罗斯这样的老色鬼。天哪,宝贝,玛丽在金色广场的萨克斯乔那边跳脱衣舞的时候,我就认识她了。几乎没有一个音乐人——"

"但你不觉得她的眼睛很好看吗?"海伦说。

"宝贝,你的趾甲都比她更有魅力。"法比安说着,捏了捏海伦的手腕,"不管怎样,让玛丽见鬼去吧。谁在乎玛丽?我喜欢的是你,不是玛丽。来吧,现在,喝完那杯酒,我们跳舞去。你的伦巴舞跳得很好,对了,你喜欢狗吗?"

"喜欢。怎么了?"

"我打算送你一只吉娃娃。"

乐队开始演奏。

"这位女士，来跳支舞吧！"法比安欣喜若狂地喊道。

玛丽气得浑身发抖，她站起身，回到诺瑟罗斯身边。"你这懦夫！你这畜生！"她说，"我不想和你吵！我就说一件事——要么那个女孩离开这里，要么我离开。你听到了吗？"玛丽开始哭泣。

"谁惹你了？"

"你应该听听海伦说的那些话……"

"什么话？"

"她说我是妓女，还说你是个老色鬼……"

诺瑟罗斯拍了拍她的肩膀，用一种十分高傲的口吻说："亲爱的，别傻了——"

"我跟你说，我要走了！"

"好吧，好吧，我的小羊羔。我今晚就把她辞退了。"

"现在！"

诺瑟罗斯耸耸肩。音乐停了。法比安尖声喊道："伦巴，来跳伦巴！"

诺瑟罗斯走到他的桌前，对海伦说：

"有人打电话来找你。"

"找我？会是谁呢？"她跟随诺瑟罗斯走进办公室，朝电话看了看，发现话筒还挂在上面，"你说——"

"没有电话。我只是想和你谈谈,海伦。你是个好姑娘。我很喜欢你。但你得离开了。"

海伦的脸一下子变得苍白。"离开?为什么?"随后,她的脸颊和额头又涨得通红,她说,"我想我明白了。这是玛丽的意思,是吗?"

"啊,这,这,这……"

"我知道她不喜欢我,"海伦说,"我知道她在我背后说了什么。好吧,她是老板——"

"我才是老板。"

"你不是。你知道你不是。我鄙视听妻子安排做事的男人。"

诺瑟罗斯咧嘴一笑。

"但是在我走之前,诺瑟罗斯先生,我想告诉你一件事。你完全就是一个老傻瓜。"

菲尔·诺瑟罗斯是不可能发脾气的。他说:"是吗?"

"难道你不知道大家都知道些什么吗?还是你假装不知道?"

"不知道什么?"

"听着,你认识威廉·切森特爵士吗?"

"怎么了?"诺瑟罗斯平静地说。

"下次他和玛丽坐在一起时,找个人听听他们在说些什么。"

诺瑟罗夫的笑容变淡了。"为什么?"

"你会知道的。"

他的手突然像捕鼠器一样死死地扣住海伦的手腕。"说!"

"别想恐吓我!我之所以告诉你,是因为我想告诉你。玛丽背着你在和威廉·切森特爵士私通。"

"你撒谎。"诺瑟罗斯说。

"好吧,你应该最清楚。现在,放开我。"

诺瑟罗斯的手握紧了一下,然后松开了。海伦揉了揉自己的手。"还有呢?"诺瑟罗斯问道。

"玛丽一直在耍你。我知道上周五下午两三点之间,她去了他的公寓。她打算和他一起走。"

诺瑟罗斯脸上的表情没有变化。

"上周五下午?"他说。

"是的,我听见他们的谈话了。她说她会和你说她要去裁缝店。他邀请她乘坐他的汽艇,一起去地中海旅行。她回答'好的'。如果你留意一下,会有更多发现。就这样。"

"收拾东西走吧。"诺瑟罗斯说,"你曲解了他们的话。你只是想制造麻烦。滚吧!"诺瑟罗斯叫喊道,仿佛要窒息一般。

"你欠我十五先令的鸡尾酒佣金。"

诺瑟罗斯把手伸进背心,掏出两英镑,揉成一团,扔向海伦。钞票砸中她的肩膀,掉到地上。她弯腰捡起,拿起外套,离开了俱乐部。

十分钟后,亚当走进办公室。

"菲尔,"他说,"切森特想知道你是否会帮他兑现支票。"

"告诉他,"诺瑟罗斯说,"他想兑现多少支票都可以。还有,亚当……他下单后,和他说:'敬请享用,这些是菲尔敬赠的。威廉爵士今晚能来做客,诺瑟罗斯先生不胜荣幸。'"

亚当看着他。"怎么了?你看起来不太好啊。"

"我有点不舒服。听着,亚当……把门关一会儿。你能帮我个忙吗?我知道我可以信任你。"

"只要是合理的事情。"

"玛丽和切森特坐在一起吗?"

"是的。怎么了?"

"你能在他们附近偷听吗?我想知道他们说了什么。"

"不,我不喜欢那种事。"

"看在我的面子上也不行?"

"不行,很抱歉。你的面子也不行。"

"好吧,"诺瑟罗斯说,"算了。你是个好孩子。握个手吧,我喜欢你。"他握住亚当的手,手心很热。

诺瑟罗斯认认真真地整理了一下领带，走进俱乐部。玛丽正坐在一张十分不起眼的桌子旁，旁边是一个穿着正装的金发巨人。诺瑟罗斯看着她的脸。她满脸微笑。诺瑟罗斯走到桌前。她看见了他，嘴唇动了动，眼睛变得空洞，毫无波澜，就像杂志封面上打出的洞，透过洞可以看到一点天空。

"谢谢你的款待，"威廉爵士说，"喝一杯吗，菲尔？"

"当然。干杯！……好吧，别把玛丽带坏了。"

"哦，你可要小心了，菲尔，"威廉爵士笑着说，"玛丽和我已经准备私奔了。"

两人都开心地大笑起来，诺瑟罗斯离开了，然后绕了一圈又走了回来，站在他们这桌附近。

诺瑟罗斯听到威廉·切森特爵士的声音："有什么好怕的？"

玛丽回答说："他可以唬住别人，但他吓不倒我。"

诺瑟罗斯觉得自己的身体被两股力量挤压着：一股冷冰冰的重力往下压，一股熊熊的怒火往上冲。音乐停了，响起一阵热烈的掌声。

"威廉爵士，你好吗？"诺瑟罗斯笑着问。此刻，他觉得，如果他有一把斧头，他就能一斧子下去，把威廉·切森特爵士从头到脚一劈两半。

"非常好！我们正商量什么时候离开呢。我说现在，但玛丽说下周。你建议什么时候？"

诺瑟罗斯哈哈大笑起来。"好吧,我不知道,那就下周吧。玛丽刚订了一件皮大衣。等我付了账,你就跟她私奔。怎么样?"

"哈哈哈哈,就按你说的,菲尔。"切森特的膝盖在桌子下碰了碰玛丽。诺瑟罗斯那双锐利的眼睛注意到了这一动作。

亚当端着托盘经过时,出声询问:"海伦在哪儿?"

"走了,"诺瑟罗斯说,"我把她解雇了。"他的心里也不好受。"亚当,拿一瓶白兰地,库瓦西耶,放到办公室去。"

法比安大喊:"海伦!我的海伦在哪里?"香槟酒喝得他有点发昏。"把海伦给我找来!"

乐队的演奏声淹没了他的声音。

薇已经喝掉半瓶威士忌,她伸出胳膊搂住他的脖子,说:"哈-利!哈-利!救救我!我的房东要把我赶出去,还要拿我的皮草来抵房租!"

法比安给了她一把银币和便士,然后把她推开。薇回到她的桌子前,手里攥着热乎乎的硬币。她想起在霍尔本的一家商店里看到过一种玩具枪,扣动扳机后,会弹出一条长长的绿蛇。她打定主意,第二天商店一开门,她就去买一支这种玩具枪,吓唬俱乐部的每个人。

"砰!"她说着,尖声大笑起来。

十八

在前一个醉酒的早晨,薇买了一只布谷鸟钟,就是那种木制的挂钟,上面刻有繁复的凤凰图样,都是瑞士农民用小刀雕刻的。她喜欢看布谷鸟跳出来。她会先被吓一跳,继而大笑。这两三天来,她只要有时间都会坐在挂钟下,焦急地看着手表,等待时钟敲响。有时,她实在等不及,便会拨动时钟的指针,这便导致了机械故障。有时,布谷鸟只露出半个身子,还连着一根软管。有时——尤其是在三点十分的时候——它会猛冲出来,"布谷布谷"地尖叫着!叫十五声。这时,薇就会跳起来,转过身,盯着它,嘴巴大张,最后叹口气,说道:"它是不是很可爱?"不过大约一周左右,她便厌倦了,把它送给了海伦,换了一只散粉碗和一个圆柱形的盒子。

布谷鸟钟现在挂在海伦的房间里。海伦的手指很灵巧,已经把它的时间调准了。

今天下午,那只邪恶、吵闹的布谷鸟,如在垂死者肉体上尖叫的秃鹰,从钟表洞里跳出来四次,叫了四次。

"你很幸运。"薇说,"我拿它没办法,讨厌的布谷鸟!我刚感到困意,它就跳出来。有一次,它竟然叫了二十五声……"她笑了。她突然想到,如果买一个鸡蛋,把它打碎在时钟下的地板上,然后说布谷鸟下了个蛋,那会是一个很好笑的笑话。

"怎么,你想把它要回去吗?"海伦问,"如果你真想要回去,就直接说。"

"我不要。我是想告诉你,我要把我的橙色鞋子送给你。还有一把气枪。一扣扳机,会弹出来一条蛇。哈哈!会吓死你的。"

"昨晚发生了什么事?"海伦问,"我走后,大家都说了什么?"

"法比安一直在找你。菲尔喝醉了。他喝了两瓶白兰地。"

海伦笑了。"为什么?"

"谁知道?他喝醉了,亚当不得不留下来陪他。玛丽一点也不关心,还说很恶心。老比尔·切森特坐出租车送她回家……天哪,老菲尔真是醉了!他把亚当的眼睛打肿了。"

"是吗？亚当做了什么？"

"哦，他一直都温文尔雅。他只是说：'放宽心，菲尔。'然后他像搬椅子一样把他搬到另一个地方放下。你怎么突然走了？你被解雇了吗？"

"都是玛丽搅和的。诺瑟罗斯挑我的毛病，所以我就离开了。但走之前我告诉了他一件事……玛丽和威廉·切森特爵士的事！他一定很有钱。我曾在《旁观者》杂志上见过他的照片。"

薇回答说："整个约克郡都是他的。"

"别傻了。"

"好吧，你接下来有什么打算？"

"我当然不会等着饿死！我要赚大钱，真正的大钱，而不是这些愚蠢的小钱。"

"法比安给了我十五便士。"薇说。

"法比安很有钱，我这么说对吗？"海伦问。

"他出门时，口袋里至少有一百英镑。他很富有。"

薇点燃了一根烟，说："你知道吗？像你这样漂亮的女孩，可以找到比亚当好得多的男人。我不是说亚当不好，但是他……嗯，你知道，有点……"

"嘘！他回来了。"

薇眨了眨眼，站起身来，"那我先走啦。"

亚当敲了敲门。

"发生什么事了，海伦？"他问道。

"玛丽还是如愿以偿了。我被解雇了。"

亚当哈哈大笑。

"好吧，别光傻笑，装出一副高高在上的样子，你有什么好建议？但不管说什么，你都不能否认我们必须要吃饭，至少，我有——"

"我们别再吵了，海伦。我累了。"

"我听说诺瑟罗斯喝醉了。"

"烂醉如泥。可怜的老诺瑟罗斯！我把他送回家，扶他睡到床上。他给了我五镑，但我不能收。"

"亚当，你疯了！如果你一直这样，多久才能攒够钱？"

"这并不意味着我要侮辱自己的尊严，海伦！你现在有什么打算？"

海伦坚定地说："我打算筹集资金，在加冕典礼前抓紧开一家俱乐部。你会帮我吧？"

"海伦，我不想干！"

"你答应过的！"

"我没答应。"

"好吧，你想退缩就退吧。但我鄙视临阵退缩的人。"

"我并不是想逃避。只是我从来没有承诺过你什么。"

"你有,不管怎样……既然你累了,躺下休息吧……亚当,我可怜的宝贝,你的眼睛怎么了?"

"诺瑟罗斯不小心的……我的天,我好累……"

"放松点。亚当,我真的很想看到你做出名气,功成名就。但如果我们一直在温饱线上挣扎,那我们能取得什么成绩呢?"

"我不知道。"

"我们会过上好日子,不要多长时间——"

"海伦,暂时忘掉你的俱乐部吧!"

亚当闭上眼睛。海伦看着时钟。四点十分,她开始小心翼翼地穿好她新买的蓝白色两件套。亚当醒了,睡眼惺忪地问:"你要去哪里?"

"购物。"

五点零五分,她来到邦德街的拉乌尔酒吧。

法比安正在等她。

"你太美了,"法比安盯着她说,"谁会想到你整晚都在银狐工作?这身材!这皮肤!你看起来很有气质,而且知道怎么穿衣服。"

"好吧,非常高兴得到你的认可,"海伦说着话,便开始倒茶,"一块糖?"

"哦，好的……"

海伦突然又开口："我昨晚被解雇了。"

"天哪，诺瑟罗斯一定是疯了。那你现在打算做什么？"

"你知道我想做什么吗，哈利？我要开一家我自己的俱乐部。"

"这需要钱。"

"我知道，这就是问题所在。"

法比安问："有存款吗？"

"一分钱也没有。"

"你知道，这个想法不错，"法比安若有所思地说，"这一行有钱赚……"

"我算过，开张不需要花太多钱。我会先开一家小型俱乐部，能容纳六七十人就行。我想在加冕礼之前开张。我留意过俱乐部是怎么经营的。加冕礼周期间，大约会有一千万人涌入伦敦西区，消费将达数百万英镑。我也想分一杯羹。"

法比安目瞪口呆。"天哪，你真是个聪明的女孩！你一定会大有作为的。"

海伦坦率地回答说："我进入夜总会行业就是为了从中获利。我不打算一辈子都待在这个行业里。我想尽快赚大钱。可我的钱还差很多。资助我一下。"

"嗯？"

"给我投资，"海伦冷静地说，"给我投一百英镑左右，你一定会收到大回报。"

法比安很尴尬。他咳嗽了一声，说道："听着，宝贝。我做过各种疯狂的事，我把成千上万的财富扔进了下水道。"他缓慢而真诚地说着，给自己留点思考的时间。然后，他加快语速接着说："但说到看人，我从来没出过错。我喜欢你。你有头脑和抱负。你想要一百英镑，是吗？"

"至少一百英镑。"

"那我给你投一百英镑。"

海伦看着他。白天的法比安和晚上是不一样的。他看起来有些不安，讲话的语速快得像机关枪。他的目光在茶室里扫视着，仿佛害怕看到什么宿敌。

法比安补充说："如果一切顺利，就这几天，我便把钱交给你。"

海伦原本以为他会把手伸进一个鼓鼓的钱包，扔下一叠纸币，说："给你！"但她又想：他是个商人。如果他不够谨慎，就不会有今天的成就。她决定谨慎应对，于是说道：

"好的。当然，一切依照商业程序来——"她盯着他的眼睛，认真看了看，"哈利，抛开我们的私人关系……我什么时候能知道确切的到款时间？"

"两三天内，我给你确切的时间，"法比安说，"目前，我大部分的英国货币都已被占用，我在等纽约寄来的版税支票。你知道，宝贝，摔跤比赛花了我一大笔现金，我又不想卖掉我的任何股份……"

"不，当然不用，"海伦说，"我只是想知道我是否可以信任你。"

"放心吧，完全可以。"

"我还有一位朋友，有资金，他也想投资。"

"男性朋友？"

"只是朋友。"海伦说。

"我来投资！"法比安拍着桌子说，"我做你的合伙人……但是，海伦，我们俩会相处融洽的，是吧？"

海伦握着他的手，用一种温奶油般的声音说道："我们当然会的，哈利！"

法比安的声音有些颤抖地说："我是个做事有始有终的人。你呢？"

"要么不做，做就全力以赴，"海伦点点头说，"我喜欢你这种知道自己想要什么，并全力以赴去实现的男人。这就是我为什么一开始就为你着迷。"

法比安喜欢听人恭维，他笑了。

"天哪，宝贝，我为你疯狂！"他说。

"为了重返老本行——"

"去他的行业，"法比安说着，脸都红了，"我和你一起干。一百英镑的投资，你可以放心。我们马上就是生意伙伴了……也是享受快乐的伙伴。"

"那我可以完全依靠你了。"海伦说。

"当然，"法比安说，"完全可以！我以我的名誉发誓。"说这话时，法比安感受到一种奇怪的痛苦。那是什么？难道是他这辈子第一次意识到自己每时每刻都在用谎言来装点灵魂，日复一日地编织着欺骗的罗网吗？他脑海中闪过一个没有虚荣、虚假和诡计的生活场景。他看到了在自己生命中曾经出现过的时光，那时黑就是黑，白就是白；那时一个人犯了罪，只要坦白了，便又可以重新呼吸。为什么我总想这样的事？完全没必要！他对自己说。

但这一切都转瞬即逝。就在他说"我以我的名誉发誓"时，他正在构思一个曲折的计划：

好吧……我或许能筹到五十，然后尽快还上……

一直吊着她："剩下的很快会到。"这期间，和她约会。什么女人能抵挡得住我呢？她一定会陷进去，不可救药地迷上我。佐伊不在。我手里又有钱。那么，好吧，我就和这位新人开一家酒吧。干吗不干呢？诺瑟罗斯赚了不少，而且她

也很有头脑……

海伦面带友好的微笑,看着他,心想:

  如果我能相信他,那很好。要是他有钱,我甚至可以让他拥有我——一次。一次之后,男人只会想要更多。谁知道呢?我不能失去理智。亚当会一直等我的。我们俩应该也能攒够钱,如果法比安靠不住……如果没有……

"结账!"法比安对女服务员说,"该死,我得回健身房了……"

十九

扼杀者正在等他。他用两根手指抵住法比安的胸膛，拦下他。

"听我说，哈利，你是不是忘了什么事？"

"我忘了什么？"

法比安抿了抿上唇。"天哪，扼杀者，别给我打哑谜了。你们看不出来我很焦虑吗？整个世界都压在我肩上。所以，有话就直说，说完闭嘴。"

"你忘了答应给我带什么了吗？"

"什么？"

"红色丝绸战衣——"

"哦,见鬼,是的,背面用金色字母印着你的名字……是的,扼杀者,我去了商店。你这么个大块头,巨人一般,他们得为你定制。所以,你还要再等一两天,明白吗?"

"你没有开玩笑吧?"

"听着,"法比安说,"你想挨打了吗?你见过我说谎吗?天哪,敢说我撒谎,我就把你的腿绑在你的脖子上。"

"好吧,那我什么时候能拿到?"

"看在上帝的分上,给他们一个机会做出成衣吧!两天,也许三天。"

"那么别忘了,哈利。我需要那件背后用金色字母印着我名字的红色丝绸战衣。我要去见一个女人。"

法比安走下楼。在体育馆的入口处,伯特正等着他。法比安的脸色变得苍白。他们在过道里面对面站着。

"你想干什么?"

"听着,"伯特双手背在身后,下巴高抬,"我有个提议。等我说完,你先别激动。听我说,你们想为比赛造势,我有个提议。"

"什么提议?说快点。"

"我想在钻石路市场卖三样东西,果蔬类,比如水果、蔬菜、沙拉。这行能赚不少钱,而投入却很少,花不了几个钱。你说对吧?"

法比安忍不住笑了起来。

"你真的建议我去市场吗？我？在摊位前大喊大叫？我是法比安演艺公司的。你把我当什么了？"

伯特苦口婆心地说道："你不用穿得像个小商贩，我们可以穿白色外套。最后我们还可以开店。其他大公司都是从小摊位起步的……"

"住口，"法比安说，"我，当个店主！你疯了。"

"我们可以从小慢慢做大。"

"我会资助你的，"法比安说，"我给你二十五英镑，你要把三分之一的利润分给我。"

伯特不耐烦地叫道："你没明白我的意思。跟我一起干吧。你应该改一改，你来赚钱养活佐伊，你会感觉不一样的，哈利——"

"听着，伯特，你那辆该死的手推车是不是把你那该死的脑袋给挤坏了。我对你一直忍让，就因为你无知、愚昧！但我今天要告诉你：你让我去市场里，站在那辆装着那些该死的水果的破推车旁边——这就是一种侮辱。"

"我是想拯救你。满口谎言，摔跤，还有那位女士——"

"你去参加救世军吧，我不需要你拯救！"

"好吧，好吧，见鬼去吧！再见。"

伯特走了出去，法比安在他身后喊道："伯特！等一下！听着。想要几英镑吗？"

"不要。"

"有骨气了，是吗？你不是想开水果摊吗？"

"跟你一起，可以。"

"我另有计划。但如果你想做，我给你投资，你可以等你有能力的时候再还我。"

"我真搞不懂你，哈利。你小时候也是这样。你总是喝一口，然后就扔掉……不，听着，哈利，和我一起干。如果你不愿意去市场，你可以不去。你甚至不用穿白外套。你可以做账，我教你。我会——"

"不用。但如果你想要投资——"

"再见，哈利。"伯特伤心地说。他伸出手。法比安犹豫了一下，然后握了握。伯特看着他的靴子，又开口道："很抱歉，那天晚上我让你丢脸了，只是……"

"算了。"法比安说完，走进屋里。

法比安在办公室找到了费格勒，他正在一个旧信封的背面算数。

"乔，"他说，"我想借五十英镑。你能借给我吗？"

"谁，我吗？五十英镑？我所有的现金都在这里了……我不会让你从我们的生意中拿钱的。我已经受够了。"

费格勒做了一个疲惫的手势。体育馆里传来低沉的喊声，还有拍打皮肉的声音。"我不熟悉这一行,这种生意太乏味了。"

"太乏味是什么意思?"

"没有任何生活气息。此外……日常开支、员工、账单、账单,还是账单,所有这些都要付现金——我不喜欢这样。"

"你疯了!我们马上就要赚大钱了,才刚刚起步,你就厌烦了!光是下一场演出,我们就能净赚八十到一百英镑。"

"我习惯于处置房地产,不涉及现金支付。但现在呢?我做的是什么?坐着等。一切都是未知数。也许有人会来,也许没人来。我们的钱都套牢了。如果地震了呢?如果发生战争呢?我不喜欢把资金套牢在任何东西上。我不喜欢这样。"

"但接下来的这场演出将会轰动一时。"

"你凭什么保证?"

"这还用问!所有的一切都可以保证!我们有受欢迎的名字,我们有很好的大厅,我们在每个咖啡馆都贴了海报,我还特别安排了一个惊喜项目——我会把通知登在报纸上。老阿里要回来了——这将大受欢迎。人们会千里迢迢来看比赛。老阿里会吸引来所有来观礼的美国人——他曾经是美国的一流选手。他们仍然把他的照片登在《拳台》杂志上。你说凭什么保证!"

"我不想做了。"费格勒说。

"什么？你疯了！我们才刚步入正轨。"

"你忘了，这件事上我有三分之二的决定权。我才是法比安演艺公司的实际所有者，你只是根据协议受雇于我的。"

"那是谎言！我没有签署任何此类协议。"

费格勒对着天花板说："有些人就是这样！他们签署协议，却从不看他们签了什么……我有你签字的文件。你还想要什么？只要我想，我就有权关闭公司。"

法比安尖叫道："什么？你再跟我开这种玩笑，我就把你的腿扯下来，砸到你头上！"

费格勒回答说："我好害怕，浑身哆嗦。"

法比安拿起一把裁纸刀，扎在桌子上。费格勒身上有种不可战胜的力量——白纸黑字、印章、签名、盖戳，那集灵活与强硬于一身的法律之力。法比安空虚的小灵魂被仇恨填满，并像气球一样开始膨胀。但他还是忍住怒火，说道：

"你想要干什么？"

"你为什么这么生气？我并不会拿走你的任何东西。我只是想关掉法比安演艺公司。"

"我明白了。你的确没打算从我这里拿走任何东西，但你要把这生意搅黄，而我也失去了我的五十英镑，是吗？"

"恰恰相反,你能拿回你那五十英镑。"

"我们银行里有多少钱?"

"不到一百磅。"

"你会把那五十英镑全部还给我吗?"

"是的。"

法比安又爆发了:"你这背信弃义的老混蛋!这其中肯定有鬼!"

"冷静点。我只是想止损。"

"我们还没开始呢!该死的——"

"我希望我们能靠这场表演赛把钱赚回来。下一场表演赛结束后,我就退出。"

"是吗?好吧,你想退出,我可不想。我们肯定会赚钱的。你可以拿走你的一百英镑,我会继续经营。"

"你想做什么就做什么吧。我反正要走了。事实上,我对另一个项目很感兴趣,没时间和你谈这个。"

"什么项目?"

"和你无关,哈利。我拿一百,你拿五十,剩下的平分,就这样。没问题吧?"

"没问题,"法比安说,"但我想知道你打什么鬼主意。"

"你了解我,"费格勒说,脸上带着古怪的笑容,"我要生活,我不能闲着,我做完一件事就要接着做另一件事。我不喜欢坐着等待的工作。你担心什么？我们俩都会赚回自己的钱,还有利润,好几英镑的利润。我们从开始到现在一直在赚钱,不是吗？"

"我依然觉得你在打什么鬼主意。"

"我没有,哈利。我从不在一个行业待太久。我喜欢变换工作——赚到点钱,就想尝试别的东西……"

"我猜你又要做什么有趣的事了。"

"的确如此！而且,像你这样有头脑的人,没有我,也能继续……如果你不把五十英镑现金取出来……"

"我需要五十英镑现金。"

"如果你真想要,你可以马上把它取出来。我还指望比赛收益呢。"

"那个我们是要平分的,五五分。"

"当然,不过是在我先划走我原来的一百英镑后,我们再平分剩下的钱,五五分。"

法比安犹豫了,但五十英镑现金,又是他无论如何无法抗拒的。他闷闷不乐地说："我需要那五十英镑,我急需这笔钱。好吧,我取钱……下次比赛,我们五五分成,然后就不做了……但我仍然觉得你在打什么鬼主意。"

从体育馆里传来了两个男人大喊大叫的声音。

"那是阿里和那个塞浦路斯男孩,"费格勒说,"我希望你能跟他们谈谈……他们整天吵个不停。"

"我要把他们的腿扯下来。"法比安说完,走了出去。

门关上后,费格勒暗自笑了。

克雷顿哈哈大笑,阿里则气得直哼哼,亚当站在他们中间。

"怎么了?"法比安说。

阿里回答说:"塞浦路斯人只有两种。一种是总是咯咯笑的塞浦路斯人,一种是从来不笑的塞浦路斯人。"

"哈哈哈!"克雷顿大笑起来。

阿里继续大声说:"他们都留长发。他们只有三种职业。塞浦路斯人不是理发师,就是裁缝或厨房小工。最后他们都自称是摔跤手。他们全都像奴隶一样打斗,毫无气概可言。呸!呸!去他的塞浦路斯!"

"大肚子!"克雷顿哈哈大笑,露出二十颗光亮的牙齿。他脸上的笑容似乎在说:"如果我不做克雷顿,我就会是全能的上帝。"但他咧开的嘴一闭上,他的脸也变了。野蛮的气息扑面而来。他看起来十分强壮,凶猛异常,感觉都能把自己撕成碎片。他的头发低垂在额头上,遮住眉毛,垂到眼睛上缘;如果不是被中间扁平的大鼻子隔开,他的两只眼睛都会互相攻击。如今,它们只能闷闷不乐地等待机会。他的上唇，不时跳起来，紧紧地咬住下唇，因战胜了下唇而咆哮。他的每个毛囊中都充满了敌意，头发扭动着生长，浓密、变形、叛逆、扭结、卷曲、干枯。

他对亚当说："他太老了，不敢出拳。我打他一下，他就死了。一根手指就够了。看，就这根手指！"他晃了晃他的食指。

"闭嘴！"法比安说。

"他说我太老了！他说我太胖了。"

法比安咧嘴一笑。"老？胖？见鬼，我们难道看不出来你才两岁吗？你难道不是快瘦成皮包骨了吗？"

"你真会开玩笑，是的。但请让我和他比一场。我会让他知道我到底老不老……呸，杂种！"

"你——"

"拉住他们！"法比安大叫着，像蚊子一样，紧紧地贴着阿里的手腕，亚当则死死抱住克雷顿。塞浦路斯人摇晃着身体，亚当的脚离开了地面。

"听我说！听我说！"法比安叫喊着，"别激动！你们两个有机会在赛场上决一胜负。我打算把你们的比赛作为下一个节目的惊喜项目。干吗要在这里浪费精力，傻瓜？阿里要卷土重来了，恐怖土耳其人阿里对阵克雷顿，知道了吗？"

"很好。"阿里说。

"不好,"克雷顿说,"我的朋友们会嘲笑我,因为我跟一个老人打架。"

"每人两基尼!"法比安说。

"不行。"克雷顿说。

阿里建议说:"给他四基尼,我的两基尼也给他。我不要钱,只要和他打一架。"

"怎么样?"法比安说。

"好吧。"克雷顿说。

亚当把法比安拉到一边,说:

"说真的,你们会让那两个人打架吗?"

"为什么不呢?"

"这是犯罪!阿里快七十岁了,克雷顿还不到三十岁。阿里老了,但他不会承认。而且他还病了。"

"你担心什么?怕他暴毙,还是别的什么?"

"我怕他会一直挨打,这是我不想看到的。"

"那就躲远点。"

"如果你取消这场比赛,我就给你五英镑。"

"你是想用钱干预比赛吗?而且,这场比赛我能赚到的可比五英镑多多了。"

"你去死吧。"亚当走进更衣室,找到阿里。"阿里,拜托,取消这场疯狂的比赛吧。"

"为什么?"

"为什么?你什么也得不到,而且,克雷顿不是摔跤手,他是个黑市打手,是个杀手。"

"是吗?那我就是个刽子手。"

阿里转过身来,瞪着眼睛。"见鬼!去夜总会吧!别管我!"

亚当回家后,海伦还没回来。他穿好衣服,去了俱乐部。

二十

他九点半到了俱乐部。门童对他说:"你来了太好了。菲尔疯了。他拿了一瓶白兰地去办公室。他一直在找你。他眼睛被打得乌青。你还是进去看看吧。"

亚当推开办公室的门。诺瑟罗斯坐在办公桌前,确切地说,是在扭动。他的肩膀扭曲着,在椅子上左右摇晃,拳头紧握,脸上痛苦和羞愧交织在一起。左眼上有一块乌青。在他面前放着一瓶白兰地。

"菲尔!怎么了?"

"怎么了?"诺瑟罗斯用平静的语气说,"怎么了?没什么。为什么这么问?"

"你的眼睛谁打的?"

诺瑟罗斯说:"我也打掉了他的门牙,他以后就亲不了她了,今晚肯定不行了。"

"谁的门牙?"

"切森特。他跟玛丽一起去了巴黎。就是这样。明白了吗?"

"怎么会发生这种事?"

"他们今晚六点的时候来了这里。两人一起来的。她带着行李箱。她说:'菲尔,我很抱歉。我发现我喜欢上别人了。我们要走了。'就这么简单。"

"你怎么说的?"

"我只是说:'一朝女招待,此生女招待。你一直都像个妓女一样。滚出去,别再回来。'我就是这么说的。我不会跪下来祈求:'别走。'然后切森特说:'你不能这么说我爱的女人。'他就送了我一个乌青眼。"

"然后呢?"

"我左右开弓,击中他的牙齿,让他无力再战。然后我说:'你这混蛋。你到这儿来是找婊子的,现在你找到了,我从臭水沟里找到她,现在又扔回去了。'然后我对她说:'你是个傻瓜,就像所有廉价妓女一样,自作聪明。和我在一起,你将衣食无忧,我比你想象的更有钱,只要你一心对我,你想做什么都可以,但现在,一切回到原点。你觉得他会和你待多久？三个月？六个月？然后你就再回到俱乐部，跳舞、和人上床，就为了赚两英镑，最后像其他人一样悲惨度日。'我还说，'你把我当傻瓜耍。我会割断你的喉咙，等你死了，一切就结束了，你也自由了，像空气一样自由。没有人背叛了我，还能逍遥法外，从来没有。现在，滚吧，好好活着。活着受苦。如果你想再回到我身边，我会朝你脸上吐口水，然后把你赶出去。'"

诺瑟罗斯喝了一大杯白兰地，然后接着说："你知道她当时说了什么吗？她说……她……亚当，再给我拿瓶酒来。"

"不行，别喝了，"亚当说，"别再喝了。"

"看在上帝的分上，亚当，照我说的做！"

亚当出去了。他拿着瓶子回来时，只见诺瑟罗斯打开一个抽屉，然后钢铁蓝色的光芒一闪。亚当一下子冲进办公室，抓住诺瑟罗斯的手腕。诺瑟罗斯的瘦劲儿与亚当的强大力量抗衡了一两秒钟，然后，手枪便进了亚当的手里——那是一把危险的蓝色帕拉贝伦旧手枪，枪口细长。他卸下弹夹，把手枪还给了诺瑟罗斯。

"有哪个女人值得你这样？"他问。

诺瑟罗斯用沙哑的声音回答道："我曾经有过一百万个女人。这个女人俘获了我。我活着还有什么意义？我完了，都结束了。"

"你知道她说什么吗？"诺瑟罗斯问道，"她说：'你的年龄都可以做我爷爷了,你这可怕的埃及老木乃伊。即使你拥有这世界上全部财富,我也不会和你再待一个晚上。'——你知道吗?她是当着他的面说的!——她说,'我还不如和木乃伊在一起,因为和你没区别。'她还说,'你这老猴子,你以为你很聪明,但那有什么用?你已经算不上个男人了。'然后她就和切森特走了。哦,我真希望当时我想起来这把枪!我会给他们每人一颗子弹。"

"然后自我了断?"

"为什么不呢?亚当,记住我的话,等你到了我这个年纪……把那瓶酒开了……活着已经没什么意义了。这没什么大不了的……就是一个女人。这本身是没什么,但我丢不起这人!我很聪明,亚当,我曾有过很多女人……但面对这样的事情,你无能为力!待在这里。别走……加酒……"

亚当想:女人是什么?竟让男人把她们视作生命。女人是什么?男人愿为她们放弃工作。无解的命题。男人真是愚不可及,把自己的所有都倾注在女人身上。

他开口道:"我能帮你做些什么?"

诺瑟罗斯回答说:"该死的。我情不自禁。你帮不了我……但最丢脸的是,亚当,我知道切森特不要她了之后,她会回来,而我还是会接受她!我控制不了。我知道这样很不男人。"

"这我就不理解了,"亚当说,"你是男人吗?有点意志力。如果我知道会发生这样的事,我会离开,走得远远的!我想看看什么样的女人会对我做那种事……"他停顿了一下,想起了海伦,以及她如何像漩涡吸引稻草一样把他从红土边吸引过去。他有点生气,于是补充道,"你可以反抗。你可以战胜你的内心!这会很疼,就像给伤口撒盐,但最终会过去的!如果你眼睛里进了沙子,那就流泪把它冲出来,然后忘记这件事!上帝啊,即使现在,我也不会让一个女人左右我的意志——而你的年龄比我大一倍!"

"是的,我知道。你还年轻,只有我年龄的一半。成群的女人都在等着你,等着现在的女人和你分手。但我老了,这是我最后的选择。"

"是又怎么样?除了那和女人在一起二十分钟的温存,难道你没有其他感兴趣的事情吗?"

"我告诉你了……继续斟酒……我问你,一旦你戒了吃、戒了喝、戒了女人,还剩下什么?我过去能从艰苦的奋斗、简陋的住所、激烈的竞争、狡诈的生意和动荡不安中获得一些乐趣。现在,我已经超越了这些。我不在意吃好吃坏,我不喜欢喝酒,我睡觉从没有超过四个小时——一天有二十四小时!我跟你说,那个女人是我生命中最后一件东西!"

"那你的人生方向就错了。如果你必须依靠男欢女爱来获得生活的乐趣,那你比两条腿的野兽强不了多少。"

诺瑟罗斯笑得前仰后合,"那要做什么?读诗?看星星?"

"为什么不呢?"

"我来告诉你为什么。因为我是个活人,一个活生生的人。我一直艰辛工作,尽情享乐。我没有遗憾——"

"生活一团糟的人总是说:'我没有遗憾。'但他们还是抱怨个不停。"

"谁抱怨了?"

"你呀!"亚当大声说,心中一阵莫名的愤怒,"你就在抱怨。'我一直艰辛工作,尽情享乐。'这什么意思,你说!我来告诉你!这意味着你费尽心机、绞尽脑汁地追求金钱,直到你感到头痛不已,然后灌下一瓶酒,就和一个姑娘睡觉去了!你管这叫艰辛?骗子!"亚当喊道,"你根本没有生活!你只为了填饱肚子而活!你不能只为自己而活。你必须为自己之外的人做点什么——否则你最终会像现在一样,对着一个该死的瓶子哭泣。"

"你自认为很聪明,"诺瑟罗斯喃喃自语道,"但你只会等待,等待!你很聪明。但是只会等待。有朝一日,你也会老。十年,二十年,三十年……等待,等待,你一直在等待……"

酒精使他的身体变得麻木,白兰地的浓烈气味如浓雾般将他笼罩,他的感官被割裂开来,思想变得封闭。他似乎可以看到自己头骨内部,那里像天空一样广阔，布满了星星，充满了波涛汹涌的汪洋。他一时有了口若悬河、滔滔不绝的冲动，但这些话还没来得及说出口，便在薄雾之中消失殆尽。他只说了声：

"然后……"

之后，他便沉默不语了。

诺瑟罗斯的大脑里，只有听天由命，一种宿命感，一种虚无的注定论。

亚当问："来杯黑咖啡？"

"不……不用。我要喝完这瓶酒，再睡一个小时。俱乐部就交给你负责。我不能眼睛这个样子出去……把那件白外套脱了，穿上你的晚礼服……接管一下。你现在是经理。我睡了。菲尔·诺瑟罗斯……不舒服。"

亚当把他扶到沙发上，躺下，然后关上灯，走出办公室，来到俱乐部。

黎明时分，他摇醒了诺瑟罗斯，后者哼了一声，醒了过来。

"醒醒，菲尔。我们要关门了。"

"什么……哦，我的头……"诺瑟罗斯眨了眨眼，勉强恢复了意识。"生意如何？"

"今晚生意不错，净收益大约四十到四十五英镑。"亚当说着，递给诺瑟罗斯一捆钞票和一些银币。

"好孩子，你拿十镑吧。你干了经理的活。给，拿着。"

亚当把十英镑钞票塞进兜里。"过来吃点东西吧。"他说。

"听着，亚当。我喜欢你。你诚实，你很理智。我想让你负责这个俱乐部几个星期。我会给你三分之一的利润。"

亚当用茶杯给诺瑟罗斯倒上番茄汁。"不，"他说，"我不喜欢。"

"什么意思？这个地方平均每周能赚一百五十英镑。你能得到大约五十英镑！"

"我要退出这个行业了。"

"你要什么？听着，亚当，你不能那么做！你是世界上唯一一个我觉得我可以信任的人！你离开后想要做什么？"

"我喜欢雕塑。"

"亚当，我喜欢你，我把你当朋友，现在你想离开我。为什么？我待你不好吗？现在，看在上帝的分上，请再坚持一下！你有时间做雕塑——很多时间，你还有一辈子！我只要求你帮我几个星期。你也会赚到一些钱。你每周能挣到大约五十英镑。你想要更多吗？"

"不是这个意思，而是——"

"你来这里的时候穷得底掉，难道不是我那时候给了你一份工作吗？"

"是的，我知道，但是——"

诺瑟罗斯突然惊呼道："我他妈的干吗要坐在这里求你帮我？滚出去，下地狱去吧！我只是请你在我情绪低落的时候陪我一两个星期，你却选择在这个时候离开我。既然你想在我虚弱的时候离开，那就滚吧。"

"好吧，菲尔，如果你这样希望，我会再待一段时间，直到你稍微振作起来。"

"不用你可怜我！"

"我不是可怜你。我会留下来，因为我喜欢你。"

"那就握个手吧，"诺瑟罗斯说，"我的天，我的神经都紧张了……你是我这里的经理，按利润的三分之一算……还有，记得，这期间包括加冕典礼那一周，那会给你带来一百英镑的收入。"

毕竟，亚当想，再多干几个星期也不会带来什么改变，然后我就可以赚到足够的钱，舒舒服服地做一年雕塑。

"就这么定了，"他说，"现在你得出去吃点东西。"

他们穿过清晨刺骨的寒风，来到拐角屋。

"我的天哪，"诺瑟罗斯说，"快看谁来了！"

那是法比安。他坐在邻桌，有点兴奋地喝着咖啡。听到诺瑟罗斯的话，法比安大叫："天哪，我的眼睛没看错吧？"然后，他走到他们的桌子前。"听着，菲尔，如果你想看表演赛，那就来看我组织的。你听说过可怕的土耳其人阿里吗？他要卷土重来了。我跟你说，他状态很好。这会是一场激烈的比赛吗？天哪，他们肯定会大打出手的！"

亚当说："我真想一拳打在你鼻子上。"

"那就来，打我的鼻子！"法比安说，"我应该害怕吗？"

"这是怎么了？"诺瑟罗斯问道。

"世纪之战。可怕的土耳其人阿里对阵克雷顿。来看吗？"

"什么，老阿里？他应该快七十岁了。我三十年前见过他，那时候他对阵任何人，从不胆怯。他可真是个好战士！"诺瑟罗斯说，"你知道吗？他没什么技巧，也不懂什么心理战术，但他就是很恐怖！他有一颗狮子的心，身体和熊一样强壮。他还活着吗？"

"你会看到的。"法比安说。

"听着，"亚当说，"让我来做这场比赛的裁判。"

"我自己当裁判。"法比安说。他冲诺瑟罗斯咧嘴一笑："万一阿里——"

"可怜的老阿里已经完蛋了，他赢不了。他剩下的唯一东西就是他的骄傲。他只有一只眼睛。让他坚持的唯一原因是，他从未被击败过。现在你让他和一个年轻四十岁的人比赛。你应该为自己感到羞耻！"

"这场比赛有人下注吗？"法比安笑着问。

"下注？"诺瑟罗斯说，"你疯了。赛狗很肮脏，拳击不干净，赛马有点臭，但这是摔跤！四十年来没有一场真正的摔跤比赛了。"

法比安冲亚当露出狡黠的笑容。"我就知道你不敢在阿里身上下注。"他说。

"赔率多少？"

"一赔二十，赌克雷顿输。"

"我跟你赌，"亚当说，"我押两英镑对四十英镑。"

"一言为定。"

"白痴，"法比安走后，诺瑟罗斯说，"你为什么让他牵着鼻子走，还押两英镑给他？"

"只要老阿里还有一口气，他就不会躺下。但我更愿意出十镑来取消这场比赛。"亚当说。

海伦刚刚醒来，她睡足了，浑身充满了能量，就像一块强劲的电池。她滚烫的手指抓住亚当的手，说道："来一个早晨的亲吻……再来一个……现在告诉我，昨晚生意好吗？"

"诺瑟罗斯想让我当经理。"

海伦一下子从床上坐起来，高兴地大喊："天呀！经理？真的吗？

为什么，那每周至少能挣十到十二英镑！"

她的兴奋似乎感染了亚当，他笑着说：

"按佣金算。我拿三分之一的利润。"

"三分之一！不，你在开玩笑。老实告诉我，是多少？"

"绝无虚言。"

"可是……他每周肯定能赚将近一百英镑！"

"他说按平均一百五十英镑算。"

"那你能拿到五十英镑？"

"差不多吧。"

"亚当！"海伦大叫，把他的头揽入怀中，"噢，天呐！"

"我要憋死了……"

他脱掉衣服，上了床。

"每周五十英镑！哦，亚当！"她用拳头捶打他的胸膛，跳下床，绕着房间跳舞，把睡衣扔到角落里，双手挥舞狂欢。然后，她回到床边，捏住亚当的脸颊，压抑着声音幸福地尖叫，直到他痛苦地哼出了声。

"嘿！疼！"

"好冷……"她回到床上，紧紧地抱住亚当，浑身颤抖。"这真是太棒了，不是吗？但亲爱的，你似乎不太兴奋。"

"哦，我很高兴。我们可以攒下一些钱。这很好。"

"亚当，你简直太棒了！你真了不起！"

"嘘！你想让安吉斯太太听见吗？"

"很快，我们就要离开这个地方，还有安吉斯太太。哦，亚当，你真棒！你为什么这么棒？"

他心中思索：钱可真厉害！即使我轻轻一挥手，就能变出埃尔金大理石雕[1]，她也不会如此开心……

他开玩笑地说道："家族遗传。"

---

[1] 埃尔金大理石雕是古希腊帕特农神庙的部分雕刻和建筑残件，迄今有2500多年的历史，是大英博物馆最著名的馆藏品之一，有镇馆之宝之称。

二十一

在法比安演艺公司的办公室里,法比安不耐烦地用脚敲着地板,而费格勒则费力地一直在电话里喋喋不休:

"……我还想要些'上帝保佑国王'的旗帜,大约十二罗。记住了吗?十二罗'上帝保佑国王'。还有,大约两罗'上帝保佑陛下'。然后是六罗三便士的英国国旗,五百个国王和女王的椭圆形头像……是的,就这些。"

他挂上听筒,对法比安说:"这些加冕礼饰品很受欢迎。我找了二十五个女性计件工,制作可以戴在纽扣孔里的乔治国王和伊丽莎白女王的小头像,没那么快能生产出来。很有趣吧,哈利。这个镇上有很多钱，就看你是否知道赚钱的门道。"

"今晚去看比赛吗？"

"是老阿里，对吧？可怜的老头。哦，听着，哈利。你答应给那个黑人一件红色丝绸战衣，你为什么没给他呢？他带着剃刀，脾气很坏。花十五先令，你就可以既保证了安全，又表现得像个绅士。"

"也许你说得对。不管怎样，再过几天，我们就不干了……"

扼杀者走了进来，手里拎着一个格莱斯顿旅行包。

"哈利，你拿到衣服了吗？"

"战衣？当然，明天就给你。"

黑色扼杀者的眼睛突然变得通红。费格勒看到了，急忙说：

"是的。他们把你的名字拼错了。他们不得不用特殊的金线来绣你的名字，但他们把'扼杀者'拼错了。不过，你应该明天就能拿到了。"

"我明天必须得到它。"

"你会的，你会的。"法比安说。

"你敢发誓吗？"

"我发誓。"

"说：'如果我撒谎，就割断我的喉咙。'"

"如果我撒谎，就割断我的喉咙。现在，快滚。"

扼杀者走了出去。

"他说话的样子，令人很不舒服，"法比安说，"该死的，我得去大厅了……嘿，扼杀者，等等！我叫出租车带你一起去……乔，你要去吗？"

"过会儿吧。"

费格勒静静地坐着，抽着烟。十分钟后，又下来一个人。

"你好，卢。"费格勒说。

"你好，乔。"卢坐了下来，"怎么样？"

"一切都很顺利。法比安明天就会出局。我会付给他五十英镑，和他把一切了断清楚。然后我们马上就开始。"

"你有没有和摔跤手说过这个项目？"

"还没呢。不过这很容易。"

"我想是的。可怜的家伙，他们所做的一切，都是为了吃一顿饱饭，睡个好觉！付给他们合理的工资，承担他们的一切花销，他们就会拼命干活……我想到一个比'肌肉除酸擦剂'更好的名字。"

"是什么？"

"肌肉按摩剂。'乐克牌肌肉按摩剂'是不是更好？"

"不错，不错。"

"乔，这种时候，你得起一个好名字。'肌肉按摩剂'比'除酸擦剂'会贵上十倍。我在美国的时候，曾和一个喜剧演员聊天。一个词对公众的影响简直令人惊讶。"

"是的。说到美国,你听过哈利·法比安学美国人说话的样子吗?"

"没有。我听说他是个聪明人,是吗?"

"如果这家伙不是那么懒惰,不是这么喜欢炫耀的话,他应该算很聪明,他的形象肯定会比现在高大。然而他胆大包天,厚颜无耻,只能算有些小聪明。你知道可怕的土耳其人阿里吗?法比安说服他重返赛场。他要和希腊人比赛。"

"不可能是老阿里!天哪,我三十年前见过他。他把一个家伙胳膊上的肌肉撕了下来——唰!就像这样。阿里大约六十八、七十岁了。他这么大年纪是如何保持力量和柔软度的?哎呀,他吃的是乐克牌再生威化饼,用乐克牌肌肉按摩剂按摩全身。明白了吗?"

"药瓶你们都安排好了吗?"

"是的。我们用的是带有模压盖子的方形瓶子。"

"但那样我们每瓶要多花一便士。"

"乔,人们买的就是瓶子。瓶子是宣传。商品不是靠质量大卖的。人们不会因为药品治好了自己而买它,人们买它是因为他们认为它可能有效。对了,那个叫法比安的家伙是怎么生活的?"

"实际上,他靠一个女人生活。他以为没人知道,其实大家都知道。他总是跑来跑去,匆匆忙忙……他什么都不做,却显得比我还努力地来维持生计。"

"好吧，我们去看你的比赛吧。能再次见到可怜的老阿里真是太好了。三十年了！时间过得真快，上次我去看阿里比赛，是坐马车的。那些逝去的岁月啊！"

卢开着他崭新的别克车，踩下油门。"那时候，一个人一周可以靠几英镑生活，每个人都有很多机会。"

"现在也一样。"

"我知道，但为了达到目的，人们不惜相互搏命。"

"一直都是这样，相信我。你想要什么？钞票自己掉进你的口袋里吗？"

"我想挣到足够的钱退休，机不可失，失不再来。"

"你要挣多少钱才能退休？"

"两万。"

"我只要挣到你的一半，我就退休。退休了，你会做什么？"

"天知道。什么也不做。你呢？"

"什么也不做。"

卢哈哈大笑："一辈子努力工作，最后却什么也不想做。就像一个疯子用头撞墙——当你停下来的时候，会觉得很舒服。"

"那你想要什么？星星吗？"

"不。但忙乎一辈子又回到起点,似乎很愚蠢。我本该结婚,有个家庭。"

汽车停在马里波恩奥林匹亚大厦外。

在一间更衣室里,阿里正在为比赛做准备。阿里很胖,胖得离谱。当他赤身裸体时,人们可以看到时间对他有多么恶毒,它像吹气球一样把他吹得高高的,又像对待爆开的麻袋一样把他拖拽下来。他的胸肌松弛地垂着,像老妇人的乳房。他的肚子也下垂着!

他捋了捋胡子,挤出一些匈牙利润发油,熟练地把尖尖的胡子整理成弯曲上翘的样子。

"克雷顿会尽力抓住机会获胜,"亚当说,"只为给伙计们一个笑料。"

"让他试试!"

阿里骂了一声,系上了一条奇特的皮带,近一英尺宽,由帆布和橡胶制成。"请拉紧,越紧越好,"他一脸抱歉地喃喃自语,"我不想让人们觉得我有点胖……"

亚当拉了拉皮带,软脂肪就像管里的牙膏一样,被挤到阿里的腰线以上。

"阿里,这条腰带会把你的内脏挤压到一起。如果克雷顿打到,或者踢到这里——"

"让他试试看。"阿里扭动着身体,穿上了长长的黑色紧身连体衣,外面套上了一条红色丝绸短裤。"现在,帮我系上这条腰带。"他举起一条已经磨旧的红色缎带,上面绣着阿拉伯文字。"这是阿卜杜勒·哈米德送的礼物……"

"阿里,你这样压迫肚子,太疯狂了!"

"呸!"阿里挺直了腰板,双手交叉站着,"告诉我,我看起来怎么样?"

亚当突然有流泪的冲动。"很好!"

"找一天,我请你给我做个雕塑。"

"谢谢你,阿里。听着,看在上帝的分上,一定要小心。"

"我的小朋友,你忘了,我打赢过无数次,从来没有人打败过我!"

"我知道。但我真的不想看到你受伤。"

阿里哈哈大笑:"在我一生中,从没有人听到过我哭喊!从没有人见过我认输。那就是我!"

"哦,我知道你肯定会赢。我已经押你赢了。"

"好孩子!我的赔率是多少?"

"非常小。"

"你在撒谎。他们觉得我是个老头。很好,让他们笑吧。最后,我也会笑——我会直视他们的眼睛,说:'老狼的牙齿还在。'我看上去怎么样？"

"阿里，你看起来就像个冠军，真的。"

阿里哈哈大笑，笑得肚子上的肥肉像装在麻袋里的猫一样蹦蹦跳跳。"哈哈哈！我让你吃惊了，是吗？……他们以为我就是糊弄这个塞浦路斯人。不。我要走进去——一、二、三，抬腿踢，后仰头一击——把他撞倒，像抱小孩一样抱起他，像对待小猫一样摇晃他，然后甩过我的头顶，'砰－砰'，把他按住。再来一个背摔——向前抓住他的头，夹在我的胳膊下，直到他的眼睛凸出来。我会像举哑铃一样把他举起来，举过头顶，对人群说：'这就是那个自以为能打败土耳其人阿里的人！'然后——"

一群人的叫喊声从一扇敞开的门传了进来。红木腿走了进来，鼻子流着血；后面跟着黑色扼杀者，他走起路来摇摇晃晃。一位工作人员走了进来，说道：

"阿里！"

阿里穿上一件三十年前缝制的红色丝绸战袍，上面有被蛀虫蛀过的痕迹。"很漂亮，是吗？在维也纳的时候，一个女人送我的……我忘了日期……"

亚当低声说："把你的玻璃眼给我。戴着那种东西摔跤太危险了。"

"胡说八道！让他知道我只有一只眼吗？"

"给我吧,拜托!"

"既然你坚持,那就拿去吧。"阿里慢慢取出左眼,递给亚当,亚当把它放在马甲口袋里。然后,他迈着缓慢而庄重的步伐,走出赛场,耳边回荡着《角斗士进行曲》欢快的节奏。

观众席上响起一阵热烈的掌声。阿里举起双手表示感谢,这时他看见克雷顿已经站在赛场上,鞠躬、微笑。阿里抓住绳子,将自己荡上去。现场一片寂静。随后响起了一阵掌声,接着是笑声,此起彼伏,夹杂着尖锐的口哨声……

"喂!你从哪里弄来的这身衣服?"

"把胡须拿开!我们都看不见你了!"

费格勒的朋友卢站起身来,喊道:"好样的老阿里!我们还记得你!"

阿里扯下战袍,扔给了亚当。

"继续,笑!"他喊道。

人们哈哈大笑。

法比安对着扩音器叫道:"女士们,先生们!在我的右边,是二百四十磅的骨头、肌肉、大脑和勇气,塞浦路斯共和国的克雷顿,冠军荣誉挑战者!……在我的左边——"

"圣诞老人!"一个声音响起,引得人们又是一阵笑声。

"恐怖的土耳其人阿里,前世界重量级摔跤冠军,现在轰动性地卷土重来——"

"哪个世界的冠军?"一个细声细气的伦敦腔喊道。

"女士们,先生们!在上个世纪初,恐怖的土耳其人阿里这个名字家喻户晓——"

"哪个世纪?"

("如果你老了,又没有钱,这就是你的结果。"卢对费格勒说。)

法比安退后一步。克雷顿和阿里走到各自的角落。克雷顿依旧微笑着。他决定,最好让这件事看起来是一个精心设计的笑话。阿里则死气沉沉的。

"现在别忘了——放轻松!"亚当低声说。

阿里回答说:"我二十秒内就能把他锁死。开始数到二十,慢慢数——"

锣声响起。

两位摔跤手走进了赛场。

二十二

克雷顿如舞者般优雅地向前走去。阿里则缓慢地咬紧牙关,低下头。他们互相绕圈,试探对方。然后传来一阵像鞭子抽打的声音。在阿里那脂肪堵塞、岁月蹉跎的肌肉还没来得及反击时,克雷顿已经拍在了他的屁股上。

"抓住他的胡子!"有人喊道。

"好的。"克雷顿说着,一把抓住阿里的胡子。但接下来的一刻,一只手如钳子般抓握住他的手腕,一股地震般的力量令他转过身去,他的手从头上转到肩胛骨后。

克雷顿惊出一身冷汗。他突然想到,阿里对待此次比赛非常认真。

他用尽全力顶住阿里的下压，用头向后撞去。土耳其人咆哮着，试图从他身下踹克雷顿的双脚，但两人之间，他巨大的腹部像一堵墙一样矗立着。克雷顿的头又猛地向后撞了一下。阿里的鼻子里，像水泵的开关被打开了一样，鲜红的血液开始流淌，流到他的胡子上。

克雷顿挣脱了束缚，转身用前臂击打阿里的下巴。在阿里眼中，塞浦路斯人似乎在一片红色的海水中游泳，海水中有一道耀眼的光网，大海的声音就是大家的笑声。但即使在他的大脑震荡的时候，他原始的本能依旧驱使他摇摇晃晃地追赶着克雷顿，而他的意识则自动分析着一百种不同形式的攻击逻辑。

*他太快了，不要费力气追赶！靠近击垮他！*他巨大的右手钩住了克雷顿的脖子。克雷顿的手指像蛇的舌头一样叉开来，向他的眼睛戳来戳去。阿里躲闪着。克雷顿的指甲刮伤了他的前额。然后，阿里牢牢地抓住了他的右手。亚当看到他的背在发抖。

"我的天呀！"一个女人尖声喊道。

阿里用右臂把克雷顿撞倒，弯下腰把他扛到肩上，然后却停了下来。他的腰带限制了他的动作幅度。他们这种尴尬的姿态维持了一会儿。克雷顿像蟒蛇一样扭动着身体，用二头肌和前臂夹住阿里的喉咙；在阿里的腿间硬插进一条腿，一边哼哼着使劲，一边用力拉扯；然后，在两人要摔倒时，扭动着身子爬到一边。土耳其人的身体似一棵倒下的树木一般重重砸在垫子上。什么东西发出"啪"的一声，他的腰带裂开了。克雷顿发出一声胜利的叫喊，把腰带扯出来，快速跳开，随后把腰带举过头顶。

观众们的笑声震耳欲聋，就像大风刮过树林。阿里咆哮着站起来。法比安从克雷顿手中接过腰带，喃喃自语："振作一点，你们两个？不要像孩子在该死的托儿所里玩耍！上啊，现在！"

克雷顿躲开了阿里劈过来的右手，向后靠在绳子上，像弹射器上的一块石头一样飞了出去。他的右肩撞在阿里的腹部。阿里倒了下去，大口地喘着粗气，但他咕哝着，顺势翻了个身，用剪刀脚夹住了克雷顿的胸。

克雷顿感觉自己仿佛被火车撞了一下，又被掉落的天花板压住了。他扭动着身体，但阿里依旧紧锁不放。人群尖叫起来。克雷顿急促地咳嗽着，他收紧腹部所有的肌肉，硬如钢铁。阿里仍在艰难地喘着气，每一次呼气，都会吹起鼻子里还在往外流的血，在垫子上溅上红色的血滴……他知道，自己最多还能困住克雷顿十秒钟。他的大腿肌肉已经开始痉挛了。

克雷顿把手掌跟压进阿里的嘴里，挣脱了束缚。他高高跃起，向下砸去。阿里看到他砸下来，但他的移动速度跟不上。克雷顿那二百四十磅的身体，像一个面粉口袋从阁楼上掉下来一样，砸在阿里的胸口。一口气喷出来——一股鲜血随之喷出。土耳其人眼前一黑，大约有那么一秒钟，他失去了知觉。他的意识挣扎着走出那片黑暗，那片如西伯利亚的午夜一样深邃而寒冷的黑暗。随后，他发现自己挣扎着站了起来。

亚当的声音从很远的地方传到他的耳朵里："小心，阿里，小心！"克雷顿又从他那失明的一边扑上来，用手臂环锁住了他。

阿里的脑子像穿堂风中的蜡烛火焰一样忽明忽暗。有一个对抗动作，就是……他记不起来了。他用尽全力，抓住了塞浦路斯人的一只手腕，嘴里咕哝着："嘿呦！"他就像一个煤炭搬运工，凭借自身巨大的力量把克雷顿翻转过来，甩到脚下。趁克雷顿跟跟跄跄还没站稳，阿里抓住他的脚踝，像杂技表演一样，在离垫子六英寸的地方把他转了一圈，然后扔了出去。塞浦路斯人脸朝下摔在地上，像受伤的豹子一样乱蹬着腿脚。"啊！"阿里喊道，猛地扑向刚刚爬起来，还半跪着靠手支撑的克雷顿。"哇！"

"干得漂亮！"亚当大喊着。

阿里锁住了克雷顿的头。克雷顿蹲下，积蓄力量，然后像痉挛抽搐一般左右拉扯。阿里的鼻血像雨点一样落在克雷顿的背上。两个人腰部以上都被染红了，到处是血。阿里的手在打滑。克雷顿就像狂风中拍打的船帆一样难以抓住……克雷顿的头终究还是摆脱了困境。阿里瞥了一眼他的脸，紫色、肿胀，还愤怒地龇着牙。这时，克雷顿挥动左臂。他坚硬的大巴掌打在阿里的脸上——其中一根手指的指甲刮到了阿里的眼球。

土耳其人的心中一下子升起空洞、凄凉的恐惧。我的眼睛！我的最后一只眼睛！如果我再失去这只眼睛，怎么办？他像一头疯狂的狮子一样咆哮着，伸手抓住克雷顿腰后的软肉，用力将他举过头顶，抛向摔跤场，然后怒吼着跟上去，用无人能理解的脏话大骂着，血沫四溅——

"咣！"锣声响了。

阿里摸索着回到自己的角落，无力地坐着。亚当用冷水给他擦了擦，调整好腰带，擦去他脸上的血迹。

"我的眼睛，"阿里说，"我的眼睛！"

"刮得很厉害。"亚当说。

阿里闭上了眼睛。上下眼睑又黑又肿，合到一起盖住血红的眼球。

人群大声呼喊。一个声音尖叫道："加油，尼尔森！加油，胡子！"

阿里吸了一口水，像喷水的鲸鱼一样，向人群呲水。"胆小鬼！"他喊道，"胆小鬼！"

费格勒喃喃自语："这太血腥了。我们走吧。"

卢情绪激动，没有回答他。他提高音量，用尖锐的声音对阿里喊道：

"干得好，阿里！自从你在曼彻斯特击败红怪物后，我再也没有见过比这更好的比赛了！"

阿里回答道："谢谢你！"

"放轻松，看在上帝的分上，放轻松。"亚当说。

锣声敲响。克雷顿微笑着走上前。在阿里看来，他有一半都是红色尘粒。他思量着：如果五分钟之内我不能制服他，我这只眼睛就看不见了。然后我就变成在黑暗中战斗。眼前的雾幕越来越暗。现在，他收紧前额和脸颊的肌肉，张大嘴巴，也几乎看不见多少。

一个声音喊道："小心，克雷顿！他要把你吞了！"另一个声音大喊："哦！看他的大胡子！好像要掉了！"

阿里的胡子原本上翘的造型，现在滑稽的下垂着，凝固的鲜血让它变成硬邦邦的尖刺。克雷顿咆哮着，扑了过来，挥舞着手臂打在阿里的脖子上，并抓住了他的胡子。他用力一拉。要不是阿里的鼻血使胡子变得滑腻，克雷顿可能会把它拔下来。胡子从他手指间滑走了。巨大的痛苦令阿里的泪水喷涌而出，他胡乱抓向塞浦路斯人，抓住了他右臂的二头肌。黑暗已经来临。他知道，如果现在松手，他就会迷失方向。克雷顿猛地后退，阿里跟着他移动。塞浦路斯人开始痛苦地喘息……阿里将身体和灵魂中的一切都集中在指尖的五个小点上。他现在已经完全失明了，迷失在这咆哮、旋转不停的场地中，痛苦令他发不出一点声音,鼻血令他窒息,嘲笑和鼓励的咆哮震耳欲聋,似乎无休无止——他的世界里充满了强烈的痛苦和不适,但只有一样东西是真实的,那就是他的手指紧紧抓住的对手的手臂。

两人紧贴在一起,像漩涡中的两根树枝一样转来转去,塞浦路斯人一直呻吟着,阿里沉默不语。他觉得冷。一根绳桩撞在他的背上。他用另一只手摸索着,什么也没有。人群的叫喊声越来越弱,他的脸似乎越来越肿,而在他的胸腔里,他的心像在木桥上奔驰的马儿一样,"咚咚咚"地剧烈跳动着。有什么东西敲在他的脚上。他摔倒了,手还紧抓着克雷顿的胳膊。塞浦路斯人说:"看在上帝的分上!"阿里回答说:"你知道我的厉害了吧,嗯?"

有人喊道:"终止比赛!终止比赛!"

阿里冲破午夜般的黑暗,咆哮道:"不能停!阿里从不终止比赛!"

突然,他松开了克雷顿的二头肌,手往下一滑,像捕兽夹一样一下子合上,抓住了他的手腕,另一只手击打在他的胳膊肘上。塞浦路斯人的胳膊断了。阿里听到他痛苦地尖叫,但依然没有松手。克雷顿残废了。阿里用另一只手的拇指和食指把自己的眼睛撑开,但他什么也看不见,只有一片无休止的火红。有人试图掰开他紧握着克雷顿手腕的手指。阿里盲目地挥拳。有个声音说道:"住手!你赢了!是我,亚当!"

"上帝啊,"阿里说,"那个希腊人摔得跟个砖头一样。"

人群已经炸了锅了。法比安说:"你肯定给了这群狗娘养的钱了。"

亚当带着阿里回到更衣室。

阿里终于开口说道:"你看到我是怎么打败他的吗?你看到我怎么折断他的胳膊的吗?你看见我是怎么把他放倒的吗?你见到他的手臂变成什么样了吗?我本来可以在十秒内打败他,只是我想让观众看到一场真正的打斗。你看到我的抓握了吗?阿里抓握住的,上帝都会忘记了!"

"你太棒了,阿里。"

"现在还说我胖吗?"

"不胖,阿里。"

"现在还觉得我老吗?"

"不老,阿里。"

"现在还觉得我没能力了吗?"

"老虎般勇猛。"

"现在觉得我还能摔跤吗?"

"比以往任何时候都厉害,阿里。"

"现在我是不是不可战胜?"

"仍无败绩,阿里。"

阿里抬起头，重新整理了胡子，把胡子捻得很尖，然后说道："在上帝的土地上，从来没有人打败过我。如果他没有抓伤我的眼睛，我应该好得很。"

"休息一下，阿里。"

"把窗关上，"阿里说，"有一股冷风。"

窗户早就关上了。

阿里喃喃自语："不知道我的眼睛严重不严重？给我拿一些硼酸和一点温水——"他突然停下来，转而说道："把手放在我胸口！"

亚当照做了。在阿里的胸腔内，他感觉到有什么东西在剧烈摇晃，就像赛车引擎里的一块松动的钢板。

阿里吃惊地叫道："钟要停了！"

"胡说八道，阿里！休息。"

阿里沙包大的拳头打在他的大肚子上，嘴里喃喃地说："蛆虫的美食啊！"

这是他说的最后一句话。

那天晚上，他死了。

后来，亚当遇到了法比安，对他说：

"你有什么要为自己辩解的吗？"

"我不知道他心脏不好。"

亚当吞咽了下口水,"法比安,你知道你有一天会怎么样吗?"

"什么?"

"有人会扑到你脸上,把你的牙齿从后脑勺打出来。"

"管好你自己的事。"

"顺便说一句,你欠我四十英镑。"

"我欠你什么?"

"我押给你两英镑买阿里赢,现在应该是四十英镑。"

法比安抬头看着亚当,说道:

"阿里没赢,克雷顿因伤退赛,所以赌局不成立。"

"你这只肮脏的老鼠,你就是这样为这场比赛做裁判的。"

"当然。"

亚当很震惊。"你要给我四十英镑,"亚当抓住法比安的衣领,摇晃着他,"如果我得不到,我会过来,把你打趴下。"

"试试看,"法比安说,"你觉得我会害怕吗?"

"你会知道的。"

亚当匆匆赶回俱乐部。法比安去了办公室。扼杀者也在那里,鼻子红肿。

"哈利,我想要我的战衣。"

法比安咒骂道："你这该死的讨厌鬼！去死吧！你这大蠢蛋！那件该死的红色丝绸战袍，你还要唠叨多少次？我难道没有答应你吗，不是一次，而是千百次？天哪！我真想揍你。"

扼杀者一把抓住法比安的腰带，毫不费力地就令他双脚离地，他说："哈利，我告诉过你，我想要那件战袍，因为我要去见一个女孩，如果我拿不到，哈利，我会拿把剃刀来。"

扼杀者从口袋里掏出一把骨头手柄、空心磨制的旧匕首，用拇指弹出刀子，刀刃离法比安的鼻子只有四分之一英寸。他已经能感觉到那钢刃的冰冷。法比安说道：

"听着，扼杀者，我不是答应了吗？"

扼杀者回答说："你遵守你的诺言，否则我说到做到。"

楼梯上响起女人高跟鞋的声音。

"放我下来。"法比安说。扼杀者放开他，走了出去。海伦走了进来。

"怎么了？"她问，"你看起来很慌张。"

"我只是教了那黑鬼几招。他们全都来找我，什么都要我教。亲爱的，你来了，我真高兴。我们去喝咖啡吧。"

二十三

第二天早上，十点钟，法比安和佐伊坐在一起，早早地吃起了早餐，有茶和煮鸡蛋。他起床后的第一件事就是仔细地梳头，直到他觉得头发上泛着金色的光泽。他吃早餐时，自信满满。佐伊的心都融化了。女人最爱男人的莫过于自信。一个知道自己想要什么，也知道如何得到的男人，比罗伯特·泰勒[1]更能俘获女人心。法比安就有这种气质。

他说："还记得我答应要给你的小狗吗？"

---

1 罗伯特·泰勒（Robert Taylor），好莱坞20世纪30年代最完美侧颜男星，40年代银幕上最受欢迎的浪漫情人，第11届金球奖最受欢迎的男演员。主演影片有《魂断蓝桥》《喋血双雄》等。

"嗯。"

"它长大了，过几天就能离开妈妈了。"

"真的吗？"

"是啊。真是只可爱的小狗！纯种吉娃娃。"

佐伊问道："它们长什么样子？"这是她第二十次问这个问题。

"你会喜欢的，"法比安说，"它们是墨西哥无毛犬，身上没有一根毛。它们长到成年时也只有六英寸长，腿像铅笔一样细，耳朵很大、很好笑。你可以在它的脖子上系一条蓝丝带，牵着它到处走，明白吗？只是你要小心别让它着凉，它们很娇弱，是的，很娇弱。"他心想：我要杀了这只吉娃娃，我已经受够了……

"哦！哈利！"佐伊尖叫起来，扔下蛋勺，绕过桌子，跑过来亲吻他。

"听着，宝贝，"法比安说，"我们就要时来运转，发大财了。我大约一周后要去卡迪夫，去看几个朋友，我想如果你和我一起去，你也可以好好放松一下。我可以借一辆车，我们会带上一些食物，再来瓶酒，然后上路。就像野餐一样，你还可以带上小狗。你觉得怎么样？"

"哦，哈利！你真是太好了。你知道我很爱你，哈利，你棒极了，真的。"

"当然，我很棒。但这不算什么。你等着。佐伊，你将拥有钻石、银狐、黑貂、一辆属于你自己的车。你都会拥有的。我向你保证，你接下来会拥有更多。"

如此隐晦的讲话让法比安感到一种强烈的快感,一种难以形容的权力感。他陶醉在模棱两可之中,如同诗人醉心于优美的文字。

"我还有个惊喜给你。你就等着吧。你肯定不敢相信。天呐,我都可以想象出你的表情了!"

"是什么?"佐伊问,"告诉我是什么?"

"我想给你个惊喜,但我还是告诉你吧。我打算做一个生意,可能会去——猜猜哪儿?"

"告诉我吧,"佐伊说,"我猜不出来。"

"哈瓦那,"法比安说,"古巴。你觉得怎么样?伦巴舞的发源地,美丽的哈瓦那。你想去吗?"

"你在开玩笑。"

"不,我说的是真的。我要去古巴,还会带上你。我还要告诉你一件事。还记得我说过我们要去卡迪夫吗?我们去奥斯坦德度周末,你觉得怎么样?"

佐伊恳求道:"哈利,别跟我开玩笑。"

"我说的都是实话,否则就让我不得好死。下周,你和我先去卡迪夫出差,离开卡迪夫时,我们的口袋里会装满大把的钞票。然后,我们去布鲁塞尔度假,两三天,不会很久。"

"布鲁塞尔?"

"是的。先到奥斯坦德,再到布鲁塞尔。"

"但是,"佐伊说,"我们可以带狗过去吗?"

"这事交给我吧。"法比安说。

"我敢说你只是在开玩笑。"

"看着我,"法比安说,"我向你保证。我可能有时候会骗人,但我永远不会违背我的承诺,永远不会。"

"我相信你,哈利。我向上帝发誓,我真的相信。"

"听着,"法比安说,"这些事我不想让其他人知道,所以别说出去。"

"你不会有什么麻烦吧?"

"别担心,"法比安说,"只要别说这事,就行了。这是我们俩之间的秘密,明白吗?"

"哈利,我什么都不会说。"

"记住就好。你知道那些人都是什么样的人。你什么都不能相信他们。"

他们吃完饭后,法比安洗漱完毕,穿好衣服。

"你要去哪里?"佐伊问,"去办公室吗?"

"是的,再见,乖乖的。"

法比安出去了。他走进皮卡迪利大街的地铁站,给阿瑟·梅奥·克拉克打电话:"听着,克拉克,我们之前说的能准备好吗?"

"是的。"

"巴尔德斯到时候会在吗?"

"是的。"

"我想,你也在,还带着钱?"

"是的。"

"我能借一辆车吗?"

"应该可以。"

"听着,我找的借口是去奥斯坦德旅行。"

"佐伊是这么以为的?"

"是的。"

"我明白了,好吧。其他先别说。"

"你会兑好现金吧?"

"都是一英镑的纸币。"

"再见。"

接着他给费格勒打了电话。

"听着,乔,能给我五十英镑吗?"

"好的。"

"今天可以吗?"

"看你。"

"什么时候?"

"今天,只要你愿意。越快越好。阿里的那场角斗中,你犯了错误,哈利。我认为你做错了,大错特错。那可怜的老人!"

"天哪,我该怎么办?到处去给人号脉吗?理性点,乔。"

"好吧,回头见。"

"哦,乔,你能给我找一件便宜的红色袍子吗?在上面写上金色的'黑色扼杀者'几个字?"

"你想要多少钱的?"

"不超过一英镑。"

"多大尺寸?"

"胸围五十英寸。"

"好吧,但必须定制。你真是疯了,哈利!我要提醒你,和那家伙纠缠很危险。就这样,再见。"

法比安回到皮卡迪利大街,四处转转。他在一家袜帽店外面站了很长时间,那里陈列着帽子和衬衫,上面写着"真正的美国绅士风格"。最后,他走进去,用他最标准的美国口音说道:

"我想试戴那顶哈佛款浅灰色软呢帽。"

"当然可以,先生。"

法比安试戴上帽子。售货员说：

"如果您喜欢更宽的帽檐，先生，我们有一种西塞罗式。"

法比安的眼睛亮了起来。

"给我看看。"

他试戴了一顶深蓝色的西塞罗帽。

"我要这顶，"他说，"见鬼，这可以写首歌……亲爱的，哦，亲爱的，我要这个……"他配的是《哦，亲爱，做点什么》的曲调。

"真好听，先生。您写歌吗？"

法比安回答说："看过《爱情大游行》[1]吗？歌是我写的。"

"真的吗，先生？您对亨弗莱·鲍嘉[2]的衬衫感兴趣吗？和他在《化石森林》[3]中穿的一模一样？"

"给我看看。"

售货员拿出一件深棕色衬衫。

"而且它还不显脏，先生。"

---

1 《爱情大游行》(*The Love Parade*) 是一部爱情歌舞喜剧，出品于1929年。

2 亨弗莱·鲍嘉 (Humphrey Bogart)，美国20世纪30—50年代著名男演员，银幕硬汉、反英雄形象的先驱者。

3 《化石森林》(*The Petrified Forest*) 是1936年的影片，其中鲍嘉出场气势咄咄逼人，力压两位主角，他那双充满愤怒的黑眼睛和阴暗的绝望表情，使他获得了热烈的好评，亦确定了鲍嘉早年的银幕形象。

"我一天换四次衬衫,"法比安傲慢地说,"我很了解鲍嘉……不,我不喜欢这款。"

"您想看看克拉克·盖博[1]款领结吗?"

"不用了,我就要这顶帽子。我要去华尔道夫酒店见一个人。"

"二十五先令,先生。您现在要戴这顶帽子吗?"

"当然。"

"您这顶,我们送到哪里?"

法比安看了看他刚刚摘下的帽子———一顶浅绿色的小帽子,这是他一周前才买的。

"给穷人吧。"他说,然后大摇大摆地走了出去。与此同时,佐伊穿着黑色的两件套,外搭仿银狐外套,戴着一顶带面纱的黑色小帽子,去附近的一家咖啡馆喝咖啡。她进去的时候,有一个女孩对她喊道:

"嗨,佐伊。"

"你好,格蕾塔。"

"一切都好吗?"佐伊问道。格蕾塔耸耸肩。

"你知道生活是怎样的。"她说。

"威尔夫好吗?"

---

[1] 克拉克·盖博(Clark Gable),德裔美国男演员,代表作《乱世佳人》《一夜风流》等。

"老样子。哈利好吗？"

"很不错。"

格蕾塔富有哲理地说："在被揭穿之前，每个人都是完美无瑕的。"

"这我不清楚，"佐伊说，"不是所有人都那么糟糕。看看我的哈利，他是世界上最好的男孩。你知道他给我带来了什么吗？一个抢手货。"

"一个什么？"

"抢手的宠物犬，一种无毛狗。"

"所有的狗都有毛。你怎么可能买到一只无毛狗？如果它没有毛，那就不是狗。"

"不管怎样，"佐伊有些恼火地说，"他给我买了，我不管你怎么说。"

格蕾塔高傲地耸耸肩，说："顺便问一下，你的情敌好吗？"

"你什么意思？"佐伊问道。

"就是我说的意思。哈利的另一个女朋友。"

"你在撒谎，"佐伊说，"我的哈利不会再看别的女人。"

"好吧，对不起，亲爱的，我不该说的，我还以为你知道呢。"

"告诉我，"佐伊说，"这是什么情况？这到底是怎么回事？"

"没什么，"格蕾塔说，"我想应该没什么。只是我看到哈利和一个女孩在一起，我想知道她是谁，仅此而已。"

佐伊尽量表现得漠不关心。

"什么样的女孩?"她问道。

"是这样的,"格蕾塔说,"前几天,我碰巧和一个朋友在一家很贵的餐馆里——邦德街的拉乌尔餐馆,没想到碰到哈利和一个女孩在一起,她肤色有点深,长得很好看,穿着也很漂亮。很明显,她是受过良好教育的。他们吃了一顿很贵的饭,看起来两人关系,嗯,很友好。我只是想知道你是不是认识她。"

"你听到他们说什么了吗?"佐伊问道。

"这个,"格蕾塔说,"我从不偷听别人谈话,但我听到他喊她艾伦或海伦什么的。不过,别太当真,佐伊,亲爱的,可能他们没什么关系。我必须承认,他什么都没做,只是握着她的手,这也不代表什么。"

"他来找我时,屁股露在裤子外面,像一只该死的流浪狗一样忍饥挨饿,我给他饭吃,给他衣穿,从此我就一直收留着他,这就是我所得到的。他就该饿死!"

"嘘,别喊。"

佐伊平静地继续说:"我把我赚的大部分钱都给了他,他却把钱花在其他女人身上。我的天哪!我要杀了他。我要把他碎尸万段。我认识一个有枪的家伙。我要借把枪,把他打成筛子。我真是个傻瓜!你说的是真的吗,格蕾塔?"

"当然是。"

"好吧,那么,"佐伊说,"我要杀了他。我会把他撕成碎片,你看我会不会。我为他做了这么多。为了给他钱,我自己能省则省,这就是我所得到的回报。有时,他晚上回来得很晚,我就会睡不着,很担心,可他一回来又走了……"佐伊突然大哭起来。

"好了,"格蕾塔安抚着,"好了。"

"现在,我和他结束了,"佐伊说,"我真的要跟他一刀两断了。不要脸的皮条客!到处招摇过市。跟人们说他是这个,他是那个。如果不是我,他早饿死了。但我得到了什么?他花着我辛苦赚来的钱,去讨好另一个该死的女人。"

"请注意,"格蕾塔说,"她看起来是个受过良好教育的女孩。"

"我也会杀了她,"佐伊说,"我会杀了他们两个。你就看我敢不敢吧。有人说人在做,天在看。但也许你说谎了?"

"我从不撒谎。"格蕾塔说。

"好吧,我很快就会搞清楚的。"佐伊说。

佐伊离开了咖啡馆。在咖啡馆门口,她的一个朋友牵着一只小狼狗走过来,说道:

"你好,佐伊,你觉得我的小狗怎么样?我要给它起名叫阿奇。它很可爱吧?"

佐伊尽力调整好情绪，声音死沉地说道："这算什么。我马上要有一只抢手的宠物犬了。"

"我说，佐伊，听着。在外面的时候走快点，不要闲逛。该死，街上的行人一个个都行色匆匆。"

"谢谢，"佐伊说，"我现在要回家了。"

她飞快地走回鲁伯特街，回到小客厅里坐下来，哭了起来，非常痛苦。

这个站街女多愁善感，郁郁寡欢。为什么她在堕落的路上越走越远，然后把所有的钱都给了一个男人？因为在这个不忠诚的世界里，只有他一个人死心塌地地对她：他是她的家，是她的丈夫、她的孩子，是她停泊的港湾。在她的意识中，凭借着自己的牺牲，他成了这世界上最后一个让她拥有优越感的人，因此她无法理解、无可救药地爱着他。

可现在，佐伊想，*他用我的钱去泡别的妞。*

愤怒，佐伊心中升起歇斯底里的愤怒。她抓起一个沉重的玻璃花碗，砸向壁炉，"砰"的一声花瓶碎了。她从桌子上的盘子里拿起一个橙子，使劲挤压，等到果汁被榨干，她又用指甲抠着橙子皮，掉落的果皮碎屑与地上的果肉混在一起。

"这个是哈利，我要把他撕成碎片。"她开始狂笑起来，把橙子一扔。裂成两半的橙子撞在对面的墙上，留下两块发灰的果汁渍。她又踢翻了一把椅子。

我会等他的，等他进来，我就杀了他。我要用什么割断他的喉咙。她走进厨房，有条不紊地拣选，最后挑了一把尖头的黑柄菜刀。

他进门后，我就刺向他的胸部，不停地刺他，然后，我会被绞死……她想象着死亡，不知怎么，她觉得那一定像黑色天鹅绒……一个巨大的盒子，漆黑一片，非常柔软，装满了天鹅绒。但首先，她必须用这把黑色的小刀杀死哈利。她不自觉地打开收音机，房间里突然响起了贝多芬第五交响曲第三乐章那庄严壮丽的乐曲，仿佛巨人遭受永恒苦难时，发出的悲痛的吼叫。她坐着听，用刀子在桌子边上一下一下地砍着。

与此同时，法比安正在莱斯特广场与一位赛马爆料者喝酒。

"好吧，弗雷迪，"他问道，"你觉得老靴子明天的表现会如何？"

"不好。"

"可我看好它。"

"那匹不行，哈利，放弃吧。在盖德的地盘上，它一点机会都没有……顺便问一下，我的书你看得怎么样了？"

"什么书？"

"我借给你的书。"

"天哪，你是说《怎样攻克书本》，在我家里。你急着要吗？"

"你一周前答应还我的。书也不是我的。"

"好吧,"法比安说,"我现在去取。听我说,在这里等我,我很快回来,把书带给你。"

法比安走了出去,他不由自主地欣赏起吧台后面镜子里自己的样子,突然,他惊恐地发现帽边松了。他匆匆离开酒吧,牙关紧咬,以最快的速度返回刚才的袜帽店。一冲进商店,他就喊道:

"看这个!该死的,我买了一顶帽子,就在十分钟前,现在它就坏了。这是什么情况?"

一名吓坏了的售货员检查着帽边。

"很抱歉,先生,这里有一针松了。我们马上把它修好。"

"快点。"法比安阴森森地说。他从口袋里掏出一支两先令的雪茄,动作夸张地点上,朝着眼前每个人的脸上喷着烟。售货员带着帽子回来了。

"完全看不出来了,先生。"

法比安仔细检查了一下。

"不能就这样算了,我不接受。"

"是的。非常抱歉,先生。"

那个混蛋还没回来吗?佐伊想着,天哪,他不会不回来了吧?

她在椅子上坐立不安,双腿颤抖。

法比安又想起了那本书，朝门口走去，然后又停住脚步，有什么东西引起了他的注意。那是一个小陈列柜，里面摆满了各式夹子，有的带链条，有的带一条一条的金属，上面都点缀着黑色和金色的字母组合。他问售货员：

"这个，你们有 HF 组合的吗？"

"我查一下，先生。您可以等的话，我们可以帮您制作任何字母。"

"好吧，我可以等，给我做一个 HF 的组合。"法比安厉声说道。

"非常乐意，先生。您想要哪款？"

法比安选择了一个领带夹，上面有一面小小的美国国旗。

"七先令六便士，先生。"

"就这个，加上 HF。"

"谢谢，先生。两分钟就好，先生。"

"最好快点。这个国家的人根本没有时间观念，根本没有。"

他等着。十分钟过去了。佐伊这会儿正在用刀子割着椅子的扶手，扯出一团一团的填充物。音乐结束了，一个男人用伤感的男高音唱着，啊，生命中甜蜜的神秘，我终于找到了你。佐伊大哭起来。她抽泣着，浑身颤抖。泪水从她的手指间滑落。法比安回到公寓，发现佐伊就这样坐在一片狼藉的房间里哭泣。

"这他妈的是怎么了？"

佐伊的愤怒被眼泪冲刷出了她的身体。

"哦,"佐伊说,"你怎么能这样对我,哈利……我为了你辛苦工作,努力接客,我把你从臭水沟里救了起来,让你成为今天的你,你怎么能?"

法比安的脑子里闪过一个念头:有人看到我和海伦在一起了。

"怎么了,他妈的!"他愤怒地说,"你到底在说什么?"

"到处闲逛……花着我的钱——我工作赚的钱,花在其他女人身上。"

法比安大声喊道:

"我不知道你在说什么,否则就让我现在就死。"

"你知道我在说什么。格蕾塔在拉乌尔餐厅看到你和一个女孩在一起。"

"拉乌尔?哪个拉乌尔?我这辈子从没去过那里。"

佐伊看着他。他的脸上流露出茫然和惊讶。他接着说:

"你真的认为我会对其他女人感兴趣吗?你一定是疯了。我在这里跑遍了这该死的小镇,为你安排假期,给你买吉娃娃,一直想着你,为你工作,为你策划,想破头都要考虑我如何能够取悦你——"法比安抓住她的肩膀,猛烈地摇晃她,"为什么?"

"哈利,"佐伊问道,"这是真话吗?"

"格蕾塔是个骗子。我要割断她的喉咙。我要撞死她。"

"她说那个女人叫艾伦。"

法比安大叫一声。

"我对天发誓,我这辈子从来没见过一个叫艾伦的女人,我这一生也从来没有去过拉乌尔餐厅。"

"你发誓。"

"以我可怜母亲的灵魂起誓,上帝保佑她的灵魂,"法比安说。

佐伊如释重负,歇斯底里地大笑起来:"哦……哈利……"

"但是,这里到底发生了什么事?"

"哦,哈利,说实话,格蕾塔告诉我……说实话……我疯了。如果你早十分钟进来,我会杀了你的。我会的。我当时拿着刀在门后等着。我宁愿死也不让别人拥有你。我会杀了你的!我会的!"

法比安看着被砍坏的扶手椅和伤痕累累的桌子,他的上唇不禁冒出汗来。谁说这世上没有上帝,他一边想,一边用手指拨弄着领带夹。

"你从哪里弄来的这个,哈利?"佐伊问道。

"乔·费格勒送我的。这是一个幸运吉祥物。给一千英镑,我也不卖。一位名叫亨利·福特的美国百万富翁把它送给了费格勒,费格勒又把它送给了我,因为我们名字的缩写是一样的……HF,看到了吗?好吧,小天使,你要去散步吗?"

"听着,哈利,街上到处都是便衣。就因为法国人西蒙娜向男人抛了个媚眼，他们就把她抓走了。"

"胡扯。"法比安讥讽地说，"我们需要一些家具……你疯了！你们说的她长什么样子？"

"一个深肤色的漂亮女孩。"

"格蕾塔最好给我说清楚。"

"好吧，我希望这个吉祥物能给我们带来好运。"

法比安似乎看到二十年后自己坐在豪华办公室里的样子。他用手指触摸着领带夹，那上面镶嵌着一颗价值一万英镑的钻石，透过烟雾，说道：

"新闻界的先生们，我的吉祥物……"

"去吧，亲爱的。"他说。

佐伊去洗掉泪渍。

法比安觉得这一幕让他很激动，他换了领带，擦了擦鞋子，十分精确地调整了帽子，然后又出门了。刚到门口，他突然想到自己忘记带书了。

该死！他想。我就跟他说我把书锁在抽屉里，钥匙在佐伊那里。

他走进一个电话亭，给海伦打了电话。他比以往任何时候都更像是一个掌握命运之人，一个木偶的提线者。她温暖的女低音在他耳边震动，一种开心的期待如电流般袭遍他的后背。他说：

"听着，亲爱的宝贝，我一直在非常认真地考虑开俱乐部的想法，我决定我们要全力以赴。"

海伦问："那你有钱投资吗？"

法比安回答说："我会卖掉我的一些股票。到下周我预计手头会有五千英镑。现在听着，海伦，你今晚能和我见面吗？"

"当然可以。"

"十一点钟，老地方？"

"好的。"

"好吧，再见。"

法比安挂了电话。然后，他突然灵光一现，想到什么……他看过的每一部电影，读过的每一本书，都在他的脑海中汇集成炽热而壮丽的画卷，在这画卷中，他，法比安，身材魁梧，穿着锦衣华服，向后倚着，面前是冒着气泡的香槟酒，豪华轿车，钻石，奔驰的骏马，铺着台布的桌子，各色美女。所有这些都在黄白两色筹码和大额钞票的洪流中旋转、交织。

他对自己说，这就是我要的……活塞法比安，那个令蒙特卡洛银行破产的花花公子。从此，我可以花钱找很多女人。

二十四

城市里的春意喷涌而出,树木吐出了嫩芽,公园里的郁金香绽放出花蕾,仰望天空。

但是,生命正在凋零的诺瑟罗斯,仍然待在他的办公室里,像一个被判了精神死刑、面色苍白的囚犯一样,他被永久地困在酒窖之中,服务账单也越积越多。他对亚当说:

"听着,亚当,我告诉你,你太绅士了。"

"谁,我?"

"你知道你昨晚推掉了二十五英镑吗?"

"怎么会?"

"我告诉你,来这里的那个小日本人口袋里至少有五十英镑。"

"我知道,那又怎样?"

"你叫他走了。"

"那个人花了二十五英镑,他问我是否认为他喝够了。"

"他已经醉了,否则他不会问的。"

"我知道他醉了。他问我,我说:'是的,你喝得够多了。'我该怎么说?"

诺瑟罗斯不耐烦地挥了挥手。

"你是个傻瓜。你应该说:'不多,先生,一个聪明人永远喝不够。而且,先生,'你应该继续说,'即使你喝多了,我们也会照顾你的。'明白了吗?接下来,你就应该说,'尝尝我们的特色香槟吧。'"

"见鬼去吧!"亚当说。

"亚当,你认为我们做生意是为了什么?献爱心吗?"

"不,为了钱。但这应该有个限度。菲尔,我过去认为你很聪明,但现在看来,你只能看到你鼻子尖那么远。你把他们榨干,也就再也见不到他们了。"

"一鸟在手胜过两鸟在林。"诺瑟罗斯说。

"一鸟在手不如两鸟在林。你们这些人的问题是,只知道眼前的现金。"

"你们这些人是什么意思?"

"我说你们这些人,是指你和这里的女孩们。你们是同一类人。"

"不要向我灌输任何哲学,我干这行的时候你还在吃奶呢。"

"我才不想管你呢,我只是告诉你,你和薇简直一模一样。当然,你从来没有意识到,生意不好是因为顾客们对彼此说:'诺瑟罗斯会活活地把你扒层皮。'不,你根本不会意识到。"

"别介意,"诺瑟罗斯说,"我不需要你来说教,俱乐部的事务,我遗忘的比你知道的还要多。我只是告诉你,你对那个日本人的处理方式大错特错。"

"从我接手管理以来,你看到营业额下降了吗?"

"嗯,有一点。"

"那只能怪加冕典礼。"

"不要找借口,亚当。"

"见鬼去吧,"亚当说,"不管怎样,我受够你了。"

"你什么?"

"我受够你了,我也受够了这生意。"

"哎呀,天哪!"诺瑟罗斯说,"你来这里当服务员,是我让你一个月赚的钱比你一年赚的还要多,现在你是不是还想告诉我,你来这里工作是帮了我一个忙?"

"你很清楚,当玛丽和切森特私奔后,是你恳求我接替你。你坐在那把椅子上,就像现在这样,只是喝得烂醉,你恳求我留下来陪你,现在,你可以见鬼去了,因为我要走了。这破活,你自己干吧。"

"等一下,亚当,等一下。"

"见鬼去吧,"亚当说,"我不干了。把你欠我的钱还我,我们两清了。"

他欣喜若狂地喊道:"让你那该死的俱乐部见鬼去吧,让金钱见鬼吧,让这臭气熏天的场所见鬼去吧!你们这些寄生虫、低能儿!你们这些骗子、傻瓜!你们这些贪婪、堕落的白痴!我要辞职干正经事去了。"

"别傻了,"诺瑟罗斯说,"你就不能开个玩笑吗?"

"我当然可以开玩笑,但我就是不想开。我现在就要走了。"

诺瑟罗斯挡在亚当和门之间,说道:"等一下,听着。如果我让你不高兴了,我道歉。坐一会儿,不要这么草率。"

"你说什么,菲尔?"

"听着,亚当,你知道你是我唯一的朋友吗?不要让我失望。不要因为一句草率的话就抛弃我。我最近一直在喝酒。我都要崩溃了。我已经被伤得体无完肤了。"

亚当打断了他的话,愤怒地喊道:

"现在,看在上帝的分上,菲尔,不要再让我可怜你了,因为那样,我会恨你。"

"我不是要你可怜我,"诺瑟罗斯说,"但是,宝贝,在我这个年纪,男人会感到孤独。一个人需要支持,而我甚至连条狗也没有。见鬼,亚当,我生病了,我很孤独,不要离开我。"

亚当回答说:"听着,诺瑟罗斯,别再那样说话了,否则我会鄙视你的。我在你最需要我的时候陪在你身边,不是吗?"

"是的,你做到了。"

"现在,"亚当说,"我还有工作要做。"

诺瑟罗斯回答说:"亚当,我活得比你久,我知道的比你想象的多。你以为你会去做雕塑,是吗?"

"怎么了?"

"我告诉你一件事。放弃吧,因为你没有任何机会。你没有受过足够的训练,也没有足够的钱供你接受正规的训练。你就像一个固执的孩子,脑子里有一个想法。你想成为一名雕塑家。你一定是疯了。你怎么能成为雕塑家?你做过什么?能给我们看看你的雕塑作品吗?"

"没有,"亚当咬牙切齿地说,"我不能,因为我把我以前做的所有东西都砸碎了,它们都烂透了,没有任何价值。但我很清楚,菲尔,我要去做,明白吗?有某种东西在告诉我,如果我开始了,并且继续下去,我会创造出一些值得留存的东西,一些令世界瞩目的东西。这就是我要做的事情，菲尔。我已经下定决心了，尽管我很同情你，但我不会再让同情阻止我了。我要让同情把我困在这地下室吗？可能此时此刻，我正在创作一个《思想者》，或者《胜利之翼》，又或者《锡拉丘兹的维纳斯》。不，菲尔，我真的受够了。到此为止吧。我不干了。"

"你会饿死的。"诺瑟罗斯说，"最后你会放弃的，然后对自己说：'天哪，菲尔是对的！'"

"我这辈子都不会。"亚当说。

"你知道你每周要损失五十英镑吗？只是为了做几个雕像？"

"是的。"

"即使你做出来了，然后呢？"

"没有然后。我制作雕塑，完成后，我会制作更多。"

"好吧，我们祝愿你成长为一位著名的雕塑家，制作金星和阿波罗，还有其他各种雕塑。即使你做到了，你也挣不到什么钱。最终你会和我一样——就在你觉得自己懂得足够多的知识，真正做某事的时候，你已经变得太老，感到太累，太他妈辛苦，没法做好这件事，然后你就会放弃，你所能希望的就是他们会把你的作品放进博物馆。都是没有生命的东西。但你不会去博物馆看的。你会死去，发臭，埋在地下一英里，这就是你最终的结局。"

"我全都知道，"亚当说，"但这些都是废话，因为你不懂，即使你活到这个岁数,你也不懂,男人的人生目标并不是为了一张柔软的大床。一条狗的远大抱负就是有可以填饱肚子的肉食和一个舒适的狗窝。舒适不是我想要的。我得做点什么。我体内有一种东西似乎已经存在了十万年,等我发现它是什么,并让它起作用后,有些东西会被打破,有些东西会被创造出来。你抱怨是因为你孤独。我也孤独,但我很自豪。我们是不同类型的人,来自不同的世界。你孤独是因为你把一切都放在肚子里,因为你把自己困在了这个地下室里。但我在平凡的人群中感到孤独,因为我已经飞得比其他人高了,明白吗?我要创造一些东西,同时打破一些东西。我喜欢你,因为你聪明、坚强。我也为你感到难过,因为你崩溃了,但我不想再让怜悯束缚住我了,再见。"

诺瑟罗斯看着他,耸耸肩膀,说道:"亚当,你是个该死的疯子,你会明白我才是对的,但即使你现在恳求我让你留下来,我也不会留你了。我要把你踢出门外。可怜我!从来没有人可怜过我。我经历的比你知道的多得多——烈火、洪水、地狱、泥沼,我经历了这些,从来不是为了让人同情。你这该死的傻瓜,我已经走过了火海。"

"为了什么?"

"做我想做的事。"

亚当沉默不语,心想:聪明、强壮、像钉子一样坚硬,而他的终极目标就是一家夜总会。

他微笑着伸出了手。诺瑟罗斯把手伸进他的怀表口袋,掏出一卷厚厚的一英镑的钞票。

"尽管如此,我还是很喜欢你,亚当。收好,这里有一百英镑,有时间记得来看我。"

"拿走。"亚当说。

"收着。"

"不行。"

他们握紧双手。诺瑟罗斯把钱扔在桌子上,重重地打了亚当一拳,咒骂着说:"你这个混蛋,我像对自己的儿子一样爱你。如果你破产了,就告诉我。任何时候只要你需要朋友,就来找我,我的门总是为你敞开着。有时间就进来坐坐,即使没时间,也别忘了你的老朋友菲尔·诺瑟罗斯,现在赶紧滚。"

亚当离开的时候,最后看了一眼办公室——各种文件,废弃不用的白色煤气炉,黑色大桌子的白背板。诺瑟罗斯倒着白兰地,他全神贯注,仿佛觉得瓶子里藏有真理、幸福和人类努力的圆满结局。

亚当回到家,海伦惊奇地看着他。

"你回来了?"她叫了起来,"但是,已经十点半了,你会迟到的。"

"我离开俱乐部了。"亚当笑着说。

"你一定和诺瑟罗斯吵架了。"

"没有,我们是非常友好地道别的,事实上,他求我留下来。"

"你是说,你是自愿离开的?到底发生了什么事?你到底为什么要离开?"

"一开始,"亚当的语气十分愉快,"诺瑟罗斯和我有点小争吵。来了个日本男人,他问我觉得他喝得够不够多,因为他已经花了二十五英镑,我便说:'够多了,省点钱,回家吧。'"

海伦拍着手说:"诺瑟罗斯责备你,是对的。你应该道歉。"

"相反,我让他见鬼去。"亚当说,"然后,诺瑟罗斯求我留下来。我说:'诺瑟罗斯先生,为了在阳光下找到自己的位置,我决定放弃夜生活。'"

"你在阳光下的位置是指雕塑,我猜?诺瑟罗斯当时说了什么?"

"他说:'既然你要走,那就拿着这一百英镑吧!'然后他拿出一卷果酱罐那么粗的钱,递给了我。"

"好吧,还不算太糟糕,"海伦说话的语气缓和了些,"有了这些钱,再加上我们现有的,我们完全可以开店了。"

"但我们开不了,因为我愤怒地拒绝了他那肮脏的金钱,于是他又把它放回口袋里了。"

"你真是疯了。你现在打算怎么办?"

亚当在地板上笨拙地跳起了踢踏舞,他抓住海伦的胳膊肘,把她

举了起来,然后放声大笑:

"把你关在漏水的阁楼里,只给你喝水、吃面包,然后让你脱光衣服当模特。"

"放我下来。"

她的声音里充满了愤怒,亚当诧异地停了下来。

她把他推开,说道:

"我以为你心里还有点儿东西。我以为我能从你身上发掘出点儿什么。我以为你可能会成为个人物,会取得什么成就。但是你没救了。现在我确信你一定是有什么毛病。你比疯子更可怕,你是个彻头彻尾的自私鬼。你放弃了一份每周四十英镑的工作,就为了当个雕塑家这种极其愚蠢的想法。你还希望我可以和你有更亲密的关系?我只能说,你一定是疯了。我不介意告诉你,我不会再说第二次,我受够了你和你疯狂的想法。就算你不考虑别的,亚当,你至少应该考虑我,因为你几乎无法靠雕塑维持生计。"

"我有足够的钱,可以维持一年的生活。"

"维持生活!你知道什么叫生活?"

"就是生活,每周大约三英镑。"

"哦,每周大概三英镑生活费,过一年,然后呢?"

"到那时,我应该已经做出一些成绩了。"

"哦,到那时你应该已经做出一些成绩了。一切都很虚无,不是吗?"

"我看不出有什么虚无的地方,"他的脾气也上来了,"我很清楚我想做什么。"

"是的,当然,玩黏土。"

"不是玩黏土,而是用黏土和石头做东西。"

"挺浪漫的,有些女孩会非常着迷,但我不会。"

"我知道你不会。你的野心只限于一件貂皮大衣和一辆劳斯莱斯。"

"至少貂皮大衣会很好看,而且能给我保暖。我不觉得你的雕塑能做到这两点。"

"你这是在侮辱我。"

"当然,真相往往令人难堪。"

"这跟真相有什么关系?你的一生都在追逐毫无意义的东西:漂亮的家具、美好的假期、漂亮的衣服、友好的人儿、可观的银行存款余额、高档的派对——但我有一些想要实现的东西,一些更重要的东西。"

"我忘了,你是位伟大的雕塑家。我应该坐下来,一边欣赏你的作品,一边数着硬币过日子,对吧?"

"你以前也是数着硬币过日子的,也没饿死啊。"

"你做了那么多承诺,结果却把一切都搞砸了。"海伦说着便哭了起来,"我告诉你,这些我不会再说第二次,我不会为了你或任何人,蜗居在阁楼里挨饿。我已经受够了贫穷。亚当,我要开办俱乐部。我要赚钱。你必须过来和我一起工作。"

"我不能和你一起工作,海伦。"

"那么,我再也不要见到你了。"海伦说。

亚当叹了口气。

"再见,亚当。"

"再见。"他伸出巨大的右手,海伦握住他的手。

"亚当,你不能和我吻别吗?"

他吻了吻她的额头。

"真是一个非常冷淡的告别吻,亚当。"

"如果我吻得太深情,我可能会做出我无法兑现的承诺。"

她走了出去,重重地关上门。亚当下意识地拉了拉礼服外套的衣领。屋子里一片寂静。外面,在没有星星的天空中,残月若隐若现,渐渐融入四周的黑暗之中。

亚当机械地伸出一只手,手指触到一个又冷又湿的东西。他发现自己开始无精打采地玩一块红泥。他抬着下巴,盯着这块泥看。然后,他毫不费力地,甚至都没有脱掉外套,就开始按自己的想法,手法原始地雕刻起来。

二十五

海伦已经完全平静下来了。她想得很简单,亚当完了,没有什么希望了。唯一要做的就是带着法比安去干点正经事。开一个俱乐部,挣点钱。不管用什么办法,总之要出人头地。

她走得很快,很快就追上了穿着高跟拖鞋的薇,她的晚礼服裙拖在人行道上,外面套的驼毛大衣很短,比裙子足足短了有十八英寸。

"你好,海伦。我迟到了。该死的公交车……他们说加冕典礼那天公交车会罢工。加冕典礼难道不应该是件令人快乐的事吗?亚当好吗?"

"该死的亚当,"海伦说,"我不想再被他烦了。"

"你找别人了，还是什么？"

海伦高傲地说："只要我愿意，很多人等着做我男朋友呢。不过，我打算去赚钱。"

"什么，"薇叫道，"你是要开你自己的俱乐部了吗？我能去你那里工作吗？"

"到时候再说。"她心里嘀咕着：你去死吧，我受够了你和其他人了。我一个人干。

"你注意到这里没有女孩了吗？我敢说，你沿着查令十字街走上一圈，也找不到一个妓女。"

"为什么？"

"我告诉你，警察整顿了整条街，都是混蛋，不想让人活呀。他们想证明伦敦没有妓女，知道吗？还有那些可怜的老兵，警察也把他们赶走了。现在没人敢站在街上等朋友，或者其他人。太可怕了。他们管这叫自由国家。你认识玛丽恩吗？他们抓了她，然后去她家，等她的男人斯波茨。他一回来，就被抓了，当场判了六个月监禁。这样做很卑鄙。应该给人留条活路，不是吗？我和你说，这让我害怕。该死的警察！不管怎样，我也要在加冕典礼期间多赚点钱。我给自己买了一件红、白、蓝三色的新礼服，加冕礼的颜色，知道吗？你觉得我要不要去弄个金发，这样在加冕典礼上才显得是纯正的英国人？"

"好主意。"海伦说。

"我不想自夸，但我有时候确实很有想法。你说是染琥珀金还是白金色？"

"白金色。"海伦说。

"白金色更英式，怎么了？海伦，别不高兴，男人不值得。他们都是混蛋。昨晚我在俱乐部遇到一个家伙，我和他一起回家了，你知道他给了我什么吗？他给了我一张十英镑的支票。"

"运气真好。"海伦说。

"我说，海伦，你能借我两先令吗？我得叫辆出租车。"

"你的十英镑支票呢？"

"我把它全寄给我妈妈了。你能借给我两先令吗？"

"不，我不能，"海伦说，"我没有带钱出来。"

"好吧。海伦，听着，糖厂俱乐部那边也叫我过去。那边姑娘们一晚上能赚十英镑，不过她们得跟顾客回家。你觉得我应该去吗？"

"为什么不呢？"海伦问。

"毕竟，"薇优雅地说，"这是卖淫。"

海伦耸耸肩。

"那你要仔细考虑一下。"她说。

"这不是很有趣吗？"薇兴致勃勃地说，"你之前连驱赶一只鹅都不敢,现在看看你。俱乐部的工作拓宽了你的视野。"

"我知道我曾经很软弱,"海伦说,"但我已经不是以前的我了。你如何赚钱并不重要,只要你能赚钱并有所成就。洛克菲勒挣的钱就比你挣的好吗?大家都在指责卖淫,但为了钱和一个男人睡觉,难道比为了钱和他结婚更糟糕吗?开夜总会就比开茶馆更糟糕吗?我听够了这些愚蠢的言论……什么道德,都是废话。如果人们对所有事情都吹毛求疵、大惊小怪,那还能取得什么成就呢?"

"你说得对,"薇说,激动地挽起了海伦的胳膊,"我们俩想的一样,我说海伦,我和你一起租个公寓,做一些'室内撞击运动'怎么样?"

"我不知道,"海伦说,"我想先开家俱乐部,做点生意换换口味。我可以教你如何经营一家俱乐部。"

薇沉默了一两分钟,然后羡慕地说:"你可以把钱存下来,而且你也很聪明。我钦佩聪明的人。天哪,我打赌你最终会拥有自己的俱乐部,穿着皮草,还有个有钱人养着你。"

"那是因为我有抱负,"海伦说,"我一定要有所成就。你真是傻,薇,你应该努力做点什么。"

"我有我的抱负。你知道我想做什么吗?我想开一家小咖啡馆,就在楼上找一间房子,把所有的男服务生和女招待都招过来……你在听吗?一个包间每次十先令,他们如果想喝酒,可以偷偷喝。你瞧,这就是我的理想。你要去哪儿?"

"布里斯托广场。"

"干吗去?"

"去见一个人。"海伦说。

"哈利·法比安?"

"好吧,如果是呢?"

"你知道的,海伦,我不想对你指手画脚,但你不应该和那种人交往。你知道我听说了什么吗?"

"什么?"

"我听说他是个白人奴隶贩子。"

海伦笑了。

"你疯了,"她说,"这种事已经不存在了。"

"不管怎样,有人说他是个皮条客。"

"哎呀,别傻了。"

"好吧,听着,如果我跳槽去糖厂俱乐部,你会和我一起去吗?"

"也许吧,我不知道。"

他们走到了大罗素街。

"再见。"海伦说完,转向左边。

"再见,亲爱的。"薇咬着嘴唇继续往前走。

自私的家伙,她想,我费心费力地教她,她都学会后,现在却开始瞧不起我了。她甚至连两先令都不肯借给我,她饿着肚子来找我,我帮她找到一个栖身之地,这就是我得到的全部回报。

在沃都街附近,一个身材丰满、皮肤黝黑的女人站在路边,朝一个路过的男人微笑。这时,一家商店门前的阴影里冲出两个高大的男人,抓住了女人的胳膊。

"走吧,佐伊。"

佐伊脸色惨白。

"你这么说是什么意思?放开我。"

"走吧,你被捕了,别吵,乖一点。我的意思是,佐伊,你只能和我们走。所以为什么不能安静地走,你是淑女,不是吗,佐伊?"

"我当然是个淑女,"佐伊说,"放开我的胳膊,我会乖乖跟你们走的。"

警探对她说:"我就知道你是个懂事的女孩。"他彬彬有礼地伸出胳膊,带着她走向车站。一边走,他一边对她说,"哈利好吗?"

另一个警探眨眨眼,说道:

"你不知道吗?她不和哈利在一起了,哈利有别人了。"

"那就是个谎言。"佐伊说。

"爱情是盲目的,"第一个警探说,"佐伊,我还以为你很聪明。怎么,你不知道哈利一直在跟菲尔·诺瑟罗斯俱乐部的一个婊子交往吗?"

"骗人,"佐伊喊道,"她叫什么名字?"

"那女孩叫海伦。"

一听到这个名字,佐伊差点晕倒。苦涩随即扼住了她的喉咙,她什么也说不出来。第一个警探安慰她道:"可怜的佐伊,你养了那个男人那么久。"

"我给了他好几千。"佐伊说。

警探们交换了一个眼神。

"没关系,佐伊,你会把你自己的东西要回来的,你要做的就是发表一个简短的声明。"

佐伊点点头。他们在一盏蓝色路灯下停了下来:

"快上去吧,小家伙。"佐伊从两个警探中间穿过,走上台阶。

此时,法比安正坐在安娜·西伯利亚的俱乐部里,和两个男人玩骰子。他口袋里躺着刚刚从费格勒那里收到的五十英镑。他叫了酒水,安娜·西伯利亚对他说:

"你喜欢美国酒?我弄了些黑麦威士忌。"

"天哪!"法比安叫道,"给我们来点双份黑麦威士忌吧。"

两个牌友也拉过椅子坐过来。其中一个是个沉默寡言的胖子,另一个则又高又瘦，身材干瘪。

"你们有钱吗？"

"买匹马都没问题。"瘦男人说。

"我的钱也够买一匹马。"胖子说。

"我的钱够买两匹马，"法比安拍了拍口袋，"那我们赌多少？"

"十先令一掷？"

"赌注提高点，"法比安说，"一英镑一次。"

"好的。"

法比安抬手摸了摸领带夹，以求好运。

"只要我戴着这东西，就不会输。来吧，伙计们，下注，下注，下注。"

三英镑的钞票飘落在桌子上。法比安抓起骰子，一边摇，一边对着骰子喃喃低语，就像他在电影中看到的黑帮成员一样。

他掷出了骰子，骰子在白色桌布上安静地转动着。

"两个十，"法比安喊道，"两个十！"他又扔出另外三个骰子。"还有三个小国王。各位先生，满堂红。满堂红带王。"

他靠在椅背上，任由辛辣的美国威士忌顺着喉咙流下去。胖子打出了三张A。

瘦男人"嗯"了一声，随意地一甩，打出四张A。

"没关系，"瘦子掏出钱的时候，法比安说着，"没关系，兄弟。我第一把不喜欢赢钱。赢第一把会倒霉，很倒霉。现在，扔吧，我要让你见识见识。下注,伙计们……哦！瘦子有三个小九,天哪,我的骰子！给我，给我，哇！"法比安尖叫着，把骰子举过头顶。"生活就像一碗樱桃。一咬，砰！"

他掷了骰子。

"一次四个A！赢了。"

胖子懒洋洋地抄起骰子，投了下去。

"天啊，"法比安有点不安地说，"五个K。"

胖子疲惫地伸手把钱捞过来，咕哝着说："出牌吧。"

法比安又抽出一张钱。在他的脑海里，一丝恐惧在发声：老天啊，如果我把这些钱都输了，我辛苦赚来的钱就都输光了。然后他摸着领带夹，心想:赢这样一场比赛的办法就是告诉自己不能输……我不能输，我不能输，我不能输。

"你们是什么牌？"他问，"只有一个顺子？把骰子给我……来啦！三个十点…… 转呀转呀转，再来一个十,四个十,四个十。"

他抄起那些赌注!

"现在，先生们，你们要输了。"

他扔出三个A。

胖子突然大叫道："我再加一英镑，赌我能赢。"

胖子开始掷骰子。

"满堂红带九。"

那个胖子又收走了赌注,还多赚了法比安一英镑。电话铃响了,安娜·西伯利亚开始对着话筒尖叫。

"谁呀?你能说清楚点吗?我听不清你在说什么……哦,法比安,等一下。哈利,电话。"

"天哪,是谁?"

"费格勒。"

他抓起电话,费格勒的声音从听筒里传来:

"这里有个女孩叫海伦。"

"天哪!"法比安说道,"我忘了。"

他用手捂住话筒,转向两个牌友。

"听着,孩子们,我想知道你们能否原谅我?我答应要去见一位女士。"

胖子望着天花板回答说:

"有个人安排了一场赌局,我千里迢迢过来,现在他却想逃了。"

瘦男人咕哝着,声音酸溜溜的:"嗯,他没胆量。"

"听着,费格勒,"法比安厉声说,"把她带到这儿来,好吗?我说,你拿到扼杀者的战袍了吗?"

"我没有时间。"费格勒说。

"天哪！没关系。如果他来了，告诉他你不知道我在哪里，明白吗？……先不说了，再见。"

他猛地把听筒一摔，厉声说：

"到底谁没胆？谁想逃？老天爷啊！我让你们见识一下。速战速决。把赌注提高到每局五英镑。"

"好的。"胖子说。

"那就下注吧，快点。"看着桌上的十五英镑，他的心怦怦直跳。

好吧，他想，这下我真的能赢钱了。

"一把三个Q，"胖子说，"不要管。"

瘦男人扔出骰子。

"两对烂骰子。"他咕哝着，把骰子推给法比安。法比安把骰子放进左手，他记得用左手掷骰子更幸运。

"我不能输，我不能输，"他说，然后用力掷骰子，"顺子带A！"他大喊，伸手去拿钱。

"掷骰子。"胖子说。

法比安瞪大了眼睛。没错，K正斜靠在酒杯的底部。法比安的心沉了下去。

收钱的时候，胖子开玩笑说：

"哈利，也许你更适合打乒乓球。"

法比安咬牙切齿地说：

"别多嘴，掷吧。"

"加注吗，哈利？"胖子问。

"当然。"

"加五英镑吗，哈利？"

法比安犹豫了一下，回答说："唔，加一英镑吧。"

胖子意味深长地咧嘴一笑，咕哝道：

"家里像狮子一样凶猛，出门像小羊一样温顺。几英镑不算多，但一旦他们输了一两英镑，不得了了！"

"哦，是吗？"法比安高傲地抬着头，掏出所有的钱，用刺耳的声音说，"那就加五英镑，投吧！"

"有魄力。"胖子说。

"他是个硬汉。"瘦男人说。

胖子摇晃着骰子，口中念念有词："他嚼着钉子，吐着铁锈……两个九……他是个有钱人……三个九，三把四个九！"

法比安的脸涨得通红。他紧抿双唇，什么也没说。

"该死的满堂红。"瘦男人咕哝着，扔掉骰子。法比安把它们捡起来，用力摇晃，开始祈祷：全能的基督啊，让我赢光这些杂种的钱，我会给救世军捐十英镑!

他的嘴闭得紧紧的,以防厄运侵体,然后他掷出骰子。

"第一投三个A,也非常好。"胖子说。

上帝啊,法比安竭尽全力地祈祷,请赐予我第四个A吧。

"还是三个A。"瘦男人说。

法比安摇动骰子,直到手都麻了,才第三次掷出骰子。

"真倒霉。"胖子说,他舔了舔一根手指,捡起了钱。

好吧,法比安对上帝说,我和你绝交了!

"继续吧。"他抚摸着他的领带夹说道。

法比安又摇了摇骰子,心里对上帝说:这是你最后的机会,否则我绝望之下不知道会做出什么。

"一对J,"胖子说,"我加一英镑赌你们平手,你没有四。"

"收下了,"法比安说完,投出了骰子,"哇!三个J。"他又摇了摇骰子。"好!给我,给我,给我!四个J!"

他收起赌注。"现在,我们要快点了!我要开始转运了!下注,下注!"

"加注吗,哈利?"瘦男人问。

"好吧,五块?"

骰子滚动的瞬间,法比安打了个响指。

"一把三个K，不要管。"

"呸！"胖子说着，扔出了三个J。

"想要再加点赌注吗？"

"好吧，如果你愿意，我再加一英镑。"

"哈哈！"法比安笑着说，骰子在他的手指间转动，"这些大人物，这么快就变成一英镑一英镑地加了。穷途末路了！三个十！"

瘦男人扔出了三个Q。

法比安颤抖着手点燃了一根香烟。胖子同情地说："听着，哈利，别输得太多。也许你应该回到开始的小额赌注？"

法比安犹豫了一下，然后说："不用，我有很多钱。"

"有钱人。"瘦男人低声说，语调里充满了令人恼火的讽刺，刺激得法比安大声说：

"是的，很多钱，你们这些穷虱子！而且，我还要说，一局十英镑。"

胖男人轻笑了一下："现在，他居然想赌十英镑一局。"

"我想快点结束这个游戏。我要去见一位女士。来吧，等着被扒光吧，"法比安说，"十英镑一局。"

胖子说："好吧，哈利，对一个有魄力在几把牌上孤注一掷的人，我还是很敬佩的。"

"我就是这样。"法比安嘴上这样说着，心里却希望自己把舌头咬下来。胖子在嘲笑他。他咬着嘴唇，变得沉默起来。

"哈利，"安娜说，"有个男人给你打电话来，很紧急。"

法比安走到电话旁，是费格勒打来的。

"哈利，看在上帝的分上，今晚就委屈你睡沙发吧。"

"为什么？"

"扼杀者来了。他疯了。他去找你了。他拿着剃刀，要杀了你。"

"我倒想看他敢不敢。"

"我告诉你，你这傻瓜，那黑鬼一心想要那件战袍。你为什么不能花二十五先令给他买一件呢？他会把你剁成碎片的。"

"乔，有点胆量。海伦走了吗？"

"她马上就来，哈利。我警告你，他喝了双份威士忌。"

"去死吧！"

法比安回到桌边。

"怎么了，哈利？"

"没什么，开始吧。"

法比安掷出骰子。他的喉咙很干，呼吸困难，像一个快要窒息的人。

"A，K，Q，J，九。该死！"他喊道，又把所有的骰子都扔了出来。

"一个K，"胖子说完，自己掷出骰子，"两把三个K，天哪！我赢了！四个K。"

"拿钱吧！"法比安木然地说，"我有五个A，别人就有六个。我身上有个倒霉鬼。下注，开始。"

门童进来了。

"哈利，伯特要见你，"他说。

"让他下地狱去吧。"法比安喊道。

"他说很紧急。"

"那就让他进来，他想说什么就在这里说。"

伯特走了进来。

"哈利，只需一会儿，"他说，"如果你不想被杀的话，最好小心点。那个大黑鬼在找你，他那该死的刀片有我胳膊那么长。躲着点，等他这股劲过了。他正在从公爵夫人那里赶来，他已经疯了。"

"滚吧。"法比安说。

"还有一件事。"伯特说。

法比安跳起来，把他推到门口。

"你这傻瓜。"伯特说。

"下注，开始。"法比安说，又坐了下来。

海伦走了进来，站在法比安的椅子旁。

"我的吉祥物，"法比安说，"天哪！我敢说，我要转运了。海伦，过来坐在我身边……"他翻遍了口袋，发现只有十三英镑，顿感心中冰冷沉重。他沮丧地低声说："伙计们，我们赌三英镑吧。"

胖子咧嘴一笑，掷出骰子。

"看，"法比安说，按了按海伦的膝盖，"哇！四个A。我告诉过你什么来着？"他收起赌注。

海伦低声说："你拿到那笔钱了吗？"

"当然，"法比安说，"来吧，伙计们，回到十英镑赌注，成败在此一举。"

法比安掷骰子，"两个十，两个三。伙计们，该你们掷骰子了。"

胖子一扔。

"四个A，一把。"他说。

胖子整了整一大堆钞票。

"这可扒了你一层皮呀，哈利。"

法比安的思绪回到了为一百英镑疯狂狩猎的时刻，疲劳、危险、羞愧，然后，一步步地，又回到了此刻难以忍受的沮丧之中。他咽了咽口水，说：

"扒我的皮？脚皮吧。我可以随时加注加到两百英镑。"他心想，没错，还有佐伊呢，一周后，去卡迪夫。他笑了。"扒皮！哈哈！我们喝一杯。雪莉酒可以吗，海伦？安娜，三杯双份威士忌，再来一杯雪莉酒。"

"外面是什么声音?"胖子问,快速把骰子放进口袋。

两个高大的男人走了进来。

"警察,"其中一人说道,"我们是持搜查令来的,对这家俱乐部进行突击搜查。任何人都不许动。"

另一个人走到法比安面前说:"你好,哈利,我们要带走你。"

法比安的脸发青。他咽了咽口水,说:

"什么意思,你要带走我?"

"这里有你的逮捕令。"

"什么逮捕令?为什么?你有什么证据?"

"靠女人的不道德收入生活。"

"这是谣言。"

"走吧。"

俱乐部里突然挤满了警察。一名巡查官对海伦说:

"保持冷静。我们只想知道你的姓名和地址,你很快可以离开。"

一直沉默的法比安突然大声喊道:"这是陷害!"

像一个跟孩子讲道理的大人一样,警探回答说:"佐伊已经都招了。"

法比安一下瘫软下来。

海伦发现伯特还在外面等着。他对她说:"他们抓到哈利了吗?"

"是的。"

这个小个子男人的声音变得嘶哑,最后几乎成了耳语,他说:"这是最好的安排。今晚,他差点遇到更糟糕的事。"

"是吗?"

"对他,对佐伊,也许对你也一样。事情总会往好的方面发展。"

法比安被押在两名警察之间走了出来,他转过头,对伯特说:

"来吧,你这混蛋,现在扔几个烂橙子吧。"

一名警察说:"快走吧。"

"他本来可以出人头地的,但是他太自以为是了。他往错误的方向越走越远。如果他能脚踏实地,他现在可能都已经开了十几家店了……"

"你跟他很熟吗?"海伦问。

"算是吧,"伯特说,"他是我弟弟……要吃香蕉吗?"

"不用了,谢谢。"

"你刚才有没有看见一个黑大个从这里经过?"

"是的,怎么了?"

"他拿着剃刀在等哈利。哈利总说,世上没有上帝!"

"那上帝为什么让他堕落至此?"

伯特抓住手推车的车把,回答说:

"只有上帝知道。晚安。"

"晚安。"

海伦走开了。夜色深沉,这座城市在微弱的灯光下显得阴郁无比,仍在与四周的黑暗做斗争。

也许,她想,我还可以开我的俱乐部,先借点钱。可是,把我的青春都用来赚钱,值得吗?亚当是不是对的?挨饿、受冻、受苦,迅速衰老,英年早逝,只为了做雕像?如果一个人有钱,他可以买到雕像……我想要亚当,是的……但任何男人,任何强壮的男人,都能满足我……一定有强壮、有男子气概的男人,愿意把生命献给我,崇拜我……不,别再想亚当了,还有别的男人……

海伦停了下来,在一家咖啡馆坐了一会儿……

在高高的天空,哦,无限高的上空!洁白而神秘的星星燃烧着,散发出纯净而清澈的光芒。每一颗星星,都迷失在永恒的空旷黑暗中,似乎在空旷的孤寂中绕着一个毫无意义的轨道旋转。但是,即使从这颗星球上看,即使透过依附于这个星球的我们那弱小的眼睛,它们也构成了一种模式。

黑暗渐渐褪去……

在电灯下,亚当仍然全力以赴稳步工作,他绷紧每一块肌肉,浑身泥泞,汗臭扑鼻。他的衣服上沾满了红泥。他不时地擦着脸,脸上抹的到处是泥巴，泥巴混着汗水。泥块逐渐成形。亚当的轮廓变得模糊的同时，泥块的形状变得清晰起来。也许很快，它就会成为什么。他的双手努力对抗着泥土的死寂和寒冷。他自己看上去就是一个泥人——他，也是一堆挣扎的泥土。从混沌中创造秩序！从死泥中创造生命！这就是他的意志。

外面，那颗暗淡的月亮——那颗变化无常的小卫星——跟在前进的地球身后，就像跟在一名疲惫不堪的士兵身后的妓女，盲目地服从着难以理解的命令，穿过天空这片荒漠。

夜幕突然裂开，鲜血和生命浸染天空。尖塔和冰冷烟囱的黑色剪影在边缘被撕裂、被污染但迎来灿烂，破旧但即将胜利——曙光在城市上空破晓。

图书在版编目（CIP）数据

亡命不夜城 ／（英）杰拉尔德·克尔什著；魏兰译.
上海：上海文艺出版社，2025. ——（域外故事会社会悬
疑小说系列）. —— ISBN 978-7-5321-9211-3

Ⅰ. I561.45

中国国家版本馆 CIP 数据核字第 2025DZ4321 号

亡命不夜城

著　者：[英] 杰拉尔德·克尔什
译　者：魏　兰
责任编辑：蔡美凤
装帧设计：周　睿
责任督印：张　凯

出版：上海文艺出版社
出品：上海故事会文化传媒有限公司
（201101上海市闵行区号景路159弄A座3楼www.storychina.cn）
发行：上海文艺出版社发行中心
（上海市闵行区号景路159弄A座2楼206室）
印刷：上海中华印刷有限公司
开本：889毫米x1194毫米　1/32　印张11.5
版次：2025年3月第1版　2025年3月第1次印刷
ISBN：978-7-5321-9211-3/I.7229
定价：45.00元

版权所有·不准翻印

想看更多精彩故事？
扫码下载故事会APP

上海故事会文化传媒有限公司出品（01211）www.storychina.cn

上海故事会文化传媒有限公司所有图书可办理邮购，免收邮费（挂号除外）
汇款地址：上海市闵行区号景路159弄A座2楼206室（201101）；
收款人：上海故事会文化传媒有限公司出版发行部
联系电话：021-53204159
如发现本书有质量问题，请与印刷厂质量科联系T:021-60829062